總編輯：余光中

臺灣一九八九—二〇〇三

中華現代文學大系

貳

散文卷（三）

主編：張曉風

目錄

第二冊

第三冊

第四冊

龍應台作品

散文卷

龍應台

湖南衡山人，1952年生。成功大學外文系畢業，美國堪薩斯州立大學英美文學博士，曾任教紐約市立大學，並曾回國任教中央大學英文系、淡江大學美國研究所。1986年旅居瑞士，後遷居德國法蘭克福，專事寫作，定期在歐洲五家報紙寫評論，並在海德堡大學任教。1999年任台北市首任文化局長。著有散文集《野火集》、《乾杯吧，托瑪斯曼》、《我的不安》、《百年思索》等，及評論集、小說集等多部。

葛格和底笛

1

吃晚飯的時候到了，安安卻不見蹤影。

媽媽扯著喉嚨呼叫了一陣子之後，開始尋找。遊戲間燈還亮著，散著一地的玩具。沙發墊子全被卸了下來，東一塊西一塊的搭成一座城堡。安安在哪裡？剛剛還在城堡底下鑽來鑽去。

三歲的弟弟（唸作「底笛」）已經坐在自己的位子上，兩條腿晃著晃著。哥哥（唸作「葛格」）吃飯囉！

草地上都結了冰，天也黑了，安安不可能在花園裡。這孩子野到哪裡去了？媽媽漸漸生起氣來。

臥房黑著，媽媽捻亮了燈，赫然發現安安蜷曲在被子裡頭，臉埋在枕頭上，只露出一點腦後的頭髮。

生病了嗎？媽媽坐在床上，掀開被子，把孩子扳過來。

安安一臉的眼淚。枕頭也是濕的。

「怎麼了?」媽媽驚異的問。

不說話。新的淚水又沁沁湧出來。

「到底怎麼了?你說話呀!」

搖搖頭,不說話,一臉倔強。

媽媽就知道了,現在需要的不是語言。她把安安抱起來,摟在懷裡,像摟一個嬰兒一樣。安安的頭靠在媽媽肩上,胸貼著媽媽的胸。安靜著。

過了一會兒,媽媽輕聲說:「現在可以說了嗎?誰對你不起了?」

安安坐直身子,揉揉眼睛,有點不好意思的說:「沒有啦!只是看到你剛剛去抱弟弟那個樣子,你一直在親他,看著他笑……我覺得你比較愛弟弟……」

媽媽斜睇著安安,半笑不笑的說:

「你現在還這麼覺得嗎?」

安安潮濕的眼睛微微笑了,把頭埋在母親頸間,緊緊緊緊的摟著。

2

媽媽不是沒有準備的。

安安近四歲的時候,媽媽的肚子已經大得不像話,好像一個隨時要掉下來的大西瓜。安安把耳朵貼在這個大西瓜上，仔細聽裡頭的聲音；聽說裡頭那個傢伙會游泳，有點兒笨，可是長得還可愛。我們兩個本來都是天上的小天使，是上帝特別送給媽媽做女人的禮物。最重要的是，裡面那個傢伙出來的時候，會給我從天上帶個禮物來。

飛飛從肚子裡頭出來的時候，果眞帶來了一個給哥哥的禮物：一輛會翻觔斗的越野跑車。安安覺得，這嬰兒雖然哭聲大得嚇人，可是挺講信用的，還可以忍受。

媽媽聽說過許多恐怖故事，都跟老二的出生有關。老大用枕頭悶死老二，老大在大人背後把老二的手臂擰得一塊青一塊紫；老大把熟睡中的老二從床上推下去；老大用鉛筆刺老二的屁股；老大用牙齒咬老二的鼻子……

媽媽私下希望那從子宮裡帶出來的越野跑車會軟化老大的心，不讓他惡從膽邊生，幹下不可彌補的罪行。從醫院回到家中之後，她就有點提心弔膽的，等著賀客上門。

住對面的艾瑞卡第一個來按鈴。媽媽斜躺在客廳沙發上，正摟著嬰兒餵著奶，當然是媽媽自己身上的奶。艾瑞卡手裡有兩包禮物，一踩進客廳就問：「老大呢？」

安安從書堆裡抬起頭，看見禮物眼睛一亮。

艾瑞卡半蹲在他面前，遞過禮物，說：

「今天是來看新寶寶的，可是安安是老大，安安更重要。艾瑞卡先給你禮物，然後才去看弟弟，你同意嗎？」

安安愉快的同意了，快手快腳的拆著禮物。艾瑞卡向媽媽那兒走去。

「你怎麼這麼聰明？」媽媽又是感激，又是佩服。

「哎呀——」艾瑞卡把「呀」拖得長長的，一面用手無限溫柔的撫著新生嬰兒柔軟若絲的頭髮：「這可太重要啦！我老二出生的時候啊，老大差點把他給謀殺了，用枕頭壓，屁股還坐在上面呢！用指頭掐，打耳光，用鉛筆尖……無所不用其極哩……」

她壓低了聲音說：「小東西眞眞美極了……」

臨走時，艾瑞卡在大門口又親了親安安，大聲對媽媽喝著：「我覺得還是老大比較漂亮，你說呢？」

然後搖搖手，離去。

此後，媽媽發現，人類分兩種：那做過父母的，而且養過兩個孩子以上的，多半和艾瑞卡一樣，來看嬰兒時，不會忘記多帶一份給老大的禮。那不曾做過父母或只有獨生兒女的，只帶來一份禮。

他們一進門就問：

「Baby在哪裡？」

爲他們開門的，只比他們膝蓋高一點點的老大，站在門邊陰影裡。

他們大步走向嬰兒小床，低下頭去發出熱烈的讚賞的聲音：

「看那睫毛，多麼長，多麼濃密！看那頭髮，哇，一生下來就那麼多頭髮，多麼細，多麼柔軟！看看看！看那小手，肥肥短短的可愛死了……」

客人努起嘴唇，發出「嘖嘖」的親嘴聲，不時「哦——吔——啊」做出無限愛憐的各種表情。老大遠遠的看著。

客人把禮物打開：「你看，淺藍的顏色，最好的質料呢！Baby的皮膚嫩，最配了……」

「來來來，讓我抱抱Baby……」

客人抱起香香軟軟的娃娃，來回踱著，嘴裡開始哼起搖籃曲，眼睛瞇起來，流露出萬分沈醉的柔情蜜意。

老大在遠處的台階上坐下來，手支著下巴，看著這邊。

直到走，客人都沒注意到客廳裡還有另外一個孩子，一個他本來認識的孩子。

晚上，該刷牙了，老大爬上小椅子，面對著洗手台上的鏡子，左看看，右看看，看自己。

「嗯？」媽媽好奇的瞅著。

「媽媽，」老大的眼睛不離開鏡子裡的自己，「媽媽，我的睫毛不長嗎？」他眨眨眼睛。

「長呀！」

「不密嗎？」

「密呀！你怎麼了？」

「媽媽，」他的眼睛有點困惑的盯著自己，「我的頭髮不軟嗎？我的手，媽媽，我的手不可愛嗎？……」

媽媽放下了手中的梳子，把老大擁進懷裡，竟覺得心酸起來。

3

那香香軟軟的娃娃開始長成一個白白胖胖的小鬈毛。一頭鬈髮下面是一雙圓溜溜的大眼睛，睜開來看見世界就笑。媽媽看著他，覺得自己像被一塊大磁鐵吸住了，怎麼也離不開那巨大的魔力。她著迷似的想吻他，幫他穿小衣服時、餵他吃麥片時、爲他洗澡時、牽著他手學走路時，無時無刻她不在吻著娃娃的頭髮、臉頰、脖子、肩膀、肚子、屁股、腿、腳趾頭……。她就這麼不看時間、不看地點、忘了自己是誰的吻著那肥嘟嘟的小鬈毛。

同時，老大變得麻煩起來。

該刷牙的時候，他不刷牙。媽媽先用哄的，然後用勸的，然後開始尖聲喊叫，然後開始威脅「一、二、三」，然後，媽媽把頭梳拿在手上，老大挨打了。他哼哼啊啊的哭著，這才蹬上了小椅子，開始刷牙。

該吃飯的時候，他不吃飯。

「我不吃。」他環抱著手臂，很「酷」的揚起下巴，表示堅決。

「爲什麼？」

「我不餓。」

「不餓也要吃。定時定量還需要解釋嗎？」媽媽開始覺得這六歲的孩子眞是不可理喻，都六歲了！

那兩歲的小鬈毛一旁快樂的吃著麥片，唏哩嘩啦的發出豬食的聲響。他抬起臉，一臉都是黏黏糊糊的麥片，媽媽噗哧笑了出來。

「我不吃。」老大再度宣佈。

媽媽整了整臉色，開始勸，然後開始尖聲斥喝，然後開始威脅「一、二、三」，然後，媽媽把木匙拿在手裡，老大挨打了。他哼哼啊啊的哭著，這才開始低頭吃飯，眼淚撲簌簌落在飯裡。

媽媽覺得累極了。她氣急敗壞的說：

「從起床、穿衣、刷牙、洗臉、吃飯……每一件事都要我用盡力氣纏三十分鐘你才肯去做——我怎麼受得了啊你？」

她用手扯著前額一撮頭髮：「你看見沒有？媽媽滿頭白髮，都是累出來的，你替我想想好不好？媽媽老死了，你就沒有媽了……」

老大止住了眼淚，只是低著頭。

「哥哥笨蛋！」

那小的突然冒出一句剛學來的話，在這節骨眼用上了。媽媽忍俊不住想笑，看看老大緊綳的臉，只好打住。

「哥哥該打。」

小的覷著媽媽掩藏的笑意，討好的再加上一句，大眼睛閃著狡獪的光。媽媽再也忍不住大笑起來。老大脹紅了臉，推開盤子，憤然站起來，走了出去。

媽媽愣了一下，趕緊跟了過去。

4

「你比較愛弟弟。」

安安斬釘截鐵的說，兩手抄在褲袋裡。

媽媽坐在樓梯的一階，面對著他，一手支著下巴。

「你說說看我怎麼比較愛弟弟。」

「他可以不刷牙，他可以不吃飯，他可以不洗臉……他什麼都可以我什麼都不可以！」

「安安，」媽媽盡量溫柔的說，「他才兩歲；你兩歲的時候也是什麼都可以的。」

老大不可置信的望著媽媽：「我兩歲的時候也那麼壞嗎？」

「更壞。」媽媽把稍微有點鬆動的老大拉過來，讓他坐在自己膝上，「你兩歲的時候，家裡只有你一個小孩，你以爲你是國王，天不怕地不怕的。現在弟弟什麼都得和你分，可是你小的時候，爸爸媽媽和全部的世界就屬於你一個人。所以你那時候比現在的弟弟還壞哪！」

「哦——」老大似乎是理解了，又似乎是在緬懷過去那美好的時光。

「媽媽問你，現在新衣服都是買給誰的？」

小鬈毛也早來到一旁，跪在地板上玩汽車，嘴裡不時發出「嘟嘟」的聲音。

「我。」

「對呀！弟弟穿的全是你穿過的舊衣服對不對？」

老大點點頭。他已經沒有氣了，但他享受著坐在媽媽膝上暫時獨佔她的快樂。

「好，每個星期五下午媽媽帶誰去看戲？」

「帶我。」

「好，晚上講西遊記、水滸傳、侯文詠頑皮故事、小野的綠樹懶人——是給誰講的？」

「給我。」

「冬天爸爸要帶去阿爾卑斯山滑雪的是誰？」

「我。」

「誰可以用那個天文望遠鏡看月亮？」

「我。」

「安安，」媽媽把兒子扳過來，四目相對，「有些事是六歲的人可以做的，有些是兩歲的人可以做的。對不對？」

「對，」兒子點頭，「可是，我有時候好羨慕弟弟，好想跟他一樣……」

「這麼說——」媽媽認眞的想了想，問道：「你要不要也穿紙尿褲呢？」

「啊——」安安驚跳起來，兩隻手指捏著鼻子，覺得很可笑的說：「不要不要不要——」

他傍著小鬈毛趴在地上，手裡推著一輛火柴盒大小的警車，口裡發出「打滴打滴」的警笛聲，和弟弟的載豬車來來回回配合著。

兩個頭顱併在一起，媽媽注意到，兩人頭髮的顏色竟是一模一樣的。

5

媽媽在花園裡工作。她把鬱金香和水仙的種子埋進地裡，希望春天來時，園子裡會有風信子的香味。鬱金香不香，但那花花綠綠的蓓蕾十分美麗，而且拇指姑娘應該就是從鬱金香的蓓蕾裡長出來的。

穿過廚房，她沒忘記往熱騰騰的烤箱望了一眼，時候還沒到。在洗手的時候，飛飛踱到她身邊來，有事沒事的叫了聲「媽媽」。她「嗯」了一聲，逕自走出洗手間，想想，什麼地方不對，又回過頭來，往下仔細的看了看小鬈毛。

她呆了。

老二身上的套頭毛衣上全是洞，大大小小歪七豎八的洞，剪刀剪出來的洞。燈心絨褲腿被剪成碎條子，像當年嬉皮穿的鬚鬚牛仔褲一樣，一條長一條短。

老二一身破爛不堪的衣服，像個叫化子似的站在那裡。他在那兒微笑著，臉上還剛巧黏著一粒飯。

「你你你——」媽媽倒抽一口涼氣，這才又看見他的襪子也剪了幾個大洞，露出腳趾頭。

老二天使似的微笑著：「哥哥弄的呀！」

媽媽從喉嚨裡發出一種野獸呻吟的聲音，衝上樓去，猛力推開安安的房門；安安正坐在地上組合一艘船。

「安安。」媽媽極凶狠的大聲吼著。

「嗯？」安安揚起臉。

「弟弟身上的衣服是誰剪的？」媽媽龐大的身軀堵在門口，兩手扠著腰。

老大欲言又止，瞥了媽媽一眼，把頭低下去，半晌，幽幽的說：

「媽媽，對不起。」

「對不起也沒有用，你暴殄天物——」想想孩子大概聽不懂，媽媽連珠炮般接下去：「你破壞東西呀你人家索馬利亞的孩子餓死了你還會把好好的衣服剪壞而且剪刀傷了人怎麼辦你究竟在打什麼主意你？」

「本來，」安安喏喏的小聲的說，「本來是想試試那把新剪刀有多利……」

「後來呢？」媽媽竟然又想笑了。

「後來……我也不知道哇……不知道怎麼就剪了那麼多洞……我氣他。」聲音小得快聽不見了。

「什麼？」媽媽以爲沒聽清楚。

「我氣他。」

掛著一身破布的老二從媽媽腿後鑽了過來，挨著老大坐下。

「把手伸出來。」媽媽說。

老大很快的把手藏在衣服裡，連聲說：「不要打不要打……」老二伸出兩手環抱著哥哥的頭，把整個身子覆在哥哥身上，大聲叫著：「不要打不要打……」

兩兄弟相依爲命的抱成一團。再抬起頭來時，發現媽媽已經不在那兒了。

一屋子的蛋糕香氣。

——一九九四年三月．選自皇冠版《孩子你慢慢來》

百年思索

1

十九世紀的世界？

那要看你說的是哪一個世界。十九世紀後半葉的維也納，在斯蒂芬·茨威格的回憶裡是一個明亮美好的世界：

……普遍的繁榮變得愈來愈明顯，愈來愈迅速，愈來愈豐富多彩。照亮夜晚街道的，已經不是昏暗的燈光，而是耀眼的電燈。從主要街道到市郊的沿街店鋪都散射出迷人的新的光彩……水已經不再需要從水井或從水渠裡去提取，爐灶生火也不再那麼費勁，到處講究衛生，已不再滿目骯髒……人們都變得愈來愈漂亮，愈來愈強壯，愈來愈健康。畸形殘廢、甲狀腺腫大、斷肢缺腿的人在街上已日益少見。

……社會方面也在不斷前進；每年都賦予個人以新的權力，司法愈來愈溫和與人道……

愈來愈廣泛的社會階層獲得了選舉權，從而有可能通過合法手段來維護自己的利益。社會學家和教授們競相爲使無產者享有比較健康幸福的生活而出謀劃策，因此，這個世紀爲自己所取得的成就而自豪。

十九世紀末葉的中國，你可以透過外國人的眼睛來看，譬如一個美國女傳教士在一八九五年看見的山西：

……街頭到處都是皮膚潰爛的人，大脖子的、肢體殘缺變形的、瞎了眼的，還有多得無可想像的乞丐……骯髒，令人作嘔……一群男人就在我們眼前把褲子脱下來大便，然後蹲在那兒抓身上的蝨子……一路上看到的潰爛皮膚和殘疾令我們難過極了。

也可以透過中國人的眼睛來看，譬如梁啓超在一八九六年寫的：

……地利不闢，人滿爲患。河北諸省，歲雖中收，猶道殣相望。京師一冬，死者千計。一有水旱，道路不通，運賑無術，任其項委，十室九空。濱海小民，無所得食，逃至南洋美洲諸地，鬻身爲奴，猶被驅迫，喪斧以歸。馴者轉於溝壑，黠者流爲盜賊。

……官制不善，習非所用，用非所習……一官數人，一人數官，牽制推諉，一事不舉……非鑽營奔競，不能療飢；俸廉微薄，供億繁浩，非貪污惡鄙，無以自給。

或者加拿大傳教士馬偕在一八七二年所投宿的「台灣最好的旅館」：

> 大馬路上一排低矮的磚房……房間極小，小得只能塞下三張床，沒有任何桌椅。薄板床的腳是磚塊疊的；沒有彈簧墊或床單被套，只有幾張骯髒的草席，抽鴉片的苦力在上頭睡過多年。沒有窗。花生豆油點起的微光讓人看見地板是黑濕的泥土，牆，污穢不堪且生了霉……鴉片味沖鼻，在門口污泥裡打滾的豬發出臭味……這些豬走進走出，但這是我們走遍了全島所住過最好的旅館。

每一個時代都有它的情緒。茨威格的十九世紀的歐洲人樂觀而且自負，「懷著自由派的理想主義真誠地相信自己正沿著一條萬無一失的平坦大道走向最美好的世界。」梁啓超時代的中國人卻是惶惶不安的，「今有巨廈，更歷千歲，瓦墁毀壞，榱棟崩折；非不枵然大也，風雨猝集，則傾圮必矣。」每個人都有風雨欲來、大難臨頭的壓抑和緊張。

即使僅僅只是想寫本遊記，作者的序卻可以沉重得不勝負荷：「吾人生今之時，有身世之感情，有家國之感情，有社會之感情，有種教之感情。其感情愈深者，其哭泣愈痛；此洪都百鍊生所以有《老殘遊記》之作也。」

雖然執筆在二十世紀初，劉鶚表達的卻是十九世紀末的時代情緒：「棋局已殘，吾人將老，欲不哭泣也，得乎？」大廈將傾，棋局已殘，除了感時憂國的痛哭之外，還有救亡圖存的奮起。既沉重，又激越。

二十世紀的樹種在十九世紀的土壤裡，離地面最遠的一片葉子也含著土壤的成份。如果斯蒂芬・茨威格的維也納是我的土壤，我不會是現在的我。年輕時留學美國，看見美國的年輕人抬頭挺胸、昂首闊步，輕輕鬆鬆地面對每天升起的太陽，我覺得不可思議：這樣沒有歷史負擔的人類，我不曾見過。我，還有我這一代人，心靈裡的沉重與激越，是否有一個來處？

2

不是說，所有針砭時事的文章在事過境遷之後都要失去它的魅力？那麼爲什麼梁啓超的文章在一百年之後仍舊讓四十歲的我覺得震動？

他分析專制政體如何塑造中國人的民族性格：

夫既競天擇之公例，惟適者乃能生存。吾民族數千年生息於專制空氣之下，苟欲進取，必以詐僞；苟欲自全，必以卑屈。其最富於此兩種性質之人，即其在社會上佔最優勝之位置者也。

他呼籲體制改革迫在眉睫否則將萬劫不復：

吾國民苟非於此中消息參之至透、辨之至晰、憂之至深、救之至勇，則吾見我父老兄弟甥舅，不及五稔，皆轉於溝壑而已。嗚呼，吾口已乾，吾淚已竭，我父老兄弟甥舅，其亦有聞而動振於厥心者否耶？

他的剖析像一把寒光刺目的刀，他的呼籲像傷口上抹鹽時哼不出來的痛楚。

在二十世紀還年輕的時候，十九世紀的文章也曾感動過另一個四十歲的人；胡適在一九三〇年說梁啓超的文字「我在二十五年後重讀，還感覺到他的壓力，何況在我十幾歲最容易受感動的時期呢？」

「最容易受感動的時期」是一九〇五年，胡適十二歲，讀到三十二歲的作家梁啓超的大聲呼喊：

破壞亦破壞，不破壞亦破壞！

少年人熱血奔騰，「衝上前去，可不肯縮回來了。」

這個熱血少年在二十五年後變成北大教授，轉身對又是一代的少年呼喊：

少年的朋友們，現在有人對你們說：「犧牲你們個人的自由去求國家自由！」我對你們說：「爭你們個人的自由，便是爲國家爭自由！爭你們自己的人格，便是爲國家爭人格！自由平等的國家不是一群奴才建造得起來的！」

同時，他對繼滿清政府而起的新的獨裁毫不留情：

共產黨和國民黨協作的結果，造成了一個絕對專制的局面，思想言論完全失了自由……一個學者編了一部歷史教科書，裡面對於三皇五帝表示了一點懷疑，便引起了國民政府諸公的義憤，便有戴季陶先生主張要罰商務印書館一百萬元！……至於輿論呢？我們花了錢買報紙看，卻不准看一點確實的新聞，不准讀一點負責任的評論：我們不能不說國民政府所代表的國民黨是反動的。

四十歲的胡適之所以仍受梁啓超的文章感動，難道不是因爲，儘管已經過了四分之一世紀，他所面對的中國仍是一個專制貧窮的中國，他所感受的痛苦仍是梁啓超的痛苦，他所不得不做的呼喊仍是梁啓超的呼喊？

而我，正好在胡適所抨擊的那個體制下出生、成長。十二歲的胡適在上海讀書，用心背誦抄寫的是《新民論》、《天演論》、《群己權界論》。老師們出的作文題目是「論日本之所由強」和「言論自由」。六十年之後，十二歲的我在台灣讀書，用心背誦抄寫的是「蔣公訓詞」。寫的作文題目是「民族救星」、「大有爲的政府」、「忠勇爲愛國之本」、「孝順爲齊家之本」。沒有人告訴我，胡適在一九三〇年曾經說：

少年的朋友們，請仔細想想：你進學校是爲什麼？你進一個政黨是爲什麼？你努力做革命工作是爲什麼？革命是爲了什麼而革命？政府是爲了什麼而存在？

也沒有人告訴我，在一九〇〇年梁啓超曾經說：

故今日之責任，不在他人，而全在我少年。少年智則國智……少年獨立則國獨立，少年自由則國自由。

於是到了一九八五年，《野火集》的作者所呼喊的是：

……中國學生……缺乏獨立自主的個性，盲目地服從權威……完全沒有獨立思考的能力……不敢置疑、不懂得置疑是一種心靈殘障；用任何方式——不管是政治手段或教育方式，不管是有意或無心——去禁止置疑、阻礙思考，就是製造心靈障礙……我們，是不是一個心靈殘障的民族？

一百年之後我仍受梁啓超的文章感動，難道不是因爲，儘管時光荏苒，百年浮沉，我所感受的痛苦仍是梁啓超的痛苦，我所不得不做的呼喊仍是梁啓超的呼喊？我自以爲最鋒利的筆刀，自以爲最眞誠的反抗，哪一樣不是前人的重複？

重複前人的痛苦，重複前人的努力，整個民族智慧就消耗在這一代又一代又一代的重複中。溫習中國近代史，翻過一篇又一篇的文章，不免生氣：他媽的，爲什麼每一代人都得自己吃一次蜘蛛，吃得滿嘴黑毛綠血，才明白蜘蛛不好吃？

北京大學是一八九八年維新運動的產物。一九九八年，爲慶祝北大百年校慶，北京學者李愼之寫著：

自由主義……是一種社會政治制度，也是一種生活態度。只有全社會多數人都具備了這樣的生活態度，也就是正確的公民意識，這個社會才可以算是一個現代化的社會。這個國家才可以成爲一個法治國家。

中國要達到這個目標，還有漫長而曲折的路要走。

唉，李慎之肯定知道汪康年在一八九六年說過的話：

全國之民皆失自主之權，無相爲之心。上下隔絕，彼此相離。民視君父如陌路，視同國若途人。夫民之弱與離，君所欲也。……積至今數千年，乃受其大禍。然則至今日，而欲力反數千年之積弊，以求與西人相角，亦惟曰復民權、崇公理而已。

「復民權、崇公理」，用今天的白話文來說，不就是「公民意識」、「法治社會」嗎？中間已經過了多少年？而前面「還有漫長而曲折的路要走」？

李慎之的心情，想必是憂鬱的。

3

中國的知識份子又以什麼樣的心情看待一九九八年六月美國總統柯林頓的北京之行呢？

這個美國人，在他出發之前，許多中國人已經對他寄以厚望：希望他對中國當權者提出政治犯釋放名單，希望他在北京接見異議份子，希望他拒絕踏上天安門，希望他批評中國的人權政策，希望他……總之，希望他能向中國領導人進言而促成中國的政治改革，爲中國人爭取到自由和權利。中國頭號政治犯魏京生不是剛剛才接受了美國的保護嗎？

一八九八年，也有一個重要的外國人來到北京，叫伊藤博文。中國人對他也曾寄以厚望。《台灣日日新報》以生動的文字報導了九月十九日伊藤和康有爲的晤談：

康氏曰：「……君侯見太后時，請極言多國相迫，外患甚急，斷行改革，則中國尚能自立，不然，必難當各國分派，其禍患不可勝言。」

侯曰：「諾。」

康氏又曰：「君侯見太后時，請極言倡論改革多士，皆具忠心爲國家謀幸福，無他意者……」

侯曰：「諾。」

康氏又曰：「君侯見太后時，請極言滿人漢人，同爲清國赤子……滿漢界線，切不可分。」

……侯連答皆諾之。康氏色怡曰：「君侯能爲太后逐一言此，則一席話足救我中國四億萬人，豈惟敝邦幸福，東方局面，地球轉運，實繫在君侯焉。」

伊藤來不及見到太后，政變已發生。康有爲成爲中國頭號政治犯，透過英國人的主動援救而流亡日本。

李鴻章要求伊藤遣回康有爲，伊藤回答：

唯唯否否不然。康之所犯如係無關政務，或可遵照爵相所諭。若干涉國政，照萬國公法不能如是辦理，當亦貴爵相所相知。

歷史情境的相似像電影的蒙太奇。政變發生，有決定留下來流血犧牲的，譬如譚嗣同；有決定出走流亡的，譬如康梁。國際輿論不滿北京政府的鎭壓，紛紛插手。爲了聲援黃遵憲，英國宣佈「如中國國家欲將黃遵憲不問其所得何罪必治以死，則我國必出力援救以免其不測之禍。」幾個魯莽的美國人甚至試圖劫獄。

抵達彼岸的流亡人士起先受到外國媒體的包圍和愛國華僑的支持。時日稍久，部分流亡者彼此之間產生矛盾，相互攻擊，財務不清者有之，道德敗壞者有之。而在中國，原來喧騰一時的改革呼聲突然噤聲。

柯林頓和伊藤博文難道不是扮演了同一個角色，在同一個舞台，演出同一個腳本？那個天眞的美國人還果眞大談自由民主，說美國人所相信的人權價值是普世價值；面對鏡頭的他風度翩翩，辯才無礙，渾身散發著文明的自負與優越。

對，我眞想狠狠踢他一腳，說：下來！這些話不需要你來對中國人說。

但是，我當然知道，這些話就是需要由外國人來說；中國人自己說了是要治罪的。該被踢一腳的當然不是他。我的一時衝動，只是由於想起譚嗣同臨刑前的話：「外國變法未有不流血者，中國以變法流血者，請自譚嗣同始。」

譚嗣同如果知道在他之後有多少血要流進中國的土地，一百年之後還在流，爲同一個理由流，我確信，他會死不瞑目。

4

所以外國人以人權爲理由干涉中國內政也有一百年的歷史了。而圍繞著這種洋人「干涉」的辯論，是不是不一樣了呢？

二十世紀九○年代的爭執是：人權是不是西方文化專屬特產，適不適合中國國情，有沒有所謂中國國情。

上海學者王元化在一九九五年的看法是：

我不贊成所謂萬物皆備於我的返本論，尤其當有些人假借東方主義的理論，只承認文化傳統的特性，不承認各個民族由人類共性所形成的相等的價值準則，因而拒絕遵守國際公法和人性原則的時候，這個問題就更突出了。今天不應該再出現清軍在常勝軍協助下攻破太平軍駐守的蘇州，因殺降而遭到戈登將軍責問時，以「國情不同」爲藉口來搪塞的荒唐事了。

一九九八年我的一篇以德文發表的文章在歐洲引起一些注意：

> 個人、自由、人權，在西方文化裡也是經過長期的辯證和實驗才發展出來的東西，不是他們「固有」的財產……文化，根本沒有「固有」這回事……文化是一條活生生的、浩浩蕩蕩的大江大河，不斷地形成新的河道景觀。文化一「固有」，就死了。……儒家思想本身，又何嘗不是一個充滿辯證質疑、不斷推翻重建的過程？

梁啓超在一八九六年寫的〈論不變法之害〉，熟讀清史的王元化想必了然於心，我卻是第一次細讀。我的錯愕在王元化眼中一定顯得可笑。

梁啓超這篇氣勢磅礴的文章說了些什麼呢？第一，「上觀百世，下觀百世，經世大法，唯本朝爲善變」。所謂傳統所謂國情，就是不斷地推翻重建。第二，「吾所謂新法者，皆非西人所故有，而實爲西人所改造」。民主科學現代化，只是在西方發生，改變了西方，而不是西方文化固有本質。第三，「天子失官，學在四彝」。如果民主科學在中國文化中找不到，可以學。第四，更何況，中國傳統龐雜多元，不見得找不到；中國有神農后稷，有庠序學校，有議郎博士，有墨翟元倉關尹。

結論呢，「法者天下之公器也，變者天下之公理也。大地即通，萬國蒸蒸，日趨於上。大勢相迫，非可閼制，變亦變，不變亦變！」世界有某些共同的價值，往這些價值邁進，是推擋不住的世界趨勢。

這篇文章在我讀來覺得驚心動魄，因爲它所碰撞的幾個問題正好是一百年以後中國知識界最關切的大問題之一——中國文化的現代化。看看中研院李明輝在一九九七年怎麼描述：

當代儒學所面對的時代問題主要是現代化問題……現代化不等於西化，但我們不能不承認：現代化的歷史動力主要是來自西方，因此，中國文化在追求現代化的過程中，自始便與「它該如何面對西方文化」的問題相關聯……在面對現代化的問題而進行自我轉化的過程中，當代儒學一方面致力於現代化的意義，一方面重新詮釋自己的傳統。這兩方面的工作是相互關聯、同步進行的，而且都必須透過對西方文化的吸納和消化來進行。

梁啓超的「法者天下之公器也，變者天下之公理也」所勾勒出來的難道不就是我們轉進二十一世紀的此刻所面對的現代化以至於全球化的基本原則嗎？

而我自以爲得意的文章，又說了什麼梁啓超不曾說過的話？王元化可也覺得憂鬱？

5

我想，我落進了一個自己畫出來的圈套。感嘆後人沒有超過前人，就是假定歷史以直線往前邁向進步，譬如斯蒂芬·茨威格時代的維也納人。他們「覺得每隔十年便標幟著更上一層樓的進步」；他們「始終不渝地深信容忍與和睦是不可缺少的約束力。他們眞心實意地以爲，各國和各教派之間的界線和分歧將會在共同的友善中逐漸消失，因而整個人類也將享有最寶貴的財富——

安寧與太平。」

這是茨威格十九世紀的父輩們所相信的進步主義。茨威格寫回憶錄是在一九四〇年；這一年，身爲猶太人，他，以及他的父輩，已經被逆轉的時代狂潮所粉碎。二十世紀的一代人，已經沒有人敢相信歷史是直線進步的：

我們今天的人已不得不使自己漸漸習慣於生活在一個沒有立足點，沒有權利，沒有自由，沒有太平的世界。我們早已爲了自己的生存而摒棄了我們父輩們的以爲人性會迅速和不斷提高的信念。鑒於一場猛一下就使我們的人性倒退近一千年的災難，在我們這些得到慘重教訓的人看來，那種輕率的樂觀主義是十分迂腐的。

一九四二年，憂傷的作家自殺身亡。

三〇年代，楊杏佛曾經喟嘆：「爭取民權的保障是十八世紀的事情。不幸我們中國人活在二十世紀裡還是不能不做這種十八世紀的工作。」

這個說法，茨威格不會同意，希特勒統治下的托瑪斯．曼不會同意，東德何內克統治下的藝術家們不會同意。歷史的重複、文明的倒退，在二十世紀裡有太多的見證者。

最令人困惑的，是日本。從康梁時代到一百年後的今天，中國人一直在讚美明治維新如何奠定了日本現代化的基礎。康有爲讓光緒皇帝苦苦鑽研的兩本書之一，就是他所寫的《日本變政考》。中國百日維新的失敗像一塊破抹布，擦亮了明治維新這塊代表進步的銅牌。

明治維新眞這麼光滑燦亮嗎？很少被提及的是，英法美荷四國聯軍曾經砲轟下關，強迫通商；激烈的攘夷運動、連串的軍事鎮壓、激進派的暗殺行動、國粹派的反動，貫穿整個明治維新時期。

再說，日本軍國主義的種子難道不是種在明治維新的意識型態裡？福澤諭吉在他一八八五年的《脫亞論》中所提倡的進步論調就是要「擺脫亞洲的固陋，轉向西方的文明」，主張「我國不要猶豫等待鄰國的開明，共興亞洲，而應該脫離這一隊伍，與西方的文明共進退；對於中國和朝鮮，也應該像西方人對待中國和朝鮮那樣地來對付。」

不是基於這樣的「進步」理念才會有一八九四年的「清日戰爭」嗎？中國戰敗所給予日本的三·六億日元，是日本國家預算的五、六倍，大幅度促進了日本的工業發展；更重要的，其中超過五分之四被用在日後的擴充軍備上。甲午戰爭的勝利簡直就是明治維新獲得的獎牌，標幟著「進步」。

可是，一九四五年，當原子彈將日本國土燒成焦黑、大和人民屍橫遍野的那一刻，明治維新究竟是勝利了還是失敗了？歷史，在那一刻，究竟是前進了還是後退了？

弗洛伊德大概是對的。他說我們的文明，或者說文化，只是非常薄非常薄的一層，隨時可能被惡的欲念衝破。

非常薄的一層什麼呢？我想，像手捧著的透明的細瓷吧，一不小心就要粉碎。一旦嘩啦碎在地上，我們又得從頭來起，匍匐在地，從掘泥開始。

6

如果瓷器不摔下來，如果文明能平靜地累積一段時候，有些理想卻也是可以實現的。陳少白在一百年前來台灣成立興中會台灣分會時，不會料到這個島嶼將來要變成中華民國的根據地。章太炎在戊戌政變後流亡台灣，曾經寫到這個「東南富饒之地」有一天「必有超軼乎大陸者」；他不可能料到，一百年後，台灣「超軼乎大陸」的會是什麼。

到一九五二年，胡適仍在抵擋國民黨的專制；唯一不同的是，三〇年代的他咄咄逼人、氣勢萬鈞，五〇年代的他——人老了可能不是唯一的原因——低調、迂迴、欲言又止。但他仍舊呼喊：「人人應該把言論自由看作最寶貴的東西，隨時隨地的努力爭取，隨時隨地的努力維持……」這是胡適在紀念《自由中國》創刊三週年的致詞。八年後，雜誌被查禁，雷震下獄，判刑十年。看起來是件大事，因爲胡適和雷震名氣太大。人們不太知道也不太記得，早在一九四九年，台灣作家楊逵因寫過〈和平宣言〉而被判十二年監禁。〈和平宣言〉所要求的也不過是「請政府從速準備還政於民，確切保障人民的言論集會結社出版思想信仰的自由。」

一直到一九八七年，台灣和大陸一前一後地走在百日維新以來同一條「漫長而曲折的道路上」。八七年以後，它卻折上了另一條路，一條嶄新的、沒有前人足跡的路。

在二十世紀末的台灣——孫中山和黃花崗七十二烈士所締建的「中華民國」，沒有人再談爭取自由，沒有人再談爭取人權，因爲憲法保障的自由和人權都已獲得。梁啓超的作文題目總算過時了。在一九九八年，兩千一百萬台灣人已經擁有與西方齊步的基本權利，譬如居住遷徙自由、言論出版自由、祕密通訊自由、集會結社自由、宗教信仰自由，以及所謂生存權、工作權、財產權、參政權、請願訴願權、國民教育權等等。另外被視爲理所當然的還有社會福利保險、健康醫療、文化藝術發展和弱勢團體的特別保護。

這不是十九世紀的知識份子所夢寐以求的「復民權、崇公理」嗎？梁啓超一代人影響胡適一代人；胡適一代人影響殷海光一代人；殷海光一代人之後有一波又一波前仆後繼的知識份子，這是捧著瓷器跑步的接力賽。瓷器一百年不落地而碎，它就嫣然放出光芒，證明一百年前張之洞的缺乏遠見：

使民權之說一倡，愚民必喜，亂民必作，紀綱不行，大亂四起……子不從父，弟不尊師，婦不從夫，賤不服貴，弱肉強食，不盡人類不止。環球各國必無此政，生番蠻獠亦必無此俗。

百日維新後的第一百年，中國大陸的知識份子仍不敢暢談自由主義；談時或者小心翼翼半呑半吐，唯恐招來禍害，或者斷章挑選自由主義理論中對當前現實「有用」者，唯恐引起反效果。台灣知識份子面對的問題卻完全是另一個階段另一個性質的問題。台大的江宜樺說得不錯：

當越來越多的自由權利被開發出來並形成對立衝突之局，民主審議就成了不得不然的調節機制，因爲我們面對的再也不是簡單的自由派或保守派之別，而是不同自命爲自由派的自由主義價値之別。這種困境的內在意義，恐怕才是現代社會中所有提倡個人權利的行動者，所必須深思的課題。

新得到的自由在台灣人的手裡，像一條抓不住的泥鰍。

7

或者說，是一個仍在拉坯階段尚未成形的瓷器？在台灣這個實驗室裡，西方民主制度和中國傳統文化摻雜混合而冒出來的奇形怪狀，令人眼花撩亂，目不暇接。梁啓超在一九〇三年就有所憂慮：「然吾聞共和政體，以道德爲之氣者也。」他指的是公民道德，也是我們今天所說公民社會裡的人民素質。「苟脫威力之制裁，而別無道德之制裁以統一之，則人各立於平等之地，人各濫用其無限之權，挾懷私見。」下一代的李大釗在一九二一年也大喊：「我們所要求的自由，是秩序中的自由，我們所顧全的秩序，是自由間的秩序。」

梁啓超和李大釗能想像到今天這種情況嗎？譬如說，在台灣的民主社會裡，黑道用金錢與暴力，用裹脅與利誘，取得地方派系的合作，操縱選舉而進入議會，往往成爲議長而控制議會。流氓轉化爲民意代表，監督政府預算。而政府當然包括警察局。

於是荒謬的局面就出現了：魚肉良民的黑道角頭代表「民意」高高在上，除暴安良的警察局長無限委屈地在下等候質詢，擔心他的預算被議會刪減。官兵和強盜，在完全民主合法的操作中，掉換了位置。

台灣人對自由與秩序之間矛盾而複雜的關係，認識也很低，尤其以被送出來的民主政府爲代表。譬如以偵防中共間諜爲理由，調查局可以公然宣佈將對自己國民設立「忠誠檔案」，採取監視。譬如以增加效率爲理由，行政院可以宣佈要發行ＩＣ「國民卡」，將國民個人資料、照片、指紋以及控制網路活動的電子簽章以數位方式記錄在卡片上。這種爲了所謂行政效率而罔顧個人隱私權的作法，在任何法制先進的國家裡都會使得全國譁然，激烈抗爭不止。在台灣這個剛剛起步的社會裡，連一個稍微健全一點的監聽法規都還沒有成立，簡直就沒有任何方法可以抵抗政府，或者黑道及商業團體利用政府，在暗中侵犯人民通訊的自由。行政院貿然宣佈「國民卡」的發行，表示政府官員連自己可能侵犯人民自由的這個基本認識和自覺都沒有，實在令人不寒而慄。

❶

當然，跨進二十一世紀的台灣年輕人和我這一代人已經有著明顯的不同，他們抬頭挺胸、昂首闊步，輕輕鬆鬆地面對每天升起的太陽，看起來背上沒有任何歷史負擔。不需要沉重，也無所謂激越。

我們只能希望，他們抱好手裡的瓷器，不要讓它摔下來粉碎；因爲粉碎的時候，下一代又得匍匐在地，從掘泥開始。

只能謙卑地希望。

8

兩固世紀的中國知識份子面對的其實是一個問題：西化的問題。十九世紀的改革家顯得急迫，但充滿自信，對於改革的目標堅信不移。王韜的筆調多麼典型：

> ……天時人事，皆由西北以至東南，故水必以輪舟，陸必以火車，捷必以電線，然後全地球可合爲一家。中國一變之道，蓋有不得不然者焉。不信吾言，請驗諸百年之後。

好大的口氣啊，王韜。他似乎沒有深想：輪舟火車電線將造成產業結構改變，產業結構改變將造成社會結構改變，社會結構改變將瓦解原有的道德架構和文化秩序，道德架構和文化秩序瓦解之後如何重建？

這樣要求十九世紀的人當然是不公平的。王韜所面對的是一個牢套在中國舊傳統框框裡的社會，因此他要達到的只是打破那個框框；打破了之後怎麼辦，是二十世紀的問題。

胡適說，中國新文化運動的起點是十九世紀的百日維新；如果我們接受這個說法，那麼百日維新之後有五四運動的全盤西化，之後有五〇年代的全盤蘇化，之後有徐復觀等人掀起的新儒家運動，有蔣介石在台灣推行的中華文化復興運動，有錢穆所呼籲的舊文化運動……。每一個運動都在尋找答案：西化、蘇化、傳統化……。相對於十九世紀知識份子的篤定，二十世紀的人毋寧是猶豫的、懷疑的、思索的。殷海光的心情是許多人的心情：

我恰好成長在中國的大動亂時代，在這個動亂的時代，中國的文化傳統被連根的搖撼著，而外來的觀念與思想，又像狂風暴雨一般的沖激而來。這個時代的知識份子，感受到種種思想學術的影響……無所適從。在這樣的顚簸中，每一個追求思想出路的人，陷身於希望與失望、吶喊與徬徨、悲觀與樂觀、嘗試與獨斷之中。我個人正是在這樣一個大浪潮中間試著摸索自己道路前進的人。

在西方生活了二十年的我自己，作爲一個微小的典型，距離殷海光三十年，是這麼說的：

我生來不是一張白紙；在我心智的版圖上早就浮印著中國的輪廓。我讀萬卷書，行萬里路，卻總是以這心中的輪廓去面對世界，正確地說，應該是西方世界。怎麼叫「面對」呢？面對不言而喻含著對抗的意思。一個歐洲人，絕對不會說，他一生下來就「面對」東方文化，因爲他的文化兩個世紀以來一直是世界的主流，他生下來只有自我意識，沒有對抗意識。

二十世紀的人猶豫、懷疑、思索，不是因爲他知道得太少，而是因爲他知道得太多；不是因爲他西化太淺，而是因爲他西化太深。王韜說，「請驗諸百年之後」，百年之後，中國——還有非洲、印度、伊斯蘭世界——的知識份子發現自己共同的處境：全球化的力量越大，本土化的欲望也越高；西化越深，回歸傳統的嚮往也越強。現代化全球化與民族化本土化兩邊使勁所拉出來的張力，在二十世紀末，成爲中國知識份子一個極重要的課題。如果說，一八九八年的文化菁英所思考的是如何走向西方，那麼一九九八年的人文知識份子所猶豫所懷疑所思索的是：如何走向自己。

非常艱難，因爲，在一百年努力西化的道途中，中國人拋掉了太多自己的東西。究竟拋掉了多少？張之洞的《書目答問》可能提供了一個指標。

這是張之洞在一八七五年爲全國「初學者」所開的一個書單。從先秦到當代學術，甚至包括天文幾何等所謂新學，總共列了兩千兩百種書，兩千多位作者。《書目答問》流傳很廣，影響極大。透露給我們的等於是一百年前中國知識份子的「共同知識範疇」(common stock of knowledge)。在這個共同範疇內，從周秦諸子到程朱陸王之學到乾嘉漢學，都是文化人可以指涉運用、彼此溝通辯詰的知識符號。

一百年以後，錢穆驚慌萬分地說：

> 今天我們對傳統的舊中國，已可說是完全無知識了。那麼對以後的新中國，我問諸位又有什麼理想抱負呢？那麼我想要發財，便贊成自由資本主義的社會。我自問發不了財，便贊成共產主義的社會。怕只有這兩條路了，還有第三條路嗎？我們中國民族將來的出路究竟在哪裡？這樣一想很可怕的。

說得好，西化、蘇化之外，應該有另一條路。於是錢穆爲一九七九年的中國「知識份子」、

「讀書人」，開出一個國學書單：《論語》、《孟子》、《老子》、《莊子》、《六祖壇經》、《近思錄》、《傳習錄》。總共七本。

書單開出的同時，錢穆還趕忙強調：後三本，全是白話文！

二十世紀末海峽兩岸的知識份子當然也有一個「共同知識範疇」，但是不可否認的，其中很大一部分是支離破碎的存在主義、女性主義、新馬克思主義；支離破碎的後現代主義、結構主義與解構主義、後殖民主義與東方主義；更別提支離破碎的達達主義、表現主義、超現實主義、魔幻寫實主義。支離破碎來自西方文化的「狂風暴雨」，來自中國傳統文化之被「連根的搖撼著」。

張之洞的兩千兩百部必讀的書和錢穆的七部必讀的書放在一塊兒，再問：這一百年間中國人拋掉了多少自己的東西？這個過程，稱之爲集體失憶、自我滅音，也不算太過吧？

所以，可以回到十九世紀第一個提倡「自改革」的龔自珍。他的名言：「滅人之國，必先去其史；隳人之枋、敗人之綱紀，必先去其史；絕人之材，湮塞人之教，必先去其史。」廣義的史，也就是國學——自己民族所傳承積累的文史哲學。兩百年從「自改革」出發、奮力走向西方的漫長道路上，龔自珍大概不曾預見這個歷史的悖論：「去其史」者最積極的，竟是中國人自己。

可是，這樣一個悖論不正給了二十一世紀的思索者一個新的起點嗎？一個與梁啓超、王韜時代截然不同、充滿挑戰的起點？

斯蒂芬·茨威格見證二十世紀大倒退、大黑暗的回憶錄，是這樣結束的。

可是不管怎麼說，每一個黑影畢竟還是光明的產兒，而且只有經歷過光明和黑暗、和平和戰爭、興盛和衰敗的人，他才算眞正生活過。

9

我在草原上看一團風在白楊樹叢那邊呼嘯來去，翻起白楊的葉子像千千萬萬金屬薄片顫動，簌簌作響。野花開滿了山坡，濃香引來白色的粉蝶飄忽上下。幾十隻烏鴉從麥田裡驀然騰起，像一張張黑傘美麗的撐開。蕎麥稈子忍不住麥穗的飽滿沉重而塌陷。草原上的風獵獵吹著。

偶然回頭，太陽已經姍姍下沉，沉在無邊無際的玉米田後面，滿天霞色像三月的桃花爛漫，映紅了新熟的玉米。

我們的世紀啊。

——一九九八年八月十六日・選自時報文化版《百年思索》

註釋：

❶因為「全國譁然」，國民卡發行遂取消。

曾麗華作品

曾麗華

祖籍廣東，1953年生。台灣大學中文系畢業，美國舊金山州立大學中文碩士，創作以散文為主，她的散文大多表達一己之心思、夢想、感觸，對於愛情的追懷、期待，出之以工筆刺繡，尤其精美迷人。現任職於金融界，著有散文集《流過的季節》、《旅途冰涼》等。

一滴清淚

窗外細雨澌澌，窗內飛鴻似雪。十二月這最冷也最熱的季節，人人競相馳函賀年，我站在辦公室的雪堆裡，每日的工作竟也無異於剷雪。

它的卡片上畫有耶誕樹一棵，圖案平凡至錯過它可能更易於找到它。不意在打開間飄然落下一葉細箋：

「……因患巴金森症，手腕僵而無力，書法不易成形，預期明年歲末將無法再以寸箋致賀乞諒。」

「吾友嘗告我以其尊翁晚年，一生文稿，堆積生蠹，家人乘其外出時付之一炬。先生返而見之，嘆劫數不已。我雅不願我之手稿遭同樣命運，故乘今日尚勉強能工作之時，將其整理，選出若干篇，依其性質，分別彙輯，亦敝帚自珍耳。酷望明年如期完成。」影印字如黑影掠過雪地。

雖然氣若游絲，字跡在軟弱中仍不失其高貴。投我以悲傷而禮貌的微笑，披著落葉一般的外衣，起身並且動身，我覺得自己也隨之而肅立，「不然，你留於此，待你不見我後，你當亦如此離去。……」從茲而去一路清吉吧，那身影彷彿以倒退的方式前進，進入那密布窗眼的高樓廣廈，進入那混沌憂鬱的塵網如織，更多更多的卡片從雪裡埋去，整個世界是一片潔淨的墓塚。逝者含笑，生者銜悲……

●

耶誕樹下印有小詩數行，似乎以夢幻提醒閱者耳目：大意為「……這棵小小的茸樹不由暗自飲泣，它沒有任何耀眼禮物可供呈獻給聖嬰。既無繽紛繁花，又無甜美果實可引群鳥棲息和鳴，資材平庸，只把自己哭成形如淚滴。天使在天聞此迢遞哭聲，目睹此孤獨怔忡，形若淚滴之小樹，心生悲憫，便將此樹覆以星與月之光，並輕顫以蝶翼與翎毛之彩，小樹頓生奪目光彩，使天下之美，盡在於斯。小樹發具光焰，一夜不散。此為第一棵耶誕樹之始……」

●

一張薄箋，一首代簡小詩，一字一字墜落心底深處……信與卡片在膝上逐漸模糊，冬日下午很快凋逝入夜。一顆星球寂寞地自轉了一圈，由晝入夜。車潮與人潮，擦過冷肩膀無數，黑與灰的城市，在光線不佳時反顯其美，其輕。這一年我們都在流行說：「死有重於泰山輕如鴻毛者」，那綿亙無盡之千門萬戶，拉開屋牆，各自是一個故事，即使如斯微渺，也各銜其小小悲歡。如斯傷痕累累，也因日久不覺其痛反覺其可親。這都市之輕，鴻毛之輕，昆德拉之輕，亦是生命中無法承受之輕。

我在台北。二十世紀末，十二月的潮濕傍晚。四十歲，不惑抑或不動心？故而成熟而謹言慎行，不放錯一個腳步，人際關係只求去蕪存菁？故而成熟而勇於做錯——如果必要，並承受一切因果？不再不再夢想築屋於海之濱，數風晨月夕，毋寧冥想於塵囂瀰漫中。不再試裁新衣，毋寧著一勤於洗濯之舊裳而備感舒適自由。四十歲，漸可看見尚未發生的發生，體會尚未死亡的死亡。若失活水，反可鑑於止水。四十歲喜生活規律，故能日日登同一舊階，塡一般表格仍深迷不悟。

●

因雨，台北街車如長龍沿街畫去。塞車如罐頭食品，已以一種文化著稱。俗物亦可成爲雅事，人亦學會如何在煙迷破碎的都市裡，找尋自己心靈的叢林，如何捨康莊大道不行，擇歧曲小徑匍匐，幻想最幽微的探險。

台北憂鬱如網。快樂使你自信，憂愁使你仁慈。雨中獨駛，恰如獨白與獨奏，其切磋之雅，晶圓有如珍珠。現代生活，何以如此之博？又如此之約？車窗緊閉，髮茨間仍有雨味。而僅僅幾碼路之行駛，收音機便告知你幾千萬里路外之事。柴契爾夫人，其光輝如珍珠，而今珠墜樓空。菲律賓廣播電台左耳是聖樂與詩歌詠讚聲，右耳是叛亂與槍擊掠奪聲，有人喃喃：「上帝如果我忘記你，你可別忘記我。」

當東方與西方相遇？阿拉伯文字由東到西，拉丁文字由西到東，飛沙走石裡，獨夫海珊揚言要把科威特從世界地圖上抹掉，「弑一人者凶手，弑百萬人者征服家，弑全人類者上帝。讓美國人在自己的血裡泅泳！」然而你不明白何以出此殘言者有如此溫柔，不語似無愁之雙眼色？

爾後我們又曉以外交地圖上多升起一面國旗，飄在另一蕞爾小島上。你以爲外匯存底八百億是憑空而降？有人激辯怎麼可以忘記那涓滴四十年？這同時閃過腦際的卻是晚飯著落如何，用什麼炒蛋？在番茄與洋蔥之間匍匐？

那個爲演好電影而忽胖忽瘦如手風琴之女演員如今鉛華收拾，隱匿在玻璃工房之最晦暗的角落裡，神情若出自幽谷。那個戈巴契夫大魔術師，在黑海之濱聆聽蕭邦及含飴弄孫後，把自己也給變沒有了。王安公司呢，王安今又安在？民有飢色，餓莩遍野，但那攝影家說：「伊索匹亞山川之美，人民之美，是我生平所僅見。我在這裡找到我眞正內心的和平。」

記憶與遺忘，那兩張臉孔是互補的。滿天訊息如雲，是朝我來抑離我去？而那獨具美感之紅磚建築流入左肩膀時，你看見前方兩個公車駕駛隔窗熱烈喊話，當知交通大戰已經偃旗息鼓，此去一路順暢，和平終於在望。紅燈前踩煞車，並提醒自己晚飯後打電話給同事，十年交識之稔，從未見她如此落淚：「金寶今天早上走了，我找了牠幾個鐘頭，又濕又冷，牠會凍死餓死。你不懂，等你到了我這垂暮之年，就了解最依靠者是動物不是人類。」

●

明日氣象預測是陰時多雲短暫陣雨或雷雨有霧。關上收音機，流行歌曲雖好卻總無法卒聽。

舒伯特之歌聲華溢耳。他一生譜出逾六百闋之歌曲，使你不得不唱他的歌。車行漸緩，我總是在前方黃色交通燈閃爍之際減速，自小雜貨鋪與櫻花樹旁右轉入巷，這是一種你永遠無法震撼之關係，這如歸之感。

雨停有霧。把手插在因肌膚而溫暖的口袋裡，我所渴慕的一個單一的世界。一個小小的姿態，一個擁抱，一張桌子，一張椅子，一副眼鏡，一個書與信的夜晚。窗內一燈如豆恰可當一星如月。哥哥弟弟先後睡去。哥哥說弟弟耳朵眞似貝殼一般好看，唯抱怨說雖喜歡他的面目但不喜歡他的心理。弟弟高度較扶床時又增許多，忽焉說要畫畫，新鮮蠟筆不好畫，新生手足也靈敏不足。恐怕早秀也不如晚穫，記得給孩子雙足與雙翼，有根知其所歸，有翼任其翱翔。

清晨忽有鳥聲傾瀉如絲緞之落。我看見鴿子展翅朋朋往亮處飛去，無雨，這一天會繼續得很美。整個冬日我將只重複一夢；收此書時，另一薄箋翩然而落：「此書或早我而至，或晚我而至，或永遠無法抵兄之手……」書若巨石，擲地有聲。

小樹原若清淚一滴，清淚之輕，落地無聲，飄若一星，名爲聖勞倫斯之淚，取其清亮。

——二〇〇一年三月·選自九歌版《旅途冰涼》

過境鳥

一九九三年在政客預言葉爾欽與國會發生衝突裡拉開序幕。一月你在莫斯科農業轉移會議中見到我，我在銀行窗口兌換兩張二十美金做零花，結果兩手掬滿盧布多得比我旁邊站著的大學教授導遊——他的兩個月薪資——還要多。你不奇怪嗎？這裡享有全世界八分之一的廣袤土地，支配有最豐富的天然資源，卻自沙皇以來，從未曾讓人民糧食飽足過，你想尋找答案，就好像看見四月的莫斯科街道，滿是雪融後的泥濘。那年拿破崙也是這麼在嚴霜與泥濘裡，潰不成軍。你也彷彿聞見一個詩人，形容顢頇，嘴唇囈囈而動，風卻吹走了大多的話：「我們不像其他的知識分子，我們永不離開國境，這裡若無詩人，就像莫斯科之無雪，無樺。」另一群人在遠處辯論滔滔：「我們絕對要保持聖彼得堡的建築純度，金頂教堂，洛可可線條和粉彩宮殿。除了對舊城美感的執著，還有關於階級、驕傲、歷史……我們堅決反對興建四十層摩天大廈，像隻醜怪的大蟾蜍蹲踞在後，我們反對資本主義入侵……」有人反唇相稽：「你批評未建之建築就好像當年未讀齊瓦哥而禁巴斯特納克。」

雨在雪裡，雨雪霏霏。雨在雪裡，雨雪涔涔。我佇立街頭倉皇而望，街燈娓娓，半是建築，半是車輛，像是某個記憶深處，一半如凝，一半如流。

●

二月你在墨西哥瞥見我傾斜的帽簷。亭午時分，空氣浮滿歲月的塵垢，市場麕集熱帶臉孔煩躁不安似鸚鵡，絮絮著政治鬥爭，改革與穩定，並等待北美自由貿易協定通過。曾是漁村的沿岸如今盡爲遊艇與旅館所掩，小女童揚臉仰望櫥窗裡的雪白蕾絲。我揑起報紙一角，南非曼德拉嘶聲而喊，「白人視黑人之死如何低廉？十個黑人之死，就像拍死十隻蒼蠅一樣卑鄙。」另一端德國政府開始大筆削減自搖籃至墓穴的社會福利，「讓那些受詛咒的貧者、老者、失業者來承受兩德統一的負擔？」

我返回卡其色的房間，踱步，聽自己的腳步聲，整理紙與筆，嗶嗶剝剝敲我的骨董打字機，寫經濟發展道路（微電子化、資訊化、服務化），波動的行情如何以胡蘿蔔和棍子交互出現，日本的企業如何錘鍊形式，日圓升値的光與影（優點與缺點）以及不停的註腳，像生活一樣無止境的註腳，諧謔性的專欄文字，易如反掌，博人一粲而已。墨西哥後下一站是日本，忽然湧起懷念冰雪長街車去緩的一片詩意。窗外卻是火鶴紅一般的落日，至少可以美上一小時，這二十四小時裡最甜美的一小時。你凝視來往的路人，臉孔與背部一樣令人惘然如墜，原來你從來無法眞正了解他們何以來不可遏，去不可止。

三月你在加州國際事務協會晚餐演講裡見我聆聽海軍司令報告索馬利亞戰爭事。他說美國總統正式宣布派遣軍隊駐入這個與粉紅色隔鄰的藍色國家，這個不大不小規模恰好的戰爭吸引全世界的媒體記者蜂擁而至，他們挾著相機輕輕鬆鬆步下機場，飄揚的頭髮是吹風機吹出來的，後冷戰後仍戰個不停，爲了更多的和平只有更多的戰爭，葉爾欽甚至嚇以千年之戰。波士尼亞烽火聲和遠處狗吠聲並無二致，你也不奇怪巨幅照片下的黑體字說何等無私總統自母親葬禮直飛克里姆林宮，既然爲了職責他們當然從來沒有個人，直至知曉自己的年輕侄兒，刻正自英國登上聯合國軍用卡車隱隱甸甸駛入塞拉耶佛炮聲裡，那戰爭才微微感染一點個人氣息。深夜偶聞狗吠聲，既悲且遠。

我們繼續歐體經濟系列研討會，持續性物價膨脹是現代現象，觀察中學習與經驗中學習孰優，二十年的物價上漲比二百年之間還多，清楚的物價膨脹與失業率替換關係已趨退化，而我們希望不要再經歷此種繁榮與蕭條之循環，因爲它帶來太多不幸，又沒有什麼眞正目的。

五個星期以後會議結束。我們在舊金山（美極了，陽光透明得可以沐髮、曝書、洗貓犬），拉斯維加斯（不同）度過週末，順訪胡佛水庫和紅杉公園（極力推薦），最後應邀訪韓，在北緯三十八度眺望，在一九五三年簽署停戰協定的棚簷下憩息，北韓軍隊仍不時對我們厲目以視，幾個月以前他們才射殺一名潛逃未遂的俄羅斯記者。

六月，夏草萋萋，你見我在波昂鄉間小路淹沒雙膝於罌粟花浪。什麼花能開得像它們一般，如此殘暴又纖弱？

夜晚十時，天竺葵暮色與暑氣仍踟躕未褪。我在訓練山莊底樓用晚膳，暢飲啤酒、礦泉水，以蘑菇肉汁澆飯，蒼蠅群飛在眉睫，無人引以爲意。無關緊要的談話像麵包碎屑一樣紛落在淺盤裡。鄰座的講師喁喁獨白：「在這幢外交大廈裡我工作已逾四十年，離開那一天我卻不知道可向何人道別。我收拾辦公桌，溢乎箱篋的全是個人筆記，我長年已養成習慣，在桌邊，在舟車，在飛機，在任何處總帶著紙筆（我最痛恨電腦）隨想隨記。我不停地寫，有時爲了記憶，有時卻爲了遺忘——那是我一生，筆記紙一樣的生活。我帶走自己的皮箱，藏匿多年的紙條全數窒息其中。躡梯而下，我看見站立梯口的祕書，趨前向她道別，我永遠無法忘卻她的微笑與停駐在我手腕的目光。出了旋轉門，上了自己的車……」我們頓然好像在書房敘話，我看著他把成疊的紙張重重鎖入抽屜，「永遠窒息其中」，他的聲音已沉入咖啡杯底，「孤獨，結婚，離婚，老了，靈感不再像打開水龍頭，源源不絕。旅行不輟，不覺那裡是家，只是有一點像家就好，脖子可以在倫敦，腦子可以在紐約。只要認識一兩條街道，一兩家咖啡肆就好。最後發現人生悲劇最多只是一兩圈漣漪蕩漾而已。一眼帶淚，一眼含笑。那是整個人生。」

三年以後，兩德統一已成傷痕，無人再有心慶祝。波昂人並不樂於遷都柏林。他們以風度雍容自居，即使我們四處官方拜訪，白日會議室嚴禁點燈，洗手間進去一片漆黑，紙張用品全爲再生紙製造，你不得不爲他們的儉省與氣度而感，聽德語泠泠不絕：「我們德國金融系統體質健康、規範嚴謹，故特具國際吸引力。我們深信一切都有限制，若無限制，你怎能知道你有多自由？我們自出生至死亡，一切井井有條……」

貝多芬沉埋工作其中的，只是一間斗室，比洗手間大不了多少的，你卻望見他在院裡彎身照拂薔薇，六月花事是如此爛漫。柏林菩提樹兩排林立，細葉霏微中你幾乎遺忘其官方氣息。黑森林綿綿整整，年輕憂鬱的國王耽於夢幻，喜天鵝與孔雀，他站在自己的城堡窗口，享受凭欄之樂，山光水色皆凡席間物，「從這裡可以望見我父親的窗口，我的童年。」他爲華格納畫下華麗的舞台背景。你對莫札特伴其終生不棄不忘的茶與糖罐殊感興趣。但奇怪你在德國或奧地利街衢巷陌，從未聞有一絲音樂流過。音樂是關在屋子裡的，屋外只有天籟。

●

清晨在另一個城裡，你見我睁開的，已是九月的眼睛。秋天降臨，半是意外，半是逆料。有時淚眼望我，有時笑眼望我。小鳥飛走了，輕得像蝴蝶一般未搖撼一片葉子。好冷的樓梯使我腳趾彎曲。花園裡不似夏日花果閃爍，但似乎有隻看不見的手指翻著書頁，讓你想起一些晶瑩感傷的詩句。似乎有隻看不見的手指，勤於編織，把滿天金幣似的簌簌落葉編入，把公園裡相鎖著的肩膀與手肘編入……未來二、三月景氣仍持續疲軟也不重要了，你的心開始覺著柔軟。

秋光似夢，不知所適。下午偶有陽光偶有陣雨，我們漫步在雕像的褶縐陰影裡。商店、書店、咖啡店，有時彎曲的街道阻擋了前瞻與回顧的視線。我的朋友搖頭：「倫敦居，大不易。不過其他處，也不易。這裡的光，和空氣，總有些特別的東西吸引你。」偶然陽光偶然小雨魔咒一般，但見倫敦天空浮雲絡繹繁忙，至黃昏時，景物愈加淒黯索然。雨開始穩定加大，倏直而落，在頭頂拍翅如撲，「走，走，走，」你聽到心裡呵斥：「你對我沒用啊，落到花園裡去罷。」我逃入角落裡的咖啡桌，雨仍擊窗似乞。雨霽時，教堂鐘聲悠揚而起，像輕濺入杯的乳脂，一圈一圈輕漾而開。

●

十月我重返加州國際事物協會領取一紙榮譽世界公民，唯一可傲人者爲我的可觀航行哩程。翌日日本皇妃於五十九歲生日清晨忽然喪失說話能力，消息開始迅速在全世界散布。

●

過境鳥，不繁殖，不過冬。

●

鑰匙插入鎖孔，若有肌膚之痛。夏日的涼椅尚滯留在冬日的庭院。我潛進自己的屋內，像竊賊一樣。愈是相隔愈是相窺，你瑟縮在床，假裝睡著，傾聽。聽我前傾時衣衫與肩膀摩擦窸窣聲，我的鑰匙與零錢落地聲。家具與家具之間，兩個人影怔忡不語。

茶壺在桌上凍結卻有魂魄一般若有所思。茶匙安歇在旁，杯盤輕微相擊有如耳語。有時候你就是不能避免這種平凡。要茶或要咖啡，重奏一般的日常生活，品種平凡的像麻雀一般。你有時補綴，有時上街購物，有時黃昏交疊著雙手，穿過廚房不知做些什麼事情。你蓄長髮，書頁裡有時發現你的髮夾。你說我們的關係有如薄冰，或者已成碎片。你四處俯拾碎片，不盡，累月後忽然就是經年。生活是如此多拾之不盡的碎片，你開始領略破碎之美。報紙飄落在腳踝，越過早晨的餐桌，我所觸著的可是你的雙手？

——二〇〇一年三月·選自九歌版《旅途冰涼》

幽夢影

1

貓蜷伏在一小方格的陽光裡。陽光可掬，像手中的一捧小花。先畫石膏像，爲什麼一定要先畫石膏？我喜歡這束雛菊，我想畫它們。

「你的問題並不笨。」他撮起饅頭，修飾畫面，一個肘彎幾乎要抵住我的額頭，有肥皂味的手指，以及頸項，和濃鬱的髮。我希望我可以把近視眼鏡摘掉。

畫室裡其他同學紛紛收起畫架，走了。把眼鏡略爲摘下，戴上，書房裡簾幕深垂，窗牖似乎從未曾開啓過，看不清楚卻感覺著的床沿使我靦覥。像林布蘭特一樣的影中逐光？屋內的黑與屋外的黑相競，有的黑凝如詩，有的黑薄如鉛。難以置信的小房間，若背著小窗口作畫寫字，只能從一個方向踱出四步或五步。傾篋而出的書籍，未鑲框已完成或未完成的畫布，潮濕未燥氣味猶新；每樣東西卻又在最自然的位置，只有林布蘭特的眼睛能攫住最後的光。

「這本書好，你帶回去看。我常常想台灣也可以成爲克里特，一個人文薈萃的島。」

他的眼睛從畫裡的女孩眼裡凝視我。第一眼我不能決定她是美或不美，鬢角斜敧是盛放的鳳凰花，紅若胭脂。

「我的侄女兒。」

「我是那麼大還沒眞正站在鳳凰木下過。」有一系列的鳳凰木，光輝的樣子，黝暗的樣子，伸展的樣子，幾隻白鴿在地上踟躕。懷裡的書，書的脊樑，重量和稜角，讓我感到無上的慰藉，找到一處豐潔腴美的樹蔭，好好享受我的書。但絕非鳳凰木，花太桀驁難馴，葉太疏，蔭不夠濃。

●

攤開的書在桌上像一道陽光，綻放得像朵花。小方格的陽光，一吋一吋滋生、拽長、傾斜，盈滿後忽又成空。只讀一兩頁便知味如嚼蠟，不可能竟讀。

「你中文系，喜歡讀什麼其他書？」唯一是他的聲音過於高昂。

我心忐忑，聯考韁繩剛脫，我讀過什麼書？畫家也讀書？「都是小書，可以裝在口袋帶來帶去。《浮生六記》、《幽夢影》、《人間詞話》、《小王子》、紀伯倫、赫塞，」我聽見自己又加了一個低音，「《屋頂間的哲學家》，剛從圖書館借出。」

這可是夢境？或夢中對話？爲什麼我不停加入細節？

冬雨使大地滋潤，薄霧使意志堅強，在島上終年可過戶外生活。由春至秋，幾乎在每一個停泊的港口，你都可以感受，清晨一縷微風吹出，船悠然而行，黃昏同樣一縷微風吹回，船悠然而返……，希臘文化由此而升……

鳳凰花正在下墜，倔強的花瓣仍宛若初生，沉入深紅葡萄酒色地中海底。幻化成書。書頁在海底綻放如花，粼粼而動，飄浮，如珊瑚、如荇藻。

「聽古典音樂？」

「一點點，一點都不深。重奏，絃樂，舒伯特。」

●

把書當成一封長信，因爲讀不完，到處帶著。在公車、在教室、在圖書館，一兩行後卻又不知所至。總想展書而讀，晶瑩有光卻寫滿看不見的字，每一頁不錯過地翻，偶有畫線（眞看過了？眞覺著好？）偶有摺痕，直到書即盡處，倒數幾頁，心又忐忑（這可是夢？或眞的不能再眞？），鉛字上方空白處用淡色鉛筆寫成「愛」字，與下文毫不相屬。是蝴蝶？翩翩聲。是星星？嘻嘻聲。書重重一闔，頓又藏匿無聲。這不可能屬我的「字」與「愛」。

●

婆娑地中海洋船影綽約，文明器物，宴飲之樂，聲華之美，神人追逐……連自己的門堦也不曾須臾離過一兩日，怎可能遙想另種精神文明？二月撒過灰，四月重又鍍上金。人跡罕至，再也沒見過如此潔白的巷弄，簡直有如肥皀剛洗滌過。美麗的紅磚牆，沒有兩塊磚斑駁如一，卻如此雍容和諧。探牆而出的扶疏枝葉，倏而花、倏而實、倏而鳥聲遶耳不去，挾著欲還的書，踩著一地細碎的印象畫之光，心仍忐忑，屋簷像低垂的眼神，一隻輕倩的蝴蝶翩翩飛入畫面，她長髮如瀉、衣裳似風，相同的雙扉爲她開啓，輕揚的裙角逝入，連褶縫都美得令人心碎。

●

早已熟悉挫折。挫折於雀斑、過重、過矮、臉過圓、中文系、缺乏才華。挫折於即將來臨的長夏，空虛，事事皆幽。

「鉅著《希臘之道》一書奉還，我從來不善讀理論文字，你的藝術才華實在令我震懾，不過我暫不再到畫室學畫，我爸爸媽媽認爲我當實際點，準備轉系。」筆記紙撕了，草草在郵局裡寫下，付郵，不過三、四條巷弄之隔。

●

一棵無花果樹，只要那麼望著另一棵無花果樹。無花、無憂，也就結實纍纍了。並不一定要撼落全部的果子。纍纍滿樹、晶瑩可數，只要可望就好，不一定要可及。

2

一八二三年七月，舒伯特自一場夢驚寤，久久不能忘懷。非比尋常，他執筆記下這段日後愛惜臻至被視爲珍寶之文字：「當我滿懷肺腑之愛，想高歌，卻成滿腔悲辛。當我想唱出，滿懷悲辛，轉而又成滿腔肺腑之愛。如是，愛與悲，在我心深處，傾軋、分裂。」

●

面頰也覺輕裂，有時爲陽光所映，有時爲蔭影所覆，有時爲雨露所濕。你的音樂是旅行，漸行漸遠漸無窮，像往高速公路馳驅，帶著全部的世界跟著，每一樹、每一屋、每一燈、每一路牌、每一彎，俱如夢。車行顛簸中，兩個人的身體忽離忽合，兩個沉默互相撞擊。生活，多思就好，不要多事。

你看見花的迴旋速度，漫山遍野，有時是芥藍，有時是向日葵，有時是雛菊。層疊迴旋如重奏，前層如狂瀾難挽，中間漸恬靜，而遠方仍在閃爍、搖曳、醞釀著什麼不可知。花朵那麼恣意綻放、爛漫，不問「我可美嚒？」地盡情繁衍。陽光下蒲公英爲風所拂，有時飛舞似雪。

舊式學院的討論偶也可堪回味，討論桌子的「桌」，椅子的「椅」，美學的「美」。奇數美抑是偶數美？橡樹美抑是栗子樹美？五片葉比三片葉美？樹頂的彎度是完美的拋物線。幾本隨身小書總是帶著，心中才覺悄然，而且墜葉落花俯拾皆是，經心或不經心夾入書頁，記憶或遺忘，或夢想。在陌生的街衢迷路和覓路，旅行永遠半是失落自己，半是尋找自己。舒伯特的音樂是由一地旅行到另一地；如織再折返。貝多芬磅礴如碑如碣如築，頂天立地常把你驚嚇得不知所至，舒伯特不然，帶你旅行，帶你回家，重睹門階前一兩朵小花。只是找一朵心屬的小花，無須佇立在峥嶸的杜廊下。

你的夢想，我看見。你啣著一夢，你穿過街，看見他向你走來。你們共有一屋，屋簷像低垂的眼神，它的傾圮欄杆，褪色剝落的牆沿，它的不完美，長年失修，神祕，使你更想擁有它。清晨有呼吸的窗簾與待澆灌的花草，黃昏有絲綢的光與衣衫窸窣如嘆息。你一定在傾聽什麼，微斜的頭，手裡一把梳子，鏡裡湛然的兩個人影，你觸到桌面，再傖俗不過的口紅、冷霜與粉盒。

都停下來，專注、傾聽這雨在城裡。夢雨飄瓦，聲音比無聲還溫柔，如此完美，想像左腳的雨、右腳的雨，這溫柔與濕潤可是舶來的，雅致到極點的小雨花，在窗外撲簌而落。想像自己是凝而未落的一雨滴。

●

淡淡的親密飄入廚房，蒜粒蔥屑薑末，辣椒紅與芹菜綠，你烹調生與熟、野與馴，虔誠細緻，簡直有如靈修。杯盤洗得晶亮後你的雙眼也溢滿淚光，餐桌收拾潔淨後又是杯盤草草，像淚眼擦乾後又濕。你看過骨董燈罩流蘇下水晶玻璃杯鏗鏘相擊，人們在冉冉而升的煙霧裡，在藍色裡，輕啜，相愛。你又看見人們在晨光裡共用早餐，共閱晨報，妻子的臉讓丈夫想起的是另一張臉，而兒女，是院裡一蹦再跳躍，品種平凡聒噪的麻雀麼，即使共坐在那裡，桌面因歲月消磨而粗糙，桌腳已臻成熟，兩人終於再難強說彼此仍然相愛。「等你們變得比較不眞誠，再結婚罷。」我早就向你們搖頭，夢想實現，實也無益。

你們嚴峻，在房間裡清點，什麼是屬你的，什麼是屬我的。什麼是屬我們的——鏡框裡的照片也頂多只活在二十四小時裡。你拿起一幅畫，也不勞煩報紙包了，挾著它，「這個歸我。」擠撞在熙來攘往的人群裡。不摩肩擦踵，人們如何能邂逅分離？你又看見他穿著夏天的薄府綢衫，在覆滿陰影的騎樓裡，自對街不一定是向著你的，走來。

•

你想傾聽迢遞的遠方，一樓鐘，丁丁叩在滿地踟躕著的粉鴿、白鴿、灰鴿、斑鴿的羽背上。

•

屋子賣了，將屬於另個親密的人們，將重新裝修，也許多開幾個窗眼，換上顏色，仍不過是一堆玻璃、金屬、木頭、鐵、布料、油漆。你不再認識。屋子搬空了，像心靈，重又蕩漾、滿溢回聲，在任何光線裡，它都寧靜。以膝爲桌，攤開那樣空白的一張紙，只有讓你更謙卑。沒有傷痕的人生就像沒有歷史的城，你怎能說美？

3

生活是無止境的兩地往返，做我的小職員，養我的家。窗外，春綠、夏碧、秋青、冬黯。耳畔響著「高速公路往南，斗南翻車，往北，南崁、桃園施工。北投大度路改道，台北西園路燈號不靈。請慢慢走，不要急，安全抵達最重要。」沒有千瘡百孔，怎麼會是我們的城？

黑暗沒踝、沒膝，快要看不見自己的手指了，我幻想，車行如綿羊群，窗外已沒那般透明，屋如堆疊著的一個個發光體，各種窗形的光，方、長、圓、橢圓、菱。

耳畔繼續在響：「我們經濟已經完全癱瘓，像火車頭噴最後一口煙。我們要束緊安全帶，未來一年是最動盪不安的顛簸年。」「白宮牆壁漆了九次，深淺合度的白才合了她的意。」「盧安達人一分鐘死一個的死，連躺著死的地方都無。」「比利時鋼琴家帕崔克庫洛梅朗偕妻桑田妙子雙雙自殺，兩人以莫札特二重奏著稱。」「罹患癌症的老總統搖搖欲墜主持了圖書館的開幕典禮。兩年後正式啓用，形狀像本半開的書。老總統對著空殼子的圖書館說，它很美。」

沒有這些悲劇，怎能成為我們的世界。

●

我夢見我老。椅子彈簧鬆弛，屋內曾有書香與針黹瀰漫。有時在樓上，有時在樓下，沒有一分鐘重，沒有一分鐘輕，每一分鐘都一樣。有時拖出毛線球編織，有時用孩子用過的馬克杯喝茶，嘴角一邊高一邊低。我夢見家具失蹤，他們正在搬空我的屋子。我在電視機前睡著，夢見音樂。夢見四面皆是落地窗，鋼琴鍵上飄落孩子的舊琴譜。海水侵襲入屋，濕透我的窗簾，襤褸如敗絮，我那不止的愛與悲一時間，洶湧如濤。

——二〇〇一年三月・選自九歌版《旅途冰涼》

平凡況味

重帘不捲的國際會議廳簇滿各類專家學者討論「亞洲新興經濟」，濟濟多士卻各彈各調，無人可堪共語。新加坡人說，「資金市場特性敏感膽怯有若羚羊，逃逸速度倏如雲豹，記憶綿長堪比大象，一旦信用崩潰，久久都難有人願再涉足。」日本人說，「我們已由先進國衰頽爲遲進國，魅力不再。」俄國人說，「我們對經濟從也不指望啥，一把破傘聊勝於無傘，但我們民族可最相信奇蹟，吾土，吾民，永不澌滅。」英國人說，「貨幣政策如縫縫補補，針線不輟，但那可不是容易的穿針和引線。」美國人說，「通膨率當然比經濟成長率重要，我們個人口袋的重量絕不可失。」

聽聽國際商品市場有多反覆動人，「黃金白銀閃亮，基本金屬齊鳴高歌，石油揚升，橡膠下跌，」或「日圓漲勢如虹，美元歐元雙雙歛翼，銅低挫，黃金原油黯淡無光，穀物疲軟。」朝發金融鷹，夕至落地已成金融鴿也不奇怪。

因此參加研討會不外日圖三餐，夜圖一宿，其餘如紙鎮一般坐在那裡，記什麼筆記，全是雞鳴狗吠聒耳而已。新經濟不消三兩天便被經濟學家談老。景氣過熱堪憂，過冷也堪憂，不挾風霜、不襲熱浪的恒溫恒濕只存在這重帘深重的空調會議桌，能同時回顧兼前瞻的把過去和未來鋪陳於桌？還說帘外窗角的泡沫已隱隱可現，不多時整座股市櫥窗溢滿泡沫，整個經濟榮景將冰銷瓦解，讓我們試著量量從「非理性的榮景」到發生「不可知的幻滅力量」其長度爲何，不能只知道巴哈音樂的長度和通往天堂是相等的。

木中有火，乃焚大槐？孑然一名交易員虧空數字足以撼倒逾兩百年的老字號銀行？檢辦人員驅車緝捕，撲空而返，「看他們逃得多麼倉皇？」曬衣繩還晾著濕猶未燥的衣衫，毛巾痛楚的擰痕只待翌日的陽光撫平。

居家平凡，莫過於此，像紙杯飲盡隨手即可扔去一個渺小的生活。誰復記憶交易員身繫囹圄，妻子改嫁，結腸癌在獄中擴散至淋巴。那年他卅一歲。

●

洗衣、熨衣、除塵、烹飪。在小菜場買菜，和肉販聊天，和朋友交換食譜，用手指敲瓜傾聽，細看瓜的紋路，臆測它的甜熟，雖相識已越半生，仍難透悉瓢瓤內的迷思。冰塊在玻璃杯中震盪，水盈盈躍升像美人似的一聲清唱。嫵媚的居家如詩的細響，爐上燒水壺在沸騰前漆擦冒泡，冰箱幽幽嗚咽，平底鍋冉冉上升著溫暖的雲朵，蛋老、咖啡黑、土司黑、股市也全盤盡墨，報紙一墜，咖啡漬一濺，居家之美，盡在於斯。

「迷思其實盡藏於平凡生涯」，那個爵士樂手說，因此青菜豆腐也可以燒得滿滿廚子氣。看看冰箱有什麼迷思可言，人工貯存扼殺季節即是扼殺迷思，音樂不然，它有季節，它新鮮，蒂落、瓜熟、腐爛，眞抱歉沒法子貯藏爵士，它眞摯一生只成熟一次。它純似柑橘的汁，漫似行車的輪。攫住小提琴的脖子，就像攀枝執條的摘梨，琴鍵上往來如飛的手指，把音符灑落的似金黃的稻穀，似飛舞的花粉。

那個故事是說乖戾的太后喜以果香薰殿飄廊。窖藏的水果存放勢如排列。帶葉的桃子獨立端嚴，放在一指厚的乾燥海綿上，無花果趨承似側放；梨子蒂朝上的十餘種終年繽紛不盡。園丁歿後，太后鎭日忽忽不樂，非悼其亡，乃是他曾衣不解帶、忠心耿耿所照顧著的千餘品種，柿杏蘋棗、桃李橙梨的未來命運。

●

那個英國官員在香港回歸前夕遠眺窗外霜刃一般聳天摩雲的大廈，難掩其熱熾狂跳的心，誦詩一般「我自製的鄉愁名單包括珠雞、蚱蜢、蟋蟀、招潮蟹、螢火蟲、火雞、蝸牛、鰻魚、活剝後還亂蹦的魚、青蛙、編籃暖水壺、園藝手套、剪枝刀……唉，這難忘的沿海的城，馥郁的港。」小而親密的街衢，輕的紙雕似可以手指捻起，放入口袋中，如此再也不懼遺失。曾立茲樓，腳底一點都沾不到草尖的城市，一時間全部遷移到心頭居住。在市廛曳履而行或更有益健康。

一瓢微賤的湖水盛入牛奶盒，便是一個完整的令人心奪神移的生態，禽魚草木各種微穉者皆可愛。小園子茄紫似緞，椒紅如霞，南瓜繞彎兒和玉蜀黍依偎，牽牛花攀上電線杆，蓬蓬然布滿

「高壓危險，請勿攀爬」告示牌，番茄冬瓜藤蔓則纏如迷宮圖。「沼澤的鬱氣和茶壺水蒸氣一般可愛」那個學者說，如果一個人一旦魂魄爲大自然的細緻美麗所震懾，再也無法挪步離開，他將成爲不是詩人就是自然學家，或者兩者都可一試。

凡觸目所及皆能入畫。桌子（把桌布像床單一般喇喇抖開，波紋尚未沉靜），椅子（即使無人坐在那裡也覺著它的每根纖維都在呻吟），用右手畫左手，別人的生活，我的生活。畫樹，自己先變成一棵樹，鳥剝蟲穿，苔埋菌壓。拉琴，自己也變成琴，弦入髓，肺成共鳴器，聲成音，闔起眼，冥想自己的骨，與肉，與迷離。手指倏往倏來彈著，在牆壁，在桌面，在任何平凡角隅。

筆墨楚楚的浮世繪來自一群蟲豸平民，蟄居於終年陽光迴避的小胡同雜院裡。斷橋、破屋、衰草、舊巷、荊扉，在沉淪蕪沒的貧民窟裡，那個畫家反而竊樂「這裡的色彩比整個大都城加起來都要多得多」，摒棄華燈旨酒，摒棄所有顏色，改以樹根、燈油、煤灰攙和的繪料，最後他只沉迷於空寂的房間，平凡的景物。一生乏味單調，再也沒有人記得他，臨終前由餐桌旁墜地，如此聖潔如靈，輕的連椅子都幫不了忙。破落之美的畫作，美得令人心碎。

●

九月的蝴蝶因花粉沉重而施施然飛。每年未必從一月開始，人生何時能重臻清境。戳破泡沫，一點潮濕而已。什麼是民生基本需求？是火柴與衛生紙？是國外度假與信用卡？是口紅、動力方向盤與空調？是可枕的新焙麵包、蕾絲窗簾？

曾經冬日冷的傾覆一杯咖啡可以凝結在半空，夏日熱得用手指在空氣中一劃可以燃火。上個月尚在迢遞旅樓凭欄而望，這個禮拜穿過房間都需人攙扶。拾起失落的一只耳環，拾起墜落桌角的湯匙，睡似醒，醒似睡，一個夜晚可以墜落數次，活著是把時間填滿，利用每一分鐘卻又浪費每一分鐘，無一日特別佳，無一日特別劣，花落堦靜，門巷冰冷，平凡況味，莫過於此。

昨日仍暢談亞洲致富之路，今日已悲嘆終嚐富裕的澀果。整個夏天只為一行詩奮鬥，堆牆的詩稿付梓或付之一炬皆未可知。信紙還帶著風塵似的捲起角，是未寄出？還是寄出又被退回？誰是不朽，誰是愛？音樂家的夏天全部燃燒成燼。只有灰燼知道曾經燃燒的是什麼？每逢時刻一到，他仍準得和鐘錶一般，或背部被扎一針似往外狂奔，可曾望見那些連阡越陌的良田美地，一片片微颺似刺了繡的手絹兒？他卻舊帽遮顏，繞街兩圈般行色匆匆喃喃上帝請讓我戰勝自己，任何災難都還有留幾分慈悲在，「讓我屬你，你屬我」，誰是你？誰是我？等待夏雨如赦，歲月如流，上帝請赦免我於病，於老。

●

「睡吧，明天又是滿滿高速公路。」彼此熟悉的不用再多看一眼，兩人在旅邸中各懷心思和疲憊睡去。千轍萬軌，路後仍然是路。這是什麼樣的愛？難道，可能並不是。經過一城又一城，箱篋因書而愈加沉重，人與人的關係最後止於何處？一截彎管，杯的把手，鍋的柄，離開彼此可再有何意義？愛，鳥的一啄與一食，轉身便撲翅飛去。所有的悲與歡，哀與樂，不入不侵也罷，恆過人也罷，只是書中揭起的一頁，兩頁，偶爾用手指拈住像書籤般做下記號，書闔起，再也無人探其迷思。

讓我們彼此原諒彼此，一切均將成俗成塵，最後爲時光所掩蓋。

——二〇〇一年三月·選自九歌版《旅途冰涼》

林文義作品

散文卷

林文義

台北市人，1953年生。曾任報社記者、《自立晚報》本土副刊主編、國會辦公室主任，現為專業作家，並於電子媒體評析時事。著有散文集《多雨的海岸》、《漂鳥備忘錄》、《母親的河》、《旅行的雲》、《蕭索與華麗》、《茱麗葉的指環》等三十冊。另有長短篇小說集等。曾獲中國時報散文獎、金鼎獎文學類優良圖書推薦獎。

去伊斯坦堡之路

1

把買來的紅玫瑰暫時放在冰箱裡，唯恐房裡的暖氣枯萎了美麗的花瓣……浴後，決定到不遠的夜市集買花，二十年了，不曾爲她買過玫瑰，內心竟然湧動著少男初戀時的不安。

這不是二十年前的藝專校園，穿著綠軍衣坐在孔子雕像下靜靜抽菸，等著紮馬尾的她從舞蹈教室出來，然後伴隨她回到永和竹林路家居。她在深秋時，總愛穿紅色的短大衣，有時要他先拿著，甜美的反手把馬尾放了下來，漂亮的長髮深深魅惑他自以爲就是一生一世相攜。

這是二十年後的伊斯坦堡。他看見浴後的臉顏在巨大穿衣鏡中微紅且燥熱，五分鐘前，撥電話至她的房裡請她過來，說有點事。而後，他點起PARLIAMENT淡菸，站立在晚來微雪的落地窗前，內心如潮。

分手的第二年，他結婚，她也遠嫁到南中國海的遠方，他燒掉了寫了近十年的日記，在最後紙頁成爲灰燼的一瞥痛苦的一行文字是：「也許多年以後，妳我會在天涯的一角偶爾相遇，錯身而過或者傾吐別後種種……」

輕微的敲門聲，他從容過去開門，微濕的髮以及輕淺的魚尾紋，說剛把旅行團的客人安排好，別忘了十九時三十分要去看肚皮舞以及燭光晚餐。

兩人一時間靜止在門口，彷佛領隊與團員的一般應對，卻連話都無以訴說。

把冰箱裡取出的紅玫瑰交給她，只說句：「這些天，妳辛苦了。」輕擁她的肩，在額頭上吻了一下，有些微喜卻又淡然的稱謝。

拿著玫瑰推門出去，他沒有任何挽留。

好像二十年前，深情款款，一天一封情書，她來他往，並且迷戀著退伍的日子，有著溫美而飽滿的，對將來美麗遠景的盼望。

反而惦記起在萬里之遙的女兒，直撥台灣，女兒正在眠中，暈暈然的叫聲爸，說她正在熟睡……。他有些瘖啞的說：「爸爸在伊斯坦堡……。」然後掛斷，有種無邊的惻然。

是不是再出去，爲自己買一束玫瑰？他偏愛黃色。

2

子夜零時列車離開安卡拉。

她遞給他一瓶紅酒，單人臥舖，既可取暖又能排遣旅人夜來的深寂。拿著酒佇立在臥舖外古典木質的長廊，他溫慰的笑了出來。

生命中多少充滿著奇妙。脫掉些微濕冷的棉襪，雙腳盤坐在暗紅的絨質床鋪，打開紅酒的橡木塞，讓酒透氣，就是缺一只水晶高腳盃，她拿紅酒過來時，他邀她共飲，她搖搖頭，轉身就走，彼此之間一直在旅程中保持適當的距離，似乎害怕打破了這樣的約束。

不到一坪大的空間，洗手檯以及車窗下的木桌面，紅酒一瓶加上紙杯以及善解人意的菸灰缸，對他，這樣的長夜旅行已是足夠。

憶起前來安卡拉的遙遠旅途，走的據說是古代的絲路，土耳其導遊出身英國劍橋，有著一種知識人與愛國者的傲岸對著他們說：「這條路往東是北京，往西是羅馬，而我們昔時的鄂圖曼帝國曾經征服過半個歐洲！」

在冷慄的高原上往西，從日出到日落，從黑土到雪山，他喜歡與同行的畫家擠在車子的後面抽菸，拉開玻璃窗，伸出手去接觸那向晚後急降的雪花，那種冰冷卻是一種潔淨的清爽，很多意念像源頭雪融後的水滴，流過靜謐如死的心，沒有任何的悔恨、怨艾。

濕冷的棉襪，披在燙熱的暖氣孔上端的鐵皮，一下子就乾並且冒著白煙。紅酒剛好喝完半瓶，那種微醺加上乾燥的小室，情慾的感覺突兀的湧漫而至，朦朧間，熟稔的女子，豐腴的肉體忽隱若現，那種熟悉的呈露某種神祕古印度檀香味，從柔軟的乳房延伸到小腹叢毛纖秀的深處……

可以撫愛或吸吮的激情，卻似乎不是近在同一車廂中另一臥舖的二十年前的舊愛。他反而冷靜的想到她正在地球另一方的異鄉，同樣在冰雪紛飛的子夜，她是否同時也會追念著正在夜行列車前往伊斯坦堡的這個男人。

再深情依然會背叛。

夜車穿過陌生的城鎮、森林、湖泊，夜來雪不停，二十年來，雪在他心中不曾停過。

3

據說，那是希臘最接近土耳其的邊境，名叫SAMOS的小島。

向晚從雅典飛往SAMOS，擠滿希臘人略嫌狹隘的雙引擎螺旋槳航機，他盯著與他幾乎腳尖相向，正對著他的空姐看。航機正用力爬升，漂亮高䠷、一頭褐髮卻有碧澄雙眸、膚色如雪的美麗女子，朝著他職業性的露齒而笑。每天的航程，漂亮的空姐總要在飛機爬升時，坐定下來，面對著離她不到三尺的旅客，大鬍子或者肥胖的女人……。他側首一望，機窗下的愛琴海彷如千年來一片希臘古老的銅鏡。

空姐臉紅了起來，前方這個東方男子從哪裡來？她的碧澄之眼透露著詢問，接著開口：「日本人……？」他微笑的搖搖頭，抓著筆記本匆匆的畫出她的頭像，而後撕下來交給她，空姐輕呼了起來，燦爛的笑得彷如一朵太陽花，稱謝後摺成對半放進口袋裡，隨著站起。航機已到平行空域，必須去分發餐飲，丟下了一句bye。

或許在她返航回家，掏出那個東方男子爲她所做的素描頭像，應該就會看見圖下的fromTaiwan

的字樣。而彼時，那個東方男子已在橫渡愛琴海的夜航船上。

異鄉的旅行，一次微小的喜悅，為一個漂亮的希臘女子作畫，像一首詩中的逗點。不會有任何意義的，他早已穿越過太多的濫情年歲，有些疲倦，他闔上雙眼。

散步在燈火輝煌的港岸，才猛然驚覺今晚正是耶誕夜。

冷慄的海風，岸邊的露天咖啡座空無一人，酒店裡卻傳來大聲唱歌、勸酒、舞蹈的笑語，三、四條狗伴著他散步，靜靜抽菸，向在商店買希臘最後紀念品的旅伴互道：「耶誕快樂！」呵，寧靜的SAMOS島。

最後的島之燈火，三十尺長的木殼船，此去就是未知的土耳其，心中流迴著某種音樂，站在船尾，夜暗中的愛琴海水被柴油引擎分出兩道白線。

九個台灣旅人加上四個臨時搭載的歐洲人，希臘船長吃力的捧出一大箱啤酒大聲的帶領喊：「耶誕快樂！」大家跟著用力的喊！

愛琴海在無邊的夜暗裡喘息、呼吸，如夢似幻。

4

被旅伴喚醒時，他愕然發現整片表演場的眼光都聚集到他一個人身上；覺得頭很重有些疼痛，才兩杯紅酒竟然睡著了。聚光燈打得他刺眼，讓他整個驚醒過來的是站在他正前方，充滿著挑逗意味的肚皮舞孃，豐腴、微凸的小腹跟著伊斯蘭音樂顫動，汗水涔涔的浸滿她不斷晃搖的乳房，濃烈的香水味，她要他上台……

伊斯坦堡在深沉的眠夢中。他則舒放的躺在溫熱的超音波按摩浴池，汗水從他微禿的額頭像河流般滴落，微微呻吟著，試著讓痠痛的腰背不費力的飄浮，他看見自己依然強壯的男性黑鬱的陰毛，像深海中的海膽般的隨著水流，伸展出詭異的千萬隻觸手……

就挺著溫熱的裸體站在巨大的落地窗前，只留下床邊的小燈，丘陵上的旅店九樓向著博斯普魯斯海峽，歐亞大橋的霧燈從這端的歐洲迤邐到那端的亞洲。

如果有人從首都大道的方向看見旅店九樓的暈黃之窗，該是像一個小小的人形剪影吧？千年的回教古都，充滿著黃金、紅寶、香料與伊斯蘭教堂尖頂，神祕而燦美的伊斯坦堡啊，彷彿有一首歌，自始在他內裡流迴，往南是柔麗如蜜的地中海，向北是蒼藍如墨、冷凝似岩的黑海，而他，僅是偶爾路過的旅人。

「此生，能夠相偕至此旅行，生命的缺憾事實已獲得可感的塡補，以後呢？……」

他在隨身的羊皮小冊記下這段文字，就幾乎無言以對了，反而更多想起的，是離職的報社，總像有心事的女兒以及一生都充滿著不確定性的年老母親，自己呢？

他一直想送她一枚鑲著土耳其玉的K金戒指，彷彿二十年前在草山的溫泉旅店，燃起一室燭光，相互許諾一生的相攜……再追憶二十年前已然毫無意義，只是驚覺：自己竟也有那般至情的年輕，啞然失笑，他自嘲的搖頭。

順手拿出旅店的風景明信片，一張捎給女兒，一張寄給遠在南半球的女子，同樣一句短短的問安，並且說：「我在伊斯坦堡。」

——一九九六年十二月·選自聯合文學版《旅行的雲》

尋人

1

窗外的東河，果眞有一片小小的島，以及那棵小樹，像水晶般凝固。

他坐在窗前，說還有兩年就可以退休，如果拿下眼鏡，把頸後像披頭四一樣的長髮剪短，他眞的很像日本明仁天皇。

台灣退出聯合國第二年，他進入聯合國做事。他一直像則傳奇，保釣運動時的健將，有個被稱之爲國寶級的畫家父親……冬季冰雪中我來到紐約，不是爲了以上因素，我只是來尋訪一位心儀久久的小說家。

紐約雪夜，長榮航機在黑暗的大西洋上繞了一個多小時圈子，甘迺迪機場飄雪，所有的航機延誤……我的畫家朋友焦急的等了五個小時，行李被拿錯，穿上朋友厚重的毛呢大衣，一上他們的車子，畫家朋友就說：這是紐約多年來，最冷的一次。

我還是惦記小說家的名字，手提包裡放著他的選集，從西雅圖看到紐約。

不說話的時候，他顯得那麼沉靜，眼睛那麼凝注的看著你，忽然問起宋澤萊還寫不寫小說？眞的離開台灣好久好久了……一時間我竟答不上話。

聽他說多一點的話，是坐在暖和、舒適的客廳，那隻乍看彷如粉紅色、漂亮的小貓跳上沙發，不怯生，愛嬌的以頭撫挲著來客的臉頰及手背，他緩緩的說出對文學的一些看法，很謙遜的。

小說家的妻子也是小說家。窗檯上種了很多盆花葉，炒好吃的菜請客，他為我們倒上紅酒，笑說：太太要照顧三個孩子，大的是他，兩個小的是兒子，還要寫小說……。

似乎很少有自己的憤怒，是不是歲月的沉澱？或者已然看透人生中諸多的不眞與詭譎？他坐在我的前面，像從書裡的相片走出來，我依然沉陷在他小說裡那些純眞，近乎精神潔癖的特質，窗外白茫茫的雪夜，積雪從不堪負荷的樹上跌落，輕輕的一聲脆響……。

我開始說起一樣是童年時代的大稻埕，小說家在作品中時會寫到的拱型的街屋紅磚砌成的長廊，母親靜靜的從廊柱間走來。或者是河岸的鋸木工廠，在那些粗礪、香氣的杉木之間貪慾的青春，他的小說就這般沉靜中隱含風暴的走下來。

想到七〇年代屬於他那段風起雲湧、怒目熱血的生命，應該正是無怨無悔的痛快淋漓；想是也已足夠。

2

不知道在那張前清時代，雕滿花鳥、美女的床上作愛，究竟是什麼感覺？

畫家和他慧黠可人的妻子，掀開床前的白紗縵遮，優雅的用銀鉤掛妥，紅喜被套，金黃絲褥，還有一只小老虎枕。

我是不安的，我總是早起，坐在面對著無法不令人遍生遐想的前清古床左側臨窗的方桌上寫作或者抽菸、呆坐。

三個紅得像鮮血的大石榴被我和畫家分而食之，還在棉衣上不經意的沾上幾滴，忽然想起在台北與郭君喝紅酒，沾在同樣一件棉衣上，總覺得情慾的顏色。

畫家則坦言，十年前回台展「閨中美女」時，他揮灑的紅藍黃綠，十足的情慾感覺，那種創作的快意，幾乎將生命燃燒到每一個毛細孔深處。

我坐在燈下翻看他的畫冊，女人們從畫冊裡的床褥間翻身而起，撩人交叉著大腿，雙手微撫乳房或扯亂長髮……慵懶的貓靜靜在床的一角。

畫裡的貓眞實的昂起頭喚我，咪嗚咪嗚的要我抱牠。我把貓的前腳提起，像鐘擺一樣的左右晃動，並且發出滴答、滴答的聲音逗這隻大黑貓，牠睜著眼茫惑的看我。

畫家要我放下不安的心。

帶我踩著蘇活區街邊的殘雪，在午後微暖的陽光裡去推開每一扇畫廊的門，或者促狹的僞裝同性戀者去走格林威治村，買像他畫中的顏色一樣的太陽眼鏡，並且扮鬼臉給畫家的妻子拍照說要我暫時做幾天紐約人……。

睡在他巨大的畫下，以及周圍他精心收集的石灣與漢玉，很冷的晚上，王鼎鈞先生來，用心的撫看畫家的古硯，要我去法拉盛走走……問我何以來紐約？在最冷的雪天。

最冷的雪天，也許冷能夠讓我較爲平靜，心無雜質的反思未來要走的路、生命要做的抉擇。

從亞特蘭大回來，畫家直接從機場把我接到賓州鄉間的家，白茫茫的雪地，他們古樸的維多利亞式家居。門一打開，紐約帶來的大黑貓咪嗚咪嗚的滑到我沾著雪的腳邊。

從薄薄的金黃陽光中幽幽醒轉，暖和的細花被褥好像枕邊存留著心愛女子的體香，還是不敢向畫家問及；不知道在那張前清時代，雕滿花鳥、美女的床上作愛，究竟是什麼感覺？

3

和盧梭先生的正式相見，竟是在二十五年以後。

逐漸挪近他那深不可測的闊葉森林，彷彿聽見狒狒們用力拔下果子，急促的叫聲，或者只露出一雙詭異、反光的金綠色瞳孔，像夜一樣黑暗的豹子，撥開濕濡的巨大蕨類植物，美麗魅惑的裸身土著女子，紅日悄然垂落……。

誓言去唸藝術學校，母親寒著臉，父親撕去我畫了很多天的水彩。常常路過衡陽路，仰著年少不被理解的頭額，瞻望書店木架最上層那排日本出版的精裝美術全集。那是最奢華的盼望，每月進口一冊，新台幣兩百五十元。我明白不可能從憤怒的雙親那裡得到資助，我開始寫作向報社投稿，或者是小插圖，藉以換取畫冊。

繞過梵谷的星夜，疲倦而沉重的吉普賽歌手，終於在沙漠席地而眠，和他一樣孤獨的獅子，慢慢靠近……。

十八歲，有些戰慄的少年之手，拿到畫冊覺得心頭猛跳，重磅雪銅紙格外沉重，翻開時，險些割傷了急躁的手指。

低階稅務官員的另一面，竟是不朽的畫家盧梭先生。許多年以前，在法國巴黎的小酒館，害羞、不諳學院語言的盧梭初遇意氣昂揚的畢卡索。

而後，畢卡索與盧梭一起依靠在書房一角，落滿了塵埃。已經很多年不曾翻看。一長排當年奮力寫作、投稿，每月換取一本的畫冊，達利、普魯東、莫狄尼亞尼……不再純眞以後的中年，似乎他們也被我遺忘久久。

玻璃牆外的雕刻庭園已被白雪層層覆蓋，向晚微微泛橙的天色，如果再濕濡一些，應該會飄雪吧？我靜靜的啜飲薄如茶水的咖啡，彷如看見少年時候的自己站在雪地裡，腋下緊挾著盧梭先生的畫冊向我走來，眼裡有著淡淡的惱意。

離開少年傾往的色彩、線條彷如告別最初的純眞。生命本來就是一條向前不斷淘洗、沖刷的大河啊！我闔上眼，搖搖手，少年像泡沫般的消失在玻璃牆外那片白得像故夢般的向晚雪地……不然，還要怎麼樣？忽然覺得有些生氣了。

親愛的盧梭先生，是不是有時也會忽然懊惱的生起氣來？買了一張盧梭先生〈沉睡的吉普賽人〉海報，走出美術館，穿上大衣，圍上絲巾，仰首，果然白白的雪花飄下來了。

剎那之間覺得好寂寥……。

4

覺得像幽靈般的在紐約旅行。

逐漸老去，蘇活區的華人畫家從雪後冷慄的街角出現，循著華埠與小義大利區接壤，濕濡、骯髒的市場街向我走來，裹在厚重的羽毛衣裡的軀體已有些許龍鍾……忽然有所疼痛，一生以畫逐夢，他們完成自己當年許諾了嗎？

秦松的鬍子白了，卻仍像十多年前，在台北東區，拉著席德進的手，要他看從咖啡座前娉婷走過如花的漂亮女子，那種對生命與青春充滿自信的語言。頸間花俏的絲巾能否驅走異地雪天的陰冷？他的油彩凝固三十年青春，那麼，生命中的某種隱痛是不是在他穿梭於地下鐵與蘇活區之間，讓他也一如異鄉旅行的幽靈，那般的孤寂、落寞……？

還是不曾問畫家關於創作的事。

一九九六年的第一個夜晚，坐在偌大、古老的劇院，前排同號座位，坐著全場最高大的觀眾，擋住我半個舞台的視野，他禮貌並且勉爲其難的壓低肩膀，將一隻長腳盡量塞進前排的座椅下方，並回首稱歉。

演克莉絲汀的女角換人，歌聲依然悅耳，戴著半邊面具的男主角划著小舟，飄浮在煙霧迷亂、鬼氣森然卻燭光滿布的河面……。

而後是飄著大雪的哈德遜河，我們要出城走八十七接一百號公路，鄰座的女子微微咳嗽，感冒一直沒好，糖漿愈喝愈多，胃痛不已……午間相約在華盛頓廣場彷如巴黎凱旋門的地標物下相見。朋友畫了張地圖，中央街到西百老滙右轉直走可抵達。開始下雨，咳嗽的女子撐把黑傘，在冷雨中等了四十五分鐘，凍得哆嗦。原因是我迷路了，左轉幾乎走到世貿中心，只見那兩棟巨大墓碑般的建築，在濛霧中猙獰。

迷路的幽靈飄浮在雨後轉雪的陌生街頭，想起一生曾讓某個女子辛苦的守候，或者爭執的告別，手中朋友所借印著雷諾瓦睡蓮的花傘竟在不經意間為之骨折。

踩雪前行，大雪紛飛，前路茫茫，家屋亮著一盞暈黃的燈，在積雪的窗前。朋友笑說：你很幸運，遇到美國東岸七十年來最大的風雪。

台灣永遠不會有巨大的風雪，那四季如春、美麗豐饒的島國。但在生命深處，有時風雪的冷慄與苦楚卻是延綿不絕。

是應該要回家了。

——一九九六年十二月・選自聯合文學版《旅行的雲》

林清玄作品

散文卷

林清玄

台灣高雄人，1953年生。世界新聞專科學校電影技術科畢業，曾任《中國時報》海外版主編、《時報新聞周刊》主編。曾創辦《電影學報》；擔任《新象藝訊》總編輯、《新聞人週報》總主筆。著有散文集《迷路的雲》、《鴛鴦香爐》、《菩提系列》、《浩瀚星雲》等，另有電影劇本、報導文學、評論集等百餘部。曾獲中國時報散文獎及報導文學獎、聯合報散文首獎、中華日報文學獎首獎、中央日報文學獎首獎、金鼎獎、中山文藝獎、國家文藝獎、吳三連文藝獎等。

台灣人·台灣味·台灣情

1

我應親戚的邀請，到南部海邊的小鎮去參加一個結婚典禮。

這些年來，我已經很不喜歡參加婚禮了，因爲現在大部分的婚禮都非常混亂，使舉行婚禮和參加婚禮的人都忘記了動機，忘記婚禮原來是很莊嚴、很隆重、很美好的事。

但是爲了親戚盛情的邀請，也就去了。

婚禮還沒有開始，台上的樂團演奏著難聽無比的電子琴，嚼著檳榔、腳趿拖鞋、身穿短褲汗衫的賓客魚貫的進場。

開桌的時候，大家已經完全忘記婚禮了，喝酒、划拳、大聲吆喝，許多人喝得東倒西歪，滿面通紅。

這時候，舞台上的樂隊打起急促的鼓聲，突然有幾位穿著比基尼泳裝的少女衝到台前，隨著音樂大扭特扭，到最後甚至把身上僅存的衣物也脫光了。

台下一片騷動，有一些人放下筷子，跑到舞台前面看，男女老少擠成一團。脫衣舞少女無視於台下的觀眾，縱情的跳著舞。

等到最後介紹新郎新娘時，大家又興味索然的回到餐桌。

我感覺到一種說不出的痛心，心裡忍不住問著：這就是我熟悉的台灣嗎？這就是我知道的台灣人嗎？

2

夜裡，我住在親戚家，獨自沿著大街步行到海邊去。

台灣的海邊是很美的，可惜四十年的戒嚴管制，使我們居住海島的人竟很少有機會去海邊，也使得海邊只有孤寂的崗哨，沒有人煙和燈火，一片黯淡，現在軍隊已經不管制海岸了，但是，一般人也早就失去了去海邊沉思散步的興致。

我坐在海岸的卵石上，靜聽海洋的潮聲，想到這海洋，千百年來就是一樣的潮聲，同樣的澎湃、雄壯、有力量，我的心情也隨之洶湧起來。

想到數百年前，我們的祖先就是從這海洋越海而來，那是一種怎麼樣決然的心情呀？告別故鄉與田園，告別親愛的父母，告別草原與藍天來到這蠻荒的海島。

他們流著辛勤艱苦的汗水，流著與海水同樣滋味的眼淚，才使這蠻荒成爲優美，孤寂化爲寧靜，使這土地成爲我們後輩子孫的故鄉與田園。

我們和祖先之間，或者我們和子孫之間，想起來是多麼遙遠的事，但是如果我們細膩一些，就會發現我們與祖先、子孫是很近的，我們的祖先如果不奮鬥，就不會有今日的台灣，我們這一代如果不繼續奮鬥，我們的子孫也不會有美好的將來。

我想起在讀初中的時候，我的父親帶我到家附近的媽祖廟去，告訴我一些祖父的事蹟。他說：「這一塊媽祖廟的土地就是你阿公一百年前捐出來的。」然後他牽著我的手，走到廟前中庭，指著一棵榕樹說：「這一棵榕樹就是你阿公親手種植的，你以後要對子孫們說。」

當時，我因爲深深的感動，而全身抖顫，感覺到血液在沸騰，眼中湧滿淚水。呀！就在這個海邊，我的祖父林旺是不是也曾溫柔、充滿感情的看過海呢？就在這個海邊，我的父親林後發是不是也曾細膩、充滿感恩的看過海呢？我這樣問著。

只聽到海潮音一波一波的回答著：「是啊！是啊！是啊……。」

3

我從海岸沿著小路走回親戚的家，小鎮已經沉寂了。

但是，在街的那頭隱隱有聲音傳來，即使在這只有幾萬人的小鎮，鎮上也有ＫＴＶ，也有電動玩具店，也有小鋼珠店。親戚告訴我，還有地下的賭場和色情的酒家。

這些一直到凌晨還在喧嘩的、充滿浮華與迷亂的店，與中午酒席時的脫衣舞是同質的東西吧！農人依靠這些粗糙的東西來塡補生活的空虛，是因爲他們本質上就不認識美好的事物？或者是在粗俗的商業文化衝撞下，失去了原有的美好本質呢？

從前，在這樣的夏夜，我們的大人小孩都會在院子裡乘涼，聽聽大人說一些生活的近事，還有一些留在他們記憶中代代相傳的傳說。

由於農事的需要，我家請了幾個長工，有男有女，其中有幾位令我印象深刻，有一位玉豹伯仔經常是夏夜庭院的主角，他很會說故事，每次他的口頭禪是：「古早，古早，番薯芋頭吃到飽……。」我們的注意力立刻就被吸引住了。

他講忠臣奸臣的鬥爭，我們都聽得熱血沸騰。

他講鬼故事的恐怖氣氛，使我們發抖擠成一團，夜裡常被惡夢驚醒。

他如果講連續的故事，使我們第二天總是早早在院子裡佔位置，比現在的孩子看連續劇還準時。

總之，他很會說故事。

我有時坐著看他在月光下的表情看得入迷，他那風霜滿佈的臉上，不只堆積了風霜，也堆積了美，堆積了生命的智慧。

我們家還有一個女的長工，叫作阿惜，她是客家莊的年輕少女，皮膚泛著因陽光而形成的黑亮光澤，五官細緻，有黑白明亮的眼睛，嘴角永遠笑著，非常的美。

她的心比她的外表更美。

阿惜時常習慣性的把我們摟在懷裡，我們就會聞到她藍布衫上的棉香，她每次說：「來，阿惜惜一下！」我們會一擁而上，有的勾著脖子，有的摟著腰，有的貼著背，就好像猴子爬上樹一樣，什麼都抱不到的，只好拉著她的衣角。

阿惜一年四季都穿客家人穿的藍衫，都是她自己縫製的，乾淨、合身，永遠一塵不染，一點不像做長工的樣子，也因爲那一襲美麗的藍衫，使我從小對客家人就有說不出的好感。

阿惜愛美，留著一頭及腰的長髮，陽光好的時候，會看到她在井邊專心的洗頭髮，抓虱子，那樣專注、那樣忘我。我時常坐在門檻上看得發呆，眞像是書本上那些美麗的雕像。

現在想到阿惜的容顏，還像跌回井邊的門檻，感受到那種非凡的美。

阿惜如果還活著，現在也是六十歲的阿婆了。

4

比阿惜更像一座雕像的，是一個叫阿健的長工。

阿健和他的名字一樣，長得非常強壯，孔武有力，他的優點不只有力，他很負責、盡職、勤勞、老實。我父親常說：「像阿健那麼老實的人，世間少有。」

阿健很少說話，有時候一天也難得說一句話，他對人的回答只有點頭和搖頭。據說那是因爲他身世坎坷的緣故，他是個棄兒，從來不知道父母姓啥名誰，因此他到那裡去做長工，就以那一家的主人為姓。

由於自小沒有父母教他說話，到八九歲時才會說話，但說得很遲緩，久了以後就習慣不說了。

阿健雖然不說話，卻很愛笑，他笑起來那種燦爛的樣子，就像要把自己的心捧給別人一樣，那笑，充滿了愛、體貼、與天眞。

我在鄉下讀書的幾年，都是由阿健送便當，他通常比下課的時間早到，坐到校門口的蓮霧樹下，坐成一座銅雕的樣子。

我最喜歡趴在圍牆上欣賞他那嚴肅雄壯的樣子，然後出其不意的叫：

「阿健——！」

阿健會猛然轉頭來尋找我的所在，看到我，他就會露出天眞、體貼、充滿了愛的笑，我就趴在圍牆學他笑的樣子。

有很長的一段時間，媽媽常說我：「笑得像阿健一模一樣，憨嘛嘛！」

媽媽不知道，我是那麼刻意的學阿健的笑，希望笑成那麼天眞、體貼、有愛。

5

阿健、阿惜、玉豹伯仔，他們都是台灣鄉間的小人物，沒有受過什麼教育，可是他們都那樣可愛，懂得美的生活。

在我生長的南部鄉間，有很多這樣的小人物，令我在幼年就感受到生命的美、感受到人的善良、感受到台灣人的好品質。

因此，我總是想：如果讓我們台灣人有更好的物質生活，我們一定可以過非常美好的日子。

經過四十年了，我們終於有了更好的物質生活，誰也想不到，我們反而失去了美好的生活，人變得更庸俗、卑鄙，沒有美善與圓滿的嚮往。

我們，以及我們的下一代，都接受了比從前的人更好的教育。

然而教育給了錯誤的示範，教育教我們如何應付考試，如何去謀取更多的名利、更大的權位；教育很少教我們如何去過美好的生活，如何常保愛與希望，如何超越挫折困頓，如何提升人的品質與境界，如何邁向眞、善、美、聖的人生。

當我每次看到那些不顧人民死活，只顧自己私利的貪官污吏；當我每次看到那些沒有社會良心，有錢還要更有錢的奸商大富；當我每次看到突然變得有錢，不知如何過生活的暴發男女；我的心都感到刺痛，他們有很多是碩士、博士，不都是受了「很好」的教育嗎？教育給了他們、又給了我們什麼呢？

在沒有教育、物資缺乏的年代，人們都能知足感恩、有人情義理、追求美好與愛，反而在物質豐沛、教育普及的年代失去了。

這是美感失落的一代，所以我們在婚禮上看脫衣舞。

這是人情失落的一代，所以我們變得冷漠無情，街坊鄰居互不來往。

這是希望失落的一代，所以我們賭錢、六合彩，吸食安非他命與鴉片。

這是本質失落的一代，我們打開報紙看到的是敢死的拿去吃、是官商勾結、是毫無廉恥；我們打開電視看到的是虛華不實、是嬉笑輕薄、是無禮無體。

6

從前的台灣人不是這樣的。

以後的台灣人也不應該這樣。

7

我住在親戚家古老的三合院裡，躺在床上，依稀能聽到不知隱在樑柱何處的蛀蟲或白蟻，咬嚙著木頭的聲音。

記起白天的時候，親戚告訴我：「這一次新娘娶完，要翻大厝了。」

我想著，台灣這間大厝也是蛀蟲、白蟻叢生，早就應該翻兩翻了。

翻大厝要有藍圖，也就是未來的理想和希望。

翻大厝要有技術，也就是好的生活體驗與技巧。

翻成的大厝，要使住的人安適而外觀美好。

以現有的社會、制度，與教育，並沒有辦法提升或回復台灣人那樸實、眞誠、自然的本質。

所以我們應該來做一點什麼。

告訴大家不忘失美好的生活，或喚起對美好生活的嚮往，應該是最根源的吧！

8

我這一代，正好是處在台灣激烈轉型的一代，我見證了上一代的艱苦生活，也看見了這一代的暴發迷亂，又見到了下一代的浪費奢靡，但是不論外在環境如何，美麗的心情是不應該失去的。

有美麗的心情就會有美好的生活。

有愛台灣的心情，就會有台灣味、台灣的未來。

生活的美、生活的智慧、生活的廣大思想是無所不在的，讓我們共同來發現與品味。

我想著「有愛台灣的心情，就會有台灣味、台灣的未來」這段話，在有著星光與涼風的三合院安然的睡去了。

——一九九四年・選自圓神版《打開心內的門窗》

以夕陽落款

開車走麥帥二橋，要下橋的時候，突然看到西邊天最遠的地方，有一輪紫紅色飽滿而圓潤的夕陽。

那夕陽美到出乎我的意料，紫紅中有一種溫柔震懾了我的心，飽滿而圓潤則有一種張力，溫暖了我連日來被誤解的灰黯。

我突然感到捨不得，捨不得夕陽沉落。

我沒有如平時一樣，下橋的第三個紅綠燈左轉，而是直直的向西邊的太陽開去。

我一邊踩著油門，一邊在心裡讚美這城市裡少見的秋日的夕陽之美，也一邊爲夕陽沉落的速度感到可驚。

彷如拿著滾輪滾下最陡的斜坡，連輪軸都沒看清，滾輪已落在山腳。夕陽亦是如此，剛剛在橋上時還高掛在大樓頂方的紅色圓盤，一墜一墜，迅即落入路的盡頭。

就在夕陽落入不見的那一剎那，城市立即蒙上了一片灰色的黯影，我的心也像石頭墜入湖心，石已不見，一波一波的漣漪卻泛了起來。

我猛然的感受到兩個可怕的想法：我每天都在同一個時間走同一條路到學校接孩子放學，爲什麼三個月來都沒有看見美麗的夕陽？如果我曾看見夕陽，爲什麼三個月來完全沒有感覺？

這兩個想法使我忍不住悲哀。在前面的三個月，我就像一棵樹，爲了抵擋生命中突來的狂暴風雨，以免樹下的幾棵小樹受傷，竟日在風雨中搖來搖去。根本沒有時間抬頭看看蔚藍的天空，更不用說一天只是短暫露臉的夕陽了。

我爲自己感到悲傷，但更悲傷的是，想到這城市裡，即使生命中沒有風雨，也很少人能眞心欣賞這美麗的夕陽吧！

每到黃昏時開車去接孩子，會打開收音機以排遣塞車的無聊，才漸漸發現，黃昏時刻幾乎所有的電台都是論說的節目。抒情的、感性的節目，在下午四點以後就全部陣亡了。論說的節目幾乎無可避免的有一個共同的調子，就是批評，永不停止的批評。

我常常會想：在黃昏的時候，一天的工作已經結束，心情應該處在一種歡喜與柔美，沉浸於優美的音樂。卻幾乎所有的節目都在論說，永不停止的議論，是不是象徵著整個城市在黃昏時，美好的感覺也都淪亡了呢？

想要換個電台、換一種感覺，轉來轉去卻轉不出憂傷的心。最後，只好又轉回我最喜歡的台北愛樂，一邊聽著優美的古典音樂，一邊想著：如果在黃昏時刻，禁止論說，只准聽音樂喝茶、看夕陽沉思，將是對這個城市的人最嚴重的懲罰吧！

那美麗的紫紅夕陽，使我想起水墨畫左下角的落款的印章。

如果我們的每一天是一幅畫，應該盡心的著墨，盡情的上彩，盡力的美麗動人，在落款封印的時候，才不會感到遺憾。對一幅畫而言，論說是容易的，抒情是困難的；塗鴉是容易的，留白是困難的；簽名是容易的，蓋章是困難的。

但是，這個城市還有人在畫水墨嗎？還有人在每天黃昏，用莊嚴的心情爲一幅水墨落款嗎？

看到夕陽完全沉落，我悵然的迴轉車子，有著橘子黃的光暈還餘韻猶存的照在車上，慘白的街燈則已點燃，逐漸在黑幕裡明晰。

我爲自己的今天蓋下一個美麗的落款封印，並疼惜從前那些囿於世俗的、淪於形式的、僵於論說的、在無知與無意間流逝的時光。

——一九九八年六月・選自圓神版《生命中的龍捲風》

鐵樹的處女之花

在花園裡的金桔果落完的時候，旁邊的鐵樹開花了。

從前聽鄉下的長輩說過，鐵樹要十年才會開花，是非常稀有難得的。因此，鐵樹開花也是一種祥瑞之兆，凡看見的，都會沾染喜氣。

我曾經多次看過鐵樹開花，每一次都感到難值難遇，常會感慨的想：人生能有多少十年？看鐵樹開花又能有幾回呢？

印象最深的一次，是在國父紀念館的花園，同時看到七棵鐵樹開花，每一朵花都有路燈的柱子般粗，高達四五尺，使人忍不住大歎世間的神奇。

然而，縱使看見公園裡的七棵鐵樹開花，也沒有像自己院子裡的一棵鐵樹開花，令我感覺歡喜。因爲，這是我自己種的鐵樹，生平的第一次處女之花。我每天清晨澆水時，總會忍不住向鐵樹道喜，並深深分享它開花的喜悅。

鐵樹開花與其他的花大有不同。先是從剛硬的葉梗中心，長出一團如排球大小的柔軟肉球，是細緻的米色。那肉球隨著時間增生拉長，一尺、兩尺、三尺，最後長成一個四尺長的圓錐狀花朵，大花中密密生著小花。

鐵樹開花的過程長達四個多月，過程緩慢而神奇，常令我誤以爲鐵樹的花永遠不會凋謝。但我隨即生起這樣的念頭：世上並沒有永不凋謝的花！

鐵樹的花維持如此長久，或者可以稱爲「鐵花」吧！

在院子裡喝茶的時候，我常和妻子討論著：「一朵鐵花不知道多久的時間才會完成它開放的過程？」

當鐵花的頂部從圓形變成圓錐，終至成爲錐尖，我們知道，鐵樹已完成處女之花，即將凋落了。果然，它最後的盛放維持了兩星期，有一天黃昏，我們在院子裡喝茶，突然聽見一聲咔嚓，轉頭一看，鐵花啪啦落在地上。

我把鐵花撿起，放在桌上，觀看它最後凋零的樣子。我想著：鐵樹難得開花，終有開花之期；鐵花固然長久，也終有凋零之日呀！

這世界，每一朵花的興謝雖有長短之分，卻無斷滅之別，每一朵花都是因緣所生，在因緣中滅去，是明明白白的，人力所不能爲的。

世間最有勢力的人、最剛強的植物、最難逢的事件，正如眼前之花，無法免去因緣的興謝。

我想起唐朝高麗的元曉大師曾說：「縱使盡一切努力，也無法阻止一朵花的凋謝。」花如是興謝，情感如是興謝，因緣如是興謝，生命中的一切過程不也是這樣子興起與謝落的嗎？與其爲情感的興謝、因緣的生滅而哭泣追悔，還不如把握當下，一往無悔的生活。

鐵花開的時候，妻子還懷著身孕，孩子兩個月大時，鐵花才落下來。但故事還沒有完結，在鐵花凋落的底部，竟長出小小的黑紅色種子；到兒子八個月大，鐵樹的種子才完全成熟，大小如拇指，堅硬似鐵，數一數，共有八十三粒。

我把三粒「鐵子」種在花園，期待來年能長出新的鐵樹。其餘的八十粒種子和那一朵鐵花則擺在架上，每天看見時，內心對鐵樹開花的光陰有一種緬懷和疼惜。

在我觀看鐵花興謝的時光裡，鐵樹也見證了我這一年來生命的變化，但鐵樹默默無語，只把全副心力用來開花結子。不像社會上一般世俗的人，對自己的情感用心太少，卻對別人的情感用力太多。

我的疼惜是，我們雖全心追求美好的境界，生命中總不免遺憾遺歡。

我的緬懷是，時光雖不可挽回的逝去隱沒，但總會留下餘情餘韻。

鐵花終究不能回到樹上，我只有修剪蕪蔓的枝葉，等待下一次的開花。

在孩子的笑語中，我也知道，生命只有不斷的承擔，在每一個片刻裡，才會發生更好的體會。

開完了處女之花的鐵樹，下次開花是什麼時候？一年、十年，或百年？問鐵樹，它默默無語。但是我知道，金桔落果處，鐵樹開花時，萬法隨因緣，天地不自私。如果內心常保有開花的祝願，在因緣成熟的時候，最剛硬的心，也會開花。

——一九九八年六月·選自圓神版《生命中的龍捲風》

陳幸蕙作品

散文卷

陳幸蕙

湖北漢口人，1953年生。台灣大學中文研究所碩士，曾任教於北一女、國防管理學院、清華大學中語系等，現專事寫作。著有《群樹之歌》、《把愛還諸天地》、《以一整座銀杏林相贈》、《悅讀余光中·詩卷》等三十餘種。曾獲幼獅文藝散文獎、中山文藝散文獎、中國時報文學獎散文評審獎、梁實秋文學獎散文獎等。曾當選第十三屆十大傑出女青年。

岸

泊靠

一副寬闊的肩膀，常是一處可以泊靠的岸。

溫暖的、美麗的、不歇息的岸。

永遠開啓的國度，無言等待的姿勢，隨時準備給予、溫慰或擁抱什麼的守候，一座眞正可以信賴、可以傾淚、可以放下虛矯的強者面具的安全島！

現實的風暴與海嘯，是只能退在遠處逞凶咆哮了；也許，仍偶有浪花水星濺及髮梢頰邊吧？但都已不再能威脅什麼、傷害什麼；杜折桅傾的一顆心，有此涯岸可以依附，便終能修補或重綴開朗自信的帆，期待另一次完美的出航。

岸的意義，便是一種溫柔有效的絕緣——在憂傷倉皇、失望沮喪，與你所關愛的人之間。

於是，便由衷地喜歡岸了。

喜歡岸的靜默無言與包容。

喜歡岸的穩定、堅實與可親。

喜歡岸在一個流浪多年或迷航之人的眼裡，是絕美的存在，唯一的存在。

岸，其實並不只是一片風景或一個普通的意象！

如果能夠，也許，今生所想自我成全的心願之一，便是成爲一個如岸一樣的女子吧？

讓生命中的另一個人或另些個人，得以依靠，得以泊附，得以涓滴汲取安定自己的背景力量。

而當他們需要我時，我恆靜立在他們需要的位置。

如岸。

懷沙

常常去看海，也看岸。

在沒有沙漠的島上，濱海的沙岸，就是心裡袖珍的撒哈拉了。

那其實也是一種海，乾燥的海，米黃色澤的海；面與線平鋪直敘出不費心機的幾何秩序，代表一種景觀的純度，以及視野所能享受到的乾淨的極限，可以讓人從目盲五色的疲倦中立即脫困。

於是便成了二十世紀一個執象而求的懷沙之人。

然則，二十世紀執象而求的懷沙之人，行吟海濱，臨風望遠，凝視的焦點是什麼？思索的主題是什麼？追求的綠洲是什麼？也哀生民之多艱嗎？

由於人生並不是佈置得很整齊，許多事物的脆弱性與荒謬性，常參差交織出一種擾攘浮動的人間表象；所以，華麗之後，繁複之後，各種嘈雜的癡人狂喧之後，格外傾向於簡單樸素的生活，渴望自那大穩定大自在的生命情境裡，結晶出真正的獨立從容。

而簡單素淨的濱海沙岸——那整幅安靜的素繪大地，使人蘇息舒展、定靜生慧的道場，便對心底這些嚮往、理念與生活觀的形成，有直接提醒與暗示的作用。

一粒雜色砂子也沒有的濱海沙岸，那整疋攤平在天地之間，堅持著簡單素淨的米黃胚布，總是直到邊緣脊線地帶，才肯讓淺紫的海埔姜、白珠串似的月桃，或匍匐在地的碧色草本，紛紛落彩。野生的銀合歡與林投，常是出沒此處髭髮蓬鬆的浪人。稀稀朗朗的木麻黃與琉球松，則各自臨風眺海，並無積極成林結黨的打算，完全又是閒散淡泊的隱士風格——形成非常有趣的，各自凸顯個性，「彼無不當，而我無不怡也」的沙岸群落。

常常，在沙岸邊緣流連，與木麻黃和琉球松一起看海，看浪的掙扎時，也常不自覺地想起一些朋友，一些在自我詰難、推翻否定的辯證歷程中，逐漸成為懷疑論者的朋友。

——據說，人自三十歲起，便開始進入生命信仰大翻修的階段了。不能確知這話的適用性如何？也不知如此的過渡，在整個人生進程裡，究竟有著怎樣的意義？而感覺上，一向溫和穩定的自己，似也漸漸有了自我離開的傾向；但往往卻又覺得，其實不是離開，而是另一種建立，另一種返航，是一點一點又回到自己更深的內部啊！

然而就像長長的沙岸，多次跋涉，從來沒有一回走到盡頭一樣，這漫漫的叩問之路，遍設無形路障的思索之途，也尚未抵達終點。

……

一粒雜色砂子也沒有的濱海沙岸，那吸引我一次一次，凝視又凝視，懷想復懷想的小小撒哈拉，在看似單調平凡、實則純粹深邃的寧靜裡，其實蘊含著非常豐富的哲學與美學上的意義。做爲一個執象而求的懷沙之人，我已把它完整地收攝來，藏納在心底。

在複雜擾攘且變動不居的世界裡，我相信有些事理，恆樸素如是，簡單如是，也穩定自在如是。

岩雕

當暮春偶然來訪的太平洋暖高壓，正以一種近乎魔幻寫實的方式，把海水與晴空逼成豔夏的鈷藍時，我沿著濱海公路穿過漁村，來到這以礁岩聞名的東北角海岸。

幾家兼售泳具與冰果冷飲的小店，由於季節性蕭條，呈顯出一種荒蕪廢棄之感。遠處潔白的小燈塔，在整屏深靛的軟琉璃背景上，卻定位成格外玲瓏搶眼的一枚浮貼。

早晨十點半，陽光神采奕奕，每一塊岩石都正與海水進行激辯。鋸齒狀的海岸線，是比戲劇還要曲折的一齣傳奇。懷著登山而非履平夷的心情，在灣岬相間的濱海岩岸行走，無論攀援而上或跳躍而下，軟墊的白色球鞋，都使人意識到自己的俐落輕快。

一波波歡愉的浪，自水平線那端爭相湧來致意；綠油油的海髮絲與石蓴，在腳下水波明淨的岩隙間，如髮茨或緞帶般款擺飄動。大蓬大蓬的海風，有時會攜來一把碎沫，灑在麗日之下你正仰起的臉上，留下星點般細細密密的清涼；幾個手持長竿、各自進行磯釣的男子，則始終專注地面向大海，凝定不動——久久，才偶有一座沉默的背影，轉動手中小紡車式的捲軸，拉回魚餌察看，然後又再甩動長竿，把釣線朝空茫處用力拋擲出去……

（如果，人生必須忘卻和遺棄的事物，也能如此面向大海捨擲，永遠不再收回，該有多好？）

在一處寬敞的海蝕平臺上，隨便找了塊鼓狀礁石坐下，所謂的「豆腐岩」便在低角度傾斜的地層上，顯示它被海水切割而出的整齊菱塊和方格。雪色浪花不斷轟然而至，直把整板有趣的豆腐造型，和四周崢嶸挺拔如水底冒出之山岳或柱石的海崖、礁岩，淋洗得棕黑濕亮。

那些不可思議的動人線條、節理、紋路與姿態，那種種磅礴凜然的氣勢，端詳久了，眞不免驚覺自己是正置身於一座遼闊的、永恆的、超越時間與空間限制的石雕博物館中！各式作品如此安靜地祖陳，且陸續有半成品在琢磨打造之中。每一蓬海風，每一波碎浪，每一次潮汐漲落，都是羅丹的巨斧，逐漸把整座緻密的岩岸，鑿成、削成、錘成、鋸成、劈成、摩挲成如今的風貌！人間的米開朗基羅只有一個，而大自然的鬼斧神工卻無時不在，無處不在！

然後，我看見初露圓顱的蕈狀石，在另一座海蝕平臺上，散落如諸神遺忘的黑色棋子。這些會生長的石頭，據說要兩千年後，才能發育成如野柳女王石那樣的大香蕈呢！而兩千年後——許多許多歲月之後，又是一個怎樣不同的世代、不同的人間、不同的女子，卻在此相同的海濱岩岸坐看相同的波瀾、傾聽相同的海潮音呢？

雪色浪花不斷轟然而至，這是第一次，永恆，以它明晰具體的形象，在此濱海岩岸向我演義！

怦然而動之後，我的心遂大且清空起來。

原來，在浪湧如銀、悠悠無涯的時間之海裡，我們眞的都只是岩隙或岸邊一粒纖弱短暫的貝瓣！

但永恆無垠的故事裡，這能夠思想、自主的小小貝瓣，豈不也有屬於他的位置？屬於他的謙卑、尊嚴與快樂？屬於他所能掌握的、一方完整堅實的小永恆？

那就是這纖弱短暫的貝瓣，在眞正龐大無朋的永恆面前，可以無憾且無懼的地方吧？

……

雪色浪花不斷轟然而至，彷如成千上萬光燦四射的鑽粒與水晶碎塊，擊打在磊磊岩石之上——光陰的校園裡，迷糊地衝闖一陣後，原來，我人生哲學的教室在這裡！

拍拍長褲上的砂粒站起。……

軟墊的白色球鞋，又讓人在陽光下看見自己清楚生動的影子了。

神往

一向都只是去看海。

但在人間情愛的上坡路上跋涉，終於體認出長久地堅持愛，乃是一種使人肌肉痠痛的姿勢後，我開始想到岸。

開始在倚靠某一座岸的時候，格外悲欣交集。

開始感到將自己的肩膀鍛鍊得足夠強壯去讓人倚靠的必要。

也開始在望海之際，把大部分的視線分給含蓄無言的岸。

非常喜歡自己是生長在一個島，而不是一塊封閉的內陸上。

因爲島是四周環以岸的土地；島的美麗，在於她四季接受海水的祝福，在於她有岸。

鳥因爲有岸，終於成爲一座希望。

而岸的含蓄與多義性，永遠可以供我們的想像做無盡的馳騁與發揮……

在我此刻此境的人生、思維裡，岸，尤其象徵一種抵達。

因爲我尚未抵達我的岸——在生活上或創作上，我神往的美麗的岸。

但知道有岸可以前去，畢竟也是一種幸福。

是爲記。

——一九八九年七月・選自文經版《碧沉西瓜》

金合歡

無名之夜

仰臥在赤道非洲熱帶雨林的邊緣，當晚風掀動層層碧葉，新月森冷的光，便趁隙閃射進來。森冷的、刺痛人瞳孔的光——她不禁想起那柄開山刀高高舉起時，薄刃處所亮起的寒芒……如果，日子延續著日子，今天繼承著昨天，那麼明日，當太陽自印度洋海面昇起，又開始梳洗著草原上她所喜愛的金合歡時，豔豔晴光，是否也仍將一如往日，繼續投影在她灰碧的眼眸深處？

其實，這是一個非常寧靜美麗的夜晚，與死亡無關。尤其從她所躺臥的方位揣想，啊，維多利亞湖在北，肯亞大裂谷在東，更遠處是吉力馬札羅火山，和終年瀰漫著熱帶香料芬芳的尚西巴島——而此刻，島上伊斯蘭教寺院的廊蔭裡，那些身穿長袍、頭戴繡帽的長者，還在殷殷祈禱嗎？市場上赤足裸背、披鮮豔印花布塊的非洲婦女，或許已扶住頭頂裝滿綠香蕉的簍筐，各自歸家了；馬口鐵皮屋簷下，近乎露天的簡單晚餐，想必正包括了木薯和花生搗碎所合煮的稀湯吧！

——赤道非洲的夜，若無飄潑陣雨，總格外晴朗安詳。而每一個像今晚這樣的無名之夜，都正如十八年前她飄洋越海，初臨這陌生土地時，所度過的第一個深受撼動的夜晚一樣。

當然，晴朗安詳的表層底下，在藤蔓糾葛的林間，在隱密錯綜的灌木叢裡，甚至在平坦遼闊的稀樹草原，或一望無際的野地之上，最凶險不測的殺機也隨時不假辭色地隱伏著。但十八年來冷靜的學術生涯，她豈不早就學會了去面對大自然鐵硬無情的律法，去面對弱肉強食最殘酷血腥的現實，同時也學會了說服自己——生命，便是一連串愛與受苦與希望交織糾纏的歷程？

因此，每一個做完田野工作的日子，傍晚時分，當她回到研究營地的簡陋小屋，獨留身後一整片沉默的曠野與清寂的夜空對話，看星星紛紛懸垂如欲落的宇宙淚滴，她便從來不曾也不願去思索內心的傷口，或此刻——背脊的傷口——有多深？諸如此類的問題。在堅強而獨立的少女時代，她便已經認定療傷的行為，不能以自憐這樣短暫的精神麻醉來速成；不，她拒絕那種會上癮又於事無補的嗎啡——人間滲血的部分，難道不該以更積極有效的作法去縫合？而這其實便是十八年前她自故鄉加利福尼亞州起飛，橫越美州本土以及一整片大西洋，來到赤道非洲後始終不曾離去的信念和緣由。

而十八年前！啊，生命中恍若上古史的一段歲月啊！她不禁微笑起來。

十八年前，她還是一名青春尚未見底的美洲女子，身材高眺健朗，披一肩棕栗色的光潔長髮，在晴暖且洋溢果香的加州，擁有安定而收入豐裕的醫療事業。生活，是一道甜蜜如酒、平滑如鏡的溪流，直奔向可預見的幸福的海口，那樣沁軟愉悅、視野明亮的日子！但是，三十七歲那年，只不過爲了回應非洲大陸在遙遠遙遠之處神秘的邀請，爲了尋找學術研究上的一點秘密，她便鄭重但也極其瀟灑地放棄了可羨的專業醫師生涯，放棄了物質文明種種舒適的享受，來到赤道原始叢林。

她生命中最精采、最有意義的一段歲月，便這樣奉獻給了非洲，給了學術領域中尚待開發的一小塊園地，也給了原始密林裡一種完全爲人所誤解的稀有動物。

然而，她是不是也被誤解了呢？

當那柄開山刀高高舉起，薄刃閃亮如冰如鞭，一次又一次落在她背脊、腿股與足踝的同時，她便知道，自己必須宿命地在野蠻自私的利益與貪婪殘暴的人性下，成爲諸多獻祭者中的一個。

明日，太陽仍將自海面冉冉昇起，照耀在中部赤道非洲帶狀綿延的綠色林冠之上，照耀她時時凝望沉思的金合歡，照耀著萬里之外她始終不曾歸返的濱海故鄉，照耀著她經年守護照拂的大猩猩，也將照耀在她溫柔灰碧的眼眸深處吧？

鮮花織冠

旅行家的回憶錄常把它們形容爲嗜殺成性的惡魔化身，科學家的文獻報告卻又說它們是「與人類生理結構極爲近似，在進化親緣關係上亦最爲密切的靈長類動物」——那麼，在人與惡魔之間，它們是誰？它們究竟是什麼？——也許，她對非洲中部山地大猩猩(Gorilla)的興趣，便是從這樣一種認知上的差距開始的。

那時，在加州，她只是一名業餘的靈長類動物學的愛好者，很偶然地從書上讀到有關大猩猩的記載，對於這種直立時身高近兩公尺、體重等於三個足球後衛總和、喜歡以巨掌捶擊自己胸膛的動物，有著不弱的興趣。每日自醫療中心下班返家，回到那舒適且饒具小品風味的寓所，她慣於以鬆弛身心的熱水浴和可口簡便的晚餐犒賞自己，然後便閒倚在小几上那只圓圓的燈球畔，繼續前晚未竟的有關大猩猩的文獻閱讀。

那是她獨居生活中，使漂泊的情感有所倚託的一個重心，也是她工作了一整個白晝之餘，別饒興味的一種自我款待。燈下課讀的情境、氣氛，竟都十分有趣地與情人幽會相類，不時有新鮮的進展。

然而長期追索大猩猩資料後，她忽然發現，由於認知的匱乏，人類對於這支近親族類，總充滿疑懼，和太多臆想揣測的成分。探險者常開槍格斃林中邂逅的大猩猩，反指稱它們是凶殘的怪物。一八九二年，探險家加納到非洲研究大猩猩時，擔心遭到它們的攻擊，竟坐在自製的鐵籠內進行研究觀察……

一個初夏夜晚，當她自扉頁間讀到如此滑稽而又眞實的記述時，不免失笑起來。但隨即，她嚴肅地捻熄桌燈，把自己嵌入黑暗裡沉思——在自負的人類與無辜遭致格殺的惡魔之間，她想，究竟誰，才更接近惡魔的本質呢？

然後，她也開始讀到威斯康辛大學動物學家沙勒，在一九五九年到非洲剛果西部，實地考察大猩猩分佈情況的報告。沙勒在妻子凱伊陪伴下，曾對這種體型最龐大的靈長類動物，有許多新的、有趣的發現。可是，沙勒之後呢？她常想，沙勒之後，誰會是遠赴非洲去和大猩猩生活在一起，去揭開人類對大猩猩迷思的人？

系統化的閱讀最終，她發現自己竟已一步一步走到大猩猩文獻的盡頭了，盡頭以下空白部分，正等待一個熱情而又勇敢謹慎的人去執筆。

她三十七歲那年初夏的夜晚一直很清涼，她也一直喜歡坐在晚風裡沉思。恍惚中偶一失神，便彷彿聽見遙遠的非洲在呼喚她，大猩猩在呼喚她，呼喚的聲音一波一波，如夜深人靜她伏在枕上耳邊所漲落的加州海濱潮汐——她微感茫然，但也不免興奮——一個三十七歲像她這樣只是業餘探究大猩猩的女子，難道文獻上未竟的章節，真該由她接續著寫下去？大猩猩，真的在那塊土地上等她？等她去赴她與它們的約？一場人類與大猩猩之間最長久、最特殊、最親密，或者最後的約會？

一九六七年，當她終於在剛果一個小機場降落時，她並不能確知自己在這赤道非洲的心臟地帶，究竟能停留多久？熱帶雨林溫暖潮濕的氣息，如一隻看不見的章魚，自四面八方伸出熱情的手來纏裹她。蓬勃豐沛的生命元氣與力量，是如此淋漓酣暢地四處流佈，強烈濃厚得幾乎可以看見，可以觸摸；這莽莽蒼蒼的陌生大陸啊，她知道，在她生命中的意義，已不下於幾萬公里之外的家園故鄉。於是，從剛果、烏干達到盧安達，非洲十八年的時光，她便極細緻地以一寸一寸無悔的青春，一座一座碧森森的原始密林把它貫穿起來，紉綴起來，成為人類紀錄上一段空前的歲月，她自己生命中一段史詩一樣的年光。

為了便於研究觀察的進行，起初，她不斷模仿大猩猩的肢體語言，學習它們呼叫聯絡甚至打響嗝的聲音，很有節奏地咚咚捶拍自己的胸部，並且不時抓一把嫩葉或一截脆碧的野芹莖，放在嘴裡大模大樣咀嚼……所有這些企圖把自己從動物進化的時間表上，由人逆撥至猿的作法，只不過為了獲取大猩猩對她的信任，證明她的友善無害罷了。而在付出極大的耐心與無偽的誠意後，她所獲致的報償，便是取得大猩猩的「許可」，開始加入它們起居行列，直接深入地去了解它們。

她發現大猩猩完全不是傳說中那種凶猛可怖的野獸，相反地，它們是非常溫順而又安分守己的素食動物，性格寧靜，不容易激動，日常生活也很從容優閒。成年的大猩猩對年幼的大猩猩常表現出非常容忍慈愛的態度。它們的眼睛是柔和的深棕色，表情達意的方式很含蓄，捶胸示警只是生命遭到威脅時才有的自衛舉動。但由於人類的無知、武斷、自以為是，以及不當的優越感，這種內向、和平的蔬食者，長久以來一直被嚴重地誤解著。

她從來不曾聽過大猩猩攻擊人的事件，但瀕臨絕種危機的大猩猩，卻不斷遭人類捕捉、屠殺、迫害，或生存空間被侵佔的困擾。在她研究營地四周，盜獵者和當地土著，常綁走年幼的大猩猩賣給各地動物園，獲取暴利，並殺害成年大猩猩，斬下它們手掌當煙灰缸，頭顱則製成標本懸掛起來，做為炫耀勇敢、賣弄虛榮的戰利品。

目睹這些血腥四溢的行為，一次又一次就在她身邊不斷上演，傷痛的感覺日復一日快速累積，終於如利刃般，在她心底劃下一道很深的口子。那不僅因為這種遭人誹謗最多的一種動物，從來不曾被公平地對待過，更重要的是在種種殘酷殺戮的事件裡，她看見了人性最凶戾、自私與野蠻的成分，因而由內心深處對身居靈長類動物中最高等級的人類，徹底感到失望！

爲了保護日益銳減的大猩猩，她不得不時常放下野外研究的工作，在母猩猩遭人射殺後，擔任猩猩代母的角色；不得不像救火員般，四處奔波，去解下倒懸在圈套中達數日之久的年幼大猩猩。而到最後，她發現自己竟無可選擇地必須站在第一線，與盜獵者進行正面的頡頏了。她懷著滴血的心情，毀壞了數以千計由他們設計的陷阱，破獲了好幾處盜獵者私藏彈藥的據點，並且說服了當地官員對這些非法之徒提出告訴。

「——因爲一九一七年，這裡約有一千隻左右的大猩猩，一九七六年，只剩下不到五百隻，而現在，還不到十年的時間內，這個數字已降到兩百四十左右，若再不有效保護，」她沉痛地說：「本世紀末以前，這一群稀有動物就會完全滅種！」

在這一場挺身保衛大猩猩的戰役中，她知道那些盜獵者恨她，揚言要取她性命，這美麗浩瀚而又殘酷的原始森林啊，她想，對她而言，難道竟也充滿了致命的危險嗎？但是爲了挽救大猩猩的命運——不是爲了學術，而是站在人道的立場——她不得不悲劇性地堅持下去。

在研究營地附近，她開闢了一座青蒼的墓園。每一天薄暮時分，親手埋葬被盜獵者殺害的大猩猩後，她常獨自站在密林邊緣，眺望遠處日落大地的景象，看金合歡在赤道夕陽的投影下閃閃發光。

這種生就屬於非洲的植物，能夠忍耐極長極強的風沙乾旱，它們總是以巨大根系在地底牢牢抓住棕紅色的非洲土壤。每一株孤獨的金合歡，都是以內在的濕潤，自己滋養自己，夜間閉合葉片，白晝展開維持生命意義的工作，像極了恬淡而又堅忍的哲學家，在非洲稀樹草原上自成樸素的一景，常不知為什麼地感動她。

而大猩猩和她之間——凝視著在晚風中逐漸蒼茫的金合歡，她常想——這十餘年來的歲月，她和它們之間，究竟已培養出一種怎樣的生死與共的感情？建立起一種如何不尋常的倫理關係？

「尼羅瑪莎比勒！」——當地的土著常如此稱她，意思是「獨居在森林之中，不需男人陪伴的年老女士」。她總微笑接受，並且覺得那是以鮮花織綴的冠冕，戴在她不需裝飾的頭上，而她生命中最菁華、最有意義的部分，也由這土語生動地凸顯出來。

「尼羅瑪莎比勒！」她一直非常喜歡如此的稱謂。赤道非洲十八年孤獨之旅之後，她認為那是她唯一的名字。

碧蓬下的新丘

「在我的感覺裡，大猩猩是體貼而充滿紳士風度的，人類遠不及它們。」

曾經，在野外札記中，她如此寫著。

「我寧願由這些大猩猩陪伴生活，不願意與人類共處。」

「若我死了，」一個暮靄四起的黃昏，她告訴前來探望她的朋友：

「請把我葬在那座大猩猩墓園裡，墓碑上就刻著簡單的尼羅瑪莎比勒吧！」

她仍然記得那個黃昏，當朋友遠離，吉普車蜿蜒的轍痕，迤邐至遠方地平線時，她一直立在曠野裡，遙遙相送。……

而後白晝隕落，夜色來臨。

正如今夜，當白晝隕落，不測的夜色便迅即洶湧掩至。

而此刻仰臥在原始森林翠綠的天篷下，當身上、心底的傷口都正如小噴泉般，汩汩湧動著鮮純的血液時，這赤道非洲屬於大猩猩的黎明曙色，何時到來？

親愛的大猩猩，和平善良的族類啊，但願繼起的守護者，能很快來到你們中間！

一顆晶瑩的淚珠緩緩自她眼角滑下，跌落在濃密的髮茨深處。

曠野裡一株疲憊的金合歡，並未如往日般在陽光下張開她的葉子……

坡地的墓園又新添了一座青色小丘，長方形石碑上，清晰的字跡不是她的名字黛安・芙西，卻正是樸素的——

尼羅瑪莎比勒！

——一九九六年八月・選自爾雅版《愛自己的方法》

日出草原在遠方

從我的許願泉前起程，昨日行爲的殘餘，我已親手予以厚葬，在星光下一條乾燥的溝裡。作爲指南針的星辰，正爍亮如花；日出草原在遠方……

再見了，自殺坡，以及坡上所有豔麗如鱔的葛藤們，我不再是自己的奸細，陰謀著一次又一次流沙、陷阱與騙局的設計了。

經驗的灰燼既已掩埋一段貧血壞疽的歷史，假面的告白也即將精裝成冊，鄭重焚燬——這精神上困難且痛苦的割禮啊，當它終於完成漫長的執行作業，我也將向傳說中的不倦島出發，如堅持遠航的哥倫布，遙指生命地圖上一處從未被涉足的新大陸，去登基成爲未來歲月的立法者。

人生是一則廣大無邊的笑話，我豈不知？但是在信仰與理想的篝火旁露營，我願意從事自己的文藝復興。

是生活如此授旗、授權於我，我怎能自甘永遠拋錨在那想哭泣的心境，如當年我那必須被拯救的母親？

也不擬再重複那軟弱、諂媚的祭壇行爲了。

如今，未來，以及一向！

當顛覆歷史、向自己復仇的時刻到來，那正是我撰寫人生溫柔論的開始！

●

於是，就在地底這狹窄的樹脂玻璃密室，我第一次發現了天堂的可能，溫習著子宮的記憶，標示出自己生命中好望角的位置。

計畫名稱：隔絕實驗。

目　的：研究人類在星際旅行時長期獨居所可能造成的影響。

實驗時間：一百三十天。

進度編號：第一百零七天。

密室深度：地表八十公尺以下。

空間大小：三平方公尺。

溫　度：攝氏十度。

生存環境特質：無計時工具。與聲音、陽光、人類完全隔絕。

生命現象：骨骼鈣含量減少。

免疫系統衰退。

對時間的感覺喪失。

月經停止。

……

而當鈴木博士以及他所率領的研究小組，在地面上經由監測系統進行觀察，且逐一記下我——這三十六歲女性實驗對象——的各種生理反應細節時，我也正在這幽居地底的時光中，細細領受自我復仇儀式裡，每一瞬間的菁華。

啊，我的地獄，我的天堂，我悠寂清空的密室歲月，我治療受傷眞理的地方，以及，我收復曾經淪陷的春日心情的橋頭堡！原來，當往日緊攬不放的一切，便這麼橫心捨了，捨至無可捨處，滄桑之感的後面，竟背書著微笑的印記。

做爲一名志願參與「隔絕實驗」，且無從預知實驗後果的女性，當告別昨日遺蛻的時刻來臨，且鈴木博士的研究計畫正物色一名理想的實驗對象——在一種知性考量而非抒情衝動的情況下，我選擇了這爲科學實驗獻身的不尋常行動，做爲重建主體自由的開始，去爲自己的生命進行一次意義非凡的破繭。

肉體的人身，豈不只是一種未完成狀態？每一次殘酷的成熟，豈不也隱含自我車裂的因子，可能引爆椎心刺骨的劇痛？但孤立在藍鋼般的天空下，身爲一名女性，當縱聲狂笑的命運，正以其強悍的嘲諷姿態，就蹲踞在我前方，對照著我在現實中的狼狽以及骨子裡的脆弱時，我必須徹底與自己格鬥一次，才能眞正坼天裂地，迸開那長久以來心靈裏足的長綾。意義爲行動織錦。

因之在「隔絕實驗」公開徵求的多名應徵者中，鈴木博士所親自主持的「體能、意志力與持久性評估」，乃成爲我順利出列的依據。短期的指導、訓練以及各項前置作業逐一完成後，我終於深入了這從未被深入的甬道，抵達這從未被抵達的黑洞——學術研究的、人類身體的、自己心靈的——去負責揭曉一樁未知的答案。

●

雄闊壯碩的黑暗，以及厚軟而飽富彈性的寂靜，便是我懸浮飄泊的宇宙。沒有陸地，沒有海洋；沒有重量，沒有方向；沒有生，沒有死；也無所謂不朽……

在狹仄密閉卻又如此漫無憑依的空間，曾經，沮喪、低潮、虛無，以及歇斯底里的感覺，如一支潛伏多時的輕裝部隊，試圖偷偷接近我，在撲殺它們與被它們撲殺的緊急現實中，我必須圈選一種。

我經常想起動物園裡焦灼繞檻而行的黑猩猩——的確，孤獨閉鎖且由隔絕的標籤所彌封的世界，委實具有一種逼人發狂的高度危險在！食物、陽光、空氣、水，以及愛，對於人的生存固有其不可或缺的價值，但高於它們更其基本且眞正維生的存活元素，卻恐怕還是所謂的「意義」吧！一旦意義存在，且成爲仰靠，人便找到了他的上帝！於是我開始明白，自殺者所需要的，其實並不是勇氣，而只是絕望！當存在意義已在大霧中迷失，再也找不到回家的路，奔赴大霧之後的懸崖，乃成為人向生命示愛的最後姿勢。

我畢竟不曾趨近懸崖。

不曾選擇與意志決裂。

意義——小我、大我的意義……終如大量清新微鹼的薄荷蘇打水，於緊急時刻兜頭淋下，稀釋且洗滌了我精神耗弱沮喪的酸濃度。在這場自己與自己的戰爭中，我支持了聰明且較具理性的一方。

世界仍然與我同在！我為自己的黑暗點燈，從胸腔與睡夢中取火，把乾淨的心跡拭亮之後，一段一段，獻給自己。

感謝鈴木博士為我在洞中放置了約兩百本左右的書籍、各式營養罐頭食物、足夠飲用的蒸餾淨水、簡單的照明器具、袖珍的語言學習機，以及輕軟的柔道服。

無從判知日夜更迭的情況下，我勤研英語會話，藉柔道體操保持肌肉舒活，為每一本讀過的書籍編號，追憶陽光之下所曾發生過的哀歡悲欣，揣想出洞之際，自己這極其風景的臉上所可能有的新表情。

極長極長時段的清醒與睡眠，便這樣單純地交替接力著，且拼貼出我幽居密室的規律生涯。時鐘面貌，早已攤成一張軟搭之麵餅，恰似達利名畫「記憶之持續」所顯示的那樣。然而，大段大段丈量生命自由的寬幅以及精神自由的縱深，就在這樹脂玻璃所圍成的小小正方體內，我卻首次微妙地感受到宛若六月田野的遼闊溫柔，彷彿看見一棵樹的微笑，重新歸納出幸福感的品味法……

這形似囚籠的空間啊——

我無法不想起自己曾著手編造一只囚籠的過往。

無法不嗟嘆終生都被拘禁在另一只無形囚籠中的母親。

無法不悵憾爲母親打造那只囚籠、經常藉暴力以證明他生物優勢的父親。

也無法不去思索，在希望與幻滅並存的愛情世界裡，人，究竟可以期望什麼以及經營什麼？

曾經，豈不是一枚含藏淚水的字眼，洗滌著已逝歲月的蒼茫？若愛是一種建築，那麼誰來解釋，精緻牢固的作品，爲何如此稀少？

●

由於閱讀母親一生，在很長的一段時間裡，我完全無法也不忍去定義「女性」這名詞。與父親共度的二十年婚姻，於她，豈不只是一場附有性生活的僕傭生涯而已？

雖然，在會計事務所任職的父親，有著相當清癯斯文的外表，待人也堪稱溫和有禮，然而，當他毆辱母親、扯散她梳攏的長髮、挑剔荷包蛋蛋黃硬度不夠，乃至洗腳水過於溫涼……時，粗亂的拳腳點子裡，卻總顯出那樣一種令人不敢置信的蠻力與凶暴。

我相信父親不曾聽過尼采的狂言——「男人到女人身邊，請務必帶根鞭子」——但他卻把這句話的精義，發揮得淋漓盡致，且更為透徹！

為什麼呢？

多年之後，當我如此自問，且尋求一合理解答，我才終於明白，從傳統男性社會一路行來的父親，終其一生都是輕蔑女性的。更由於母親操持家務、生兒育女的工作，並不包含在任何統計價值內，宰制一家經濟命脈的父親，遂更把母親視為寄生在自己生存之上的依賴人口，他對她享有絕對的管轄、統治與使用之權，卻完全不必予以尊重與——愛。

而母親，從婚姻細狹的鎖孔裡看人生的母親，卻也在東方女性典型的啞忍態度中，接受並默許了這樣的人生。

她從未準備自己的快樂。

在沉默中順從，是她一生的歌。

世世代代的母親這樣教她唱，她也教給了我。

但是，在戰後成長，西方女性運動的浪潮，卻已將我推至離母親很遠很遠的一處岸邊了。當母親背著人躲在自己的角落暗泣，我雖也被一種既鈍且厚的痛感所襲，但卻並不能同意且同情她始終逆來順受、無能自我拯救的作法，因而也始終未曾實際有效地去昇華她個人的憂傷。——那樣一株卑微的耐寒植物！常常，我暗忖：人間，不能有另一種氣候？另一種溫度？另一種活法？

自詡為一名新時代的女性，我拒絕這樣一種封閉陳黯，沒有生長，也沒有興奮喜悅的人生。我拒絕如此洗劫尊嚴、剝削自由的婚姻。

拒絕如此無法掌握生活自主權的女性生涯！

我與母親不同！

然而，當我突然在丈夫的外遇事件中滅頂，一種被命運偷襲、被愛情欺詐的感覺瀰天蓋地湧來，瞬間噬沒我；設法自我保護的驚痛中，我才終於明白——在理論的領域，你固可以輕鬆地振振有辭，以當然耳的想像，把自己舉得天高，但一旦落入現實層面，當眞正的考驗劈面打來，你卻往往比誰都跌得更低，也更一蹶不振！

新時代的新女性，是的，但我終又展現了什麼不同的女性尊嚴，提出了什麼不同的新作法？比起母親，以及她的那個時代，這一代的女性，究竟，又成長了多少？

懷著一種被遺棄的恐懼，並且，爲了維持虛幻的自尊，不願被這個世界貼以「婚姻失敗者」的標籤，我一直倔強卻又極其卑微地採取委曲求全的姿態，極力瓦全一段已經玉碎的感情，強自粉飾那曖昧虛空且極不誠實的婚姻，隱忍著種種戕害尊嚴的精神凌遲，對丈夫日夜罕歸的作法，持屈辱的許可主義……直到筋疲力竭、迫近病變邊緣，我再也無力肯定自己的存在及存在價値爲止。

那眞是生命中最艱困的一段日子。

自我欺騙使得人生貶値，而我所以逗留在一場已經破產的愛情中遲遲不肯離去，只因爲我害怕失去一向熟稔的生活秩序，害怕去面對一場我所不曾預期的人生，害怕打開大門，去邂逅一段全新的未知。

但是，畢竟，我與母親不同！

我所受過的完整教育，我所處的時代環境，我的個人意識、價値觀，以及女性主義思潮，這些主客觀因素交替作用，激盪成一股強大驅力，絕不容許我自陷太久，也不容許母親的故事或她的附庸性格，在我人生當中複製。在藍鋼般的天空下，我知道我必須尋找自己的路——更好或更壞的一條路，繼續開步行走。

若愛的建築已然坍塌成墟，再也無能重整挽回——那麼，我自問，認取了那毫無希望的殘骸之後，爲什麼我不能勇敢地把背向著它？

也許，我仍深愛我的丈夫？那在愛情花園裡驟然離我而去的男子？

也許！

但歌德說：「我愛你，但這與你有什麼關係呢？」

大痛之後，情緒的渣滓沉澱之後，猶豫不決的天花發作結痂之後，我終於決定放下虛僞無效的堅強，不再遮掩或逃避那需要塗以理性碘酒的傷口。就在那曾經跌倒的地方，我親手布置了一座小小的墓園，豎立一方淡忘的石碑，獻上一束寬宥的鳶尾花，安靜地轉身離去……

•

然後，從我的許願泉前起程，我選擇來到這最黑最深最難於跋涉攀登的谷底，去預告重見天日的明日，反動著一般毫不精采自由的歲月——母親的，以及我的——治療受傷的眞理與記憶，向軟弱的過去進行溫柔的復仇。

大死一番，大活現成，這何等華麗且理性的瘋狂啊！

重整旗鼓的心情，正躍躍等待「出土」。氣銳神全的新生，也正在寂靜黑暗的地底脈脈醞釀。

冬眠與春蟄，可以是相同的一首歌。

天堂和地獄，竟有著孿生的面貌。

我不必再去計算與陽光重逢的日子，一輪磅礡的愛已在新的地平線上緩緩昇起。日出草原在遠方，等我。

而當屬於鈴木博士的「隔絕實驗」、屬於我的這喜劇性的內在工作，終於在淚光與微笑中殺青，久被封閉的洞口，如瓶開啓；在藍鋼般的天空下，風，與陽光，以及歡迎的人群，爲一名走過「地獄」的女子，套上七彩花環——這重新向人生註冊的水手，將拭亮生鏽的錨，面對另一處海洋，從容起航。

去邂逅另一座地獄，也許天堂。

——一九九六年八月・選自爾雅版《愛自己的方法》

陳煌作品

散文卷

陳　煌

本名陳輝煌，台灣高雄人，1954年生。為資深雜誌媒體人，現旅居北京，為北京新華在線高級顧問。著有《人鳥之間》、《鴿子托里》等十八本散文集。曾獲中國時報文學獎新詩首獎、散文獎甄選獎多次，及吳三連文藝獎、吳魯芹散文獎、中興文藝獎散文獎等。

身影

任何時刻，當燈光亮起，我就以自己獨特的姿態站在那裡。

通常，有些人隔著一層擦得一塵不染的玻璃，以羨慕且持疑的眼光盯著我時，我很清楚的明白，那原本就是我意料之中的事。如果可以，他們會渴望小心翼翼地伸手摸摸我的衣襬一角，或是用最輕柔的方式，拉起我的袖子，乘機悄悄以自認觸覺敏銳的手指，掀起並打量內裡，在視線的快速搜尋中，手眼並用地試著找出心目中的答案，或者將原是掩蓋不住的喜悅，硬是又壓下去，然後裝出有點不捨，又有點尷尬的神色，開始和內心交戰，盼望能在短時間內做出最佳的決擇。但大部份都並非如此，他們往往隔著薄薄的玻璃，在燈光光暈也照著他們微微欠身向前探視的臉龐，羨慕我的風采，是那麼令他們感到不自在。

對我而言，讓許多人覺得不可理喻般的嫉妒，或傾心，畢竟是件很光榮得意的事，而任何時刻裡我都是如此。

即使不是在像台北的大都會裡，在米蘭、倫敦、羅馬或是巴黎、東京，表現出我最粗獷的魅力風格，正是我擁有吸引力的主因。同樣的，當我從遙遠那以流行時尚的炫麗或典雅衣著舉世知名的國度，渡海而至，站在台北城市燈光絢爛的位置時，更相信絕不遜色於相鄰的其他身影。

在顯示品味的風格中，我以一襲迎風掀起長長粗獷騎士風衣下襬的不羈，頂著似乎壓緊微亂髮叢的牛仔帽，挺著身子，邁出豪氣的步伐，烈日由太陽升起的東方推向我，祇留下完全黑色的身形與倒影，獨自走在遼闊的荒野大地上。這就是我的吸引力，與整個台北柔弱迥異的魅力，讓別人渴求從內心裡也有類似的釋放。

某一天，一位女士在櫥窗前，透過燈光審視了我一會，便毫不膽怯遲疑地走進店裡，很有自信地挑了兩件以純棉製成、上面佈滿復古細小格子的藍色花襯衫，刷了卡付錢之後，便愉悅走出門。當玻璃推門被她再度打開，提著牛皮厚紙精製的提袋出門時，還不禁再次打量我。從她的口中，我聽到她提袋裡的那兩件新襯衫，預備可以帶給她先生一些驚喜與休閒，其眼光的準確大抵也會讓多數的台北男士難望項背吧。

另一位顯然是老主顧了。他優閒而西裝筆挺地走進精品店，駐足仔細端詳著我，彷彿細心考量我一身帶著冒險與自由況味的搭配，如果換成他的話，是否也能流露出征服且協調性的格調。有人認爲，流行是物質生活的代表，完全脫離了文化精神的內涵。這祇對了一半，另一半是流行象徵文化精神演繹後具體而微表現。有人則是迷戀流行，認定品牌才是時尚的一切主宰，但卻忘了最基礎的穿著美學，與它反映在生活中的品質。在台北這流行之都裡，誰眞正掌握了時尚的品質呢？他很快得到這個夏季最新款式的流行資訊，事實上該思索的是如何把它穿在自己的身上，並且能自然傳達出內心渴望的某種壓力下的紓解，從機械似的生活中解脫出來。然後，他支開任何的參考意見，獨自先在所有的架櫃上巡視了一遍，像鑑賞每一件藝術品，而挑中一件提花織紋，有著輕薄手感的合身線衫，那種由棉混紡壓克力紗所製作的柔和感覺，穩穩讓心弦挑起一陣在夏日山中行走涼爽林子的記憶；接著，他又選中一件帆布休閒褲，版型修正，褲襠加長的雙褶打褶褲，其簡潔略窄的褪圍線條正適合他修長的腿。他早該來的，他也知道這次的選購該如何搭配，才適宜在下一次的周末裡，以及往後的每個下班時刻中，穿著它去公園走走，或探望老朋友。

我目送他離開後，臆測著夏天可能不是那麼令人悶熱不堪。

一九七四年，或許也是個涼爽的義大利夏天吧，我的創意竟是源自美國大西部的遼闊曠野和傳說中的英雄，這些英雄在美國西部長年如盛夏的土地上定居下來後，爲了求生存並克服惡劣無比的環境，強烈且勇敢的駕馭所飼養的牛群，驅趕著牠們馳騁在漫天風沙中，餐飲著大地星辰，面對著沒有邊際的荒野，也傳頌著某些神話傳奇。於是，我試著從那裡尋找一種先民拓荒精神的原創性，同時從那大地上走出來。

那拓荒的大地並非我的故鄉，但那卻是我精神嚮往之地，風乾乾的毫無忌憚地吹過每一株果敢的仙人掌，然後吹起迎面的黃沙，一直吹向沒有遮攔的地平線；即使我獨行在那寂寥卻又能清楚聽見由天空傳下飛鷹的長嘯，也能深刻地感受到穿著獨特石洗、標準重量十四又二分之一盎斯的牛仔褲，在雙腳的輪換行走間，所散發與天籟的契合，深覺是大地曠野的一分子而沾沾自喜。

那麼，再壓低一些些牛仔帽的帽簷吧，我能聽見天地引起的風，正快意地掠過髮際耳邊；添加一件泥土色長風衣吧，風拍打著衣襬，灌入我的胸膛，但我知道策馬入林卻不如我大步行進於東方初起陽光的寬闊無垠大地上，那種暗暗的激動，和呼吸著透過衣著所冒出的汗，幾乎可以讓人湧現無比的勇氣。

義大利沒有這些，但有更多的閒適。如今將閒適與果敢結合起來，我發現會是像台北這種另一面汲汲營求的城市人們最內心的渴求。當義大利的品味加上美國西部大地牛仔的冒險，而形成一種圖案花色的自然詮解，剪裁線條勾勒爲無拘束的帥勁身段，不過我就從一九八八年反而開始在巴黎街頭上，與其他紅男綠女一較另種風騷，以自然平實的無壓力穿著特色，擁有義大利之外的另一片美國西部天空；接著，一路走來，在歐洲大地上仍保持傳統牛仔的原創陽剛個性，繼續風靡著每一雙追求都會騎士精神的眼光，在休閒星期五或星末的時光中流行。

一九九〇年，我首度踏上台北。事實上，我能感知自己所面臨的競爭力，在無數全球知名設計師的環伺之下，我的一舉一動依然受到注目。在圍觀的人群中，除了男士外，也受到一些女性的青睞，這顯示仍舊帶些保守色彩的台北城市裡，仍瀰漫著觀望，卻又躍躍欲試的心跳情境，使我也感到樂觀、振奮。

八年了，如今我挺挺地站在櫥窗中，燈光更爲閃耀，並獲得更多以信守豪邁狙獷的休閒生活哲學的人的認同，他們起先由欽慕的眼神，而慢慢轉變成力行的實踐，嚮往的只是顯示在現實生活上的解脫，在某些自己能追索所及的歲月裡得到由嚴肅緊縛的西裝裝束中，抽離出更多屬於自己的生活方式而已。而我，僅是代表最自在的裝扮，挑起他們埋藏心底的契合推手罷了。

如今在不願與世俗隨流的時尚環境裡，我的左鄰是Henry Cotton，右舍是Kent & Curwen，他們也來自雄霸一方的顯赫世家；將視線再放遠望去，斜斜轉角的一角，是來自浪漫法國的S. T. Dupont，其運動風格頗有紳士況味，而享有盛名、來自英國皇家氣派的ALFREDDUNHILL，則一向保有典雅與流線的格調，讓人有置身倫敦的愜意；稍遠則是始終自視甚高的義大利風流男士GIORGIO ARMANI，以及和其並列、尊貴經典著稱的Valentino，只是後者蜚譽頗早卻自始受到台北名士的忽略，但在歐洲名流則形之以雅士爲風尚，可見如此短視的庸俗存在，就如同台北對生活品質的不經心。於是，在人來人往的光影中，人們追逐所謂的流行，不免淪爲盲從和膚淺，因此也不難看到不宜以GIORGIO ARMANI爲一身的人而汗顏。

台北，一個期待列名大都會的城市，一個匯集流行最前線的城市，卻沒有教會生活其間的人們，學習如何擁有穿著品牌的美學和能力。

因此，我繼續站在櫥窗裡，用我自然平實的打扮，想像那一望無盡的西部大地，吹著牛馬奔馳而過的荒野，獵獵地吹動我騎士風衣的下襬，吹著我獨立遺世般的踽踽身影，那種難以言喻的無羈無絆的行旅，正足以令人聯想到義大利式的浪漫與美式的休閒作風，或許正是這城市人們所欠缺的。

有人將腳步停留，又把閃亮的眼光投注在我身上，然後在心裡輕輕地由我身影背後讀我的名字：Marlboro Classics。

——原載一九九八年九月四日《中國時報》人間副刊

被攔截的湖

如果，對一個湖的印象，是平淡無奇，那可能是抵達的時刻不對，或者你根本是個平庸無趣的人。

所謂的「平淡無趣」，從邏輯推理上大抵指的是表面浮影，而且一覽無遺的無可觀之處，這種像是貧瘠窮乏的景象，只要是湖，尤其是一個被攔截成水庫的湖，通常都是如此被塑造成平淡無趣的湖。

除了湖水，以及可以目光觸及的邊緣聳立而起的山巒與終年翠綠的樹林，也的確平凡寂寥。任何一個有好運道來到湖邊的人，一向有三種，一種是水庫巡視者，他會開著船固期巡繞湖區一週，結束以後就不再加以理會，巡視的工作就是他職權上的任務；第二種是還居住在湖內陸的居民，他們只有在需要補給某些食品時，才會往返湖區，湖和船隻僅是他們必經的路和交通工具；第三種是和湖的管制人員熟稔，能悄悄藉著一點關係進到湖區的垂釣者或大搖大擺以巡視爲名義的上級官員，他們只希望得到一尾肥壯的鯉魚，或考察、附庸風雅欣賞湖景。

湖自從被攔截起來之後，管制也就理所當然的以水源保護區，做爲阻礙閒人靠近的嚴肅條例。

在這個管制條例未消失之前，湖的底層原是一條被環山圍繞的溪流。一位造水專家見山高水長，便經過測量、規畫、設計和施工後，指揮建造一道高不可攀且堅固無比的攔水壩，從此一條溪流無處可逃，水開始漫漫淹過溪床、氾濫到沿岸的樹林和少數的房舍，以及果園、地主祖先的墳墓，水繼續地往上漲，像無情的一紙疏散與征收的命令，汪汪的湖水已湧上半山腰；泡在水中的樹林和家園從此沉淪，但放肆的湖水仍被穩穩地攔截在水壩的一方。我想，在水壩完成使命，並且按照原先的計畫擁有一個新的湖時，一定大肆慶祝過。

也許蓋個水壩有其好處，尤其對人們的飲水和灌溉而言。但我們把一些自然鄉野抵押在湖裡，不知是否明智之舉。不過，對既已事實的湖，我們還有什麼微不足道的迫切需求呢？

如果湖有風景尚可吸引人，那麼僅是容許少數人乘著船繞上一圈？看看那些說不上名字，侷促在湖邊山崖上不迷人的樹，或者只是搭船消遣一番罷了？你以為由水壩阻攔的湖，和那些天然形成的湖有何兩樣？倘若，水源保護區眞的需要保護，那豈是撿撿湖上漂流擱淺的枯枝斷樹而已，而讓更多的其他水源地淪爲泛舟、露營、烤肉的取樂天堂？

當上級的官員搭著船，由巡視者陪伴，心情愉悅的坐在微風吹過的船艙中，表示公務纏身而難得一遊時，他們不知道飛濺於甲板上的優氧化湖水，一點都不是藍天所映照的。也只有離開這湖區，或遷居到湖水之上山間的居民，才知道這湖的秘密。

來不及取走的，皆沉落湖底，包括有心人的一些些傷悲。來得及帶走的，卻仍不願走，因爲無處可走。一位在湖邊內陸擁有看似廣大山林，卻住在自己搭蓋木屋的獨居老居民就說，每天天未亮醒來時，養的雞總會被蛇叼去一隻，但竹雞卻跑到石階前散步，我才不願離開，又去哪呢？

一個人住在湖邊的生活是貧窮的，但富裕的是他常常把幾支釣竿放入湖裡後，又走回木屋睡覺去了。假使缺了瓶醬油，在湖岸沙地裡插起一根上頭綁著布片的竹竿，那是宛若驛站高高立起的站牌，遠遠的時間一到就有船爲他停靠。但或許此去兩三日訪友喝酒去，未歸的話，湖也會爲他看管家門。因此，貧窮與富裕是不能混爲一談的。

有人把一生的積蓄，全數富足地存在銀行存款簿中的一串數字裡；有人則把畢生的存款，存在近似無聊的匱乏安逸的日子裡。不過，對湖而言，匱乏或富足在乍看之下，並不那麼具體顯明，甚至可以說是心智上的選擇。

以我所知道的這個被山封閉的湖爲例，若是在冬日的魚肚白清晨，平靜的湖水會升騰著薄薄如幻的水霧，而你會期望一隻鷺會由水霧背面破空而起，優雅而莊嚴的舞姿令人噤口注目；滑入某處水域，可能幸運地見到一小群野鴨，樂不可支地穿過迷濛的湖面，啪啪啪擊響著水霧鑽入湖中，卻不知又會從哪浮起來；在好天氣的任何時刻裡，瞥見一隻獨立於水中枝頭上的魚鷹，那揭示著牠掌管的大片水域是不能隨便闖入的，但你仍會有衝動，想要瞧個仔細，於是你一靠近牠就繞到你後面，跟在船尾賤起的水浪中，伺機攻擊出現的魚兒。倘若時間充裕，無聊可以讓你坐在湖岸無所事事的話，說不定一大群成排的藍色小飛影，會驚喜莫名地由湖對岸的樹林邊緣掠過，讓人來不及翻查野鳥圖鑑，也讓人爲牠們而神魂顛倒。

於是，渴求有一艘獨木舟嗎？

我們至今仍未擁有一艘自己的獨木舟，但我們卻在湖邊紮營了。最簡便的紮營，只有腰痠背痛的夜晚。

當晚餐的煙，慢條斯理地飄散在湖邊的黃昏，鋁盤上只有三尾小型鯉魚，在極少量的熱油中滋滋作響。鯉魚是由湖中釣起，去腸剖成兩半，鋁盤下是湖邊最乾燥的相思木柴，但仍燻得我們淚泗縱橫。捏指間的鹽使鯉魚在煎的時候，更令人垂涎，而一點醬油則使鯉魚的表面呈現美味的酥黃。鯉魚是湖裡最新鮮可口的鯉魚，是我們一生所吃過的鯉魚中最豐裕滿足的鯉魚。在那時，我們終於明白偶爾去垂釣鯉魚，偶爾享用到剛由湖裡獵取到人間最完美的鯉魚滋味時，湖是那麼富有。天底下，大概只有經濟學家或富者會把物質視爲富有的豐饒吧。而我們的晚餐只要幾尾小鯉魚，和一縷湖邊的野炊之煙。

這個看似不富足的湖，卻是一個豐饒的湖，難怪連最不懂得湖釣的釣者都想盡方法溜到湖邊。他們不敢明目張膽地垂釣，所以只好藏身在最隱蔽的地方消磨一整個夜晚。

但要聆聽湖的夜晚，就得選擇一個有星辰的夜晚，在完全墨綠色的湖畔，潮水般沙沙拍岸作響，那暗示著可能有一隻醒來索食的臭狸，悄悄拖著牠餓扁的肚皮穿過岸邊泥地，尋著微細的窸窣之聲追蹤而去，那也暗示著無數近岸的溪哥魚群，會在星辰的微光下爭食微生物而洄游。在這看起來平靜黑色的湖之夜晚，任何一個熱愛紮營且不眠的人，都應該可以聽到或感覺那是眞實的富饒，與生動。

湖畔夜晚的樹林從外表上看來十分不起眼，但你可以確實從空氣中觸及到不平凡。因爲，沒有一種低沉但具威嚴的聲音，能比角鴞傳出祕密樹林的叫喚，讓人原始地感受到那古老的神奇力量，是如何支配荒野的。假設，荒野和鄉野有所區分，那麼前者是比後者多了一些傳統、已失去的、懾人的性格而已。

於是，我索性從帳棚裡坐起來，拉著衣領，找來獨居老居民遺留在湖旁的破藤椅，重新坐在面臨夜湖的小山丘上。我並不孤寂，星辰閃著亮光在四周陪伴著我，這時我也才發覺粼粼的湖水，不僅住著無數有銀色鱗片的魚。數不盡銀亮的金幣，並非只有在銀行守衛最嚴密的保險箱裡才見得到。湖的富有，由此可見。

此時我絞盡腦汁地想寫一首讚美詩來巴結湖，但是一條翻出水面的鯉魚，卻輕輕地扭動尾部就完成了，而且讓湖不禁擊掌稱好。湖水推進又撤退，我蜷縮在逐漸冰涼的夜色中，未熄的篝火因燃燒著內部潮濕的柴木，而發生嗶嗶剝剝的聲響，和火星四溢、白煙。

對生活品味的不同，就如同面對抽象畫所展現的個人對美的事物不同見解。一個被攔截所形成封閉的湖，白天素顏或不甚可觀，但你或許能在細細品味後，分辨一幅畫的優劣之處。如果，我最比較幸運的，那麼也許我是有機會走進這湖，一窺究竟的人。

而且沒人可攔截我的心智，去判斷它是否一幅好畫。

——原載二〇〇一年四月七日《中國時報》人間副刊

孫瑋芒作品

孫瑋芒

四川富順人，1955年生。政治大學新聞系畢業，目前從事新聞工作，身兼網路專欄作家、樂評人。著有散文集《夢幻的邀請》、《在世紀末點播音樂》、《我在線上找你》等，另有長、短篇小說集多部。

散文卷

永遠的愛人

「我的天使，我的一切，我的另一個自我……」

貝多芬辭世後留下的情書〈致永遠的愛人〉，起頭就熱情炙人，激越如他所作樂曲。我每回展讀，都爲之心悸。我會憶起，類似的「宗教情懷」，我也曾經向自己的戀人投射。

永遠的愛人是誰？感謝貝多芬，並未在這封千古至文寫上人名與地址，留給後人偌大的想像空間。當代英國導演伯納羅斯根據這個公案，編導了一部貝多芬的傳記電影「永遠的愛人」，以樂聖之死起首，倒敘他生前與三位女性的情史，用偵探片的手法，探究到底誰是作曲家「永遠的愛人」。

導演伯納羅斯拍驚悚題材起家；男主角蓋瑞歐德門擅長扮演偏執角色；指揮倫敦交響樂團爲本片配樂的蕭提爵士，以戲劇張力著稱。這種聲氣相投的組合，構成這部電影奇特、狂想的風格。影片從頭到尾，懾人的映象與音樂排山倒海而來。貝多芬音樂的力量已經夠震撼，再經由電影的映象、人物、情節來擴大，我完全無法抗拒。影片進行中，我數度被感染得眼角濕潤；看完影片，我陷入深沉的憂傷裡。我的感情很久沒有這麼釋放了。

我少年時代就耽讀羅曼羅蘭著、傅雷翻譯的《貝多芬傳》，在這位法國小說家浩蕩如江河的筆下，貝多芬是超人般的英雄，雕像般供人仰望，不可企及。「永遠的愛人」把貝多芬從聖賢的寶座拉下來，拉到比平常人還要低的高度，讓我們垂憐這位可憐的聾子，是如何在不幸的循環中掙扎。在電影裡，樂聖除了發表傑作與戀愛時有過曇花一現的歡樂，他在現實生活上是個徹底的失敗者。他的衝動個性，每每開罪外人、傷害親友；他因失聰受到人們蔑視、戀人見棄。

貝多芬在女友和她家人偷窺下彈奏「悲愴奏鳴曲」時、貝多芬登台參加「第九交響曲」首演時，畫面是人在演奏樂器，導演突然讓音樂靜默，讓我們進入貝多芬這個聾子的世界：只聽到自己脈搏的內在聲音，以及有如一片空無的耳鳴。終身未婚的樂聖，從弟媳手中爭奪到姪子卡爾的監護權，刻意要栽培卡爾成第二個貝多芬。卡爾受不了他的壓力，獨自帶了酒與手槍，到城郊的一座廢棄的城牆上，把自己灌醉然後自盡。

那時，我們聽到影片的音軌放出貝多芬「第七號交響曲」如泣如訴的第二樂章，畫面時而跳接到老貝多芬和至友辛德勒焦灼地尋人，時而跳接到卡爾帶醉含淚，企圖舉槍轟擊太陽穴並跳下城牆自盡。在管弦樂有如放聲大哭的最強奏中，槍聲響起。這是全片最令人心碎的時刻。爲人父母者都知道，我們可以接受自己的一生淪入平庸、挫敗，但是絕對不能承受我們的下一代帶給我們絕望。

貝多芬的違常人格、「霹靂火」脾氣，記載於文獻，在電影中具象化。有幾個暴力鏡頭，可能是《貝多芬傳》讀者想像不到的：他在旅館久候「永遠的愛人」不至，憤而搗毀家具，並把一張椅子扔出二樓的玻璃窗，撒得整個銀幕都是亮晶晶的玻璃碎屑；他到弟弟家中尋找樂譜手稿不獲，懷疑被私藏，在患肺病的弟弟家人面前痛毆他，使他當場吐血。

導演對貝多芬的詮釋，更有甚者：樂聖與弟媳喬安娜有一段不倫之愛，姪子卡爾疑為兩人的愛情結晶，所謂「永遠的愛人」，指的正是喬安娜。我並不認為伯納羅斯厚誣古人。看了這部電影，我重新認識貝多芬。我更體認他的悲慘，他的無助，從心底對他發出新的同情。他的音樂，對我產生不同往常的意義。這位偉人，像梵谷、尼采一樣，以一生的幸福為代價，為人類貢獻了天賦，自己卻得不到報償。

聖人的靈魂是聖潔的，也是沸騰的。

「別急躁，愛人……今日，昨日，我都以淚盼望著妳。妳……妳是我的生命，我的一切。」在影片結尾，喬安娜泣讀貝多芬的情書，音軌播出貝多芬的念白，配樂是「皇帝協奏曲」雄健的終樂章，在悲傷與恨憾中透出勝利的訊息。

我在感動之餘，內心又有一種恐懼：唯恐我年輕時代的愛之愁，被電影和貝多芬重新挑起。那種恐懼，唐代的文豪韓愈在〈聽穎師彈琴〉一詩中也透露過：「穎乎爾誠能，無以冰炭置我腸。」

永遠的愛人，不存在於世間，僅存在於我們的理想中。我們的一生苦苦追尋，每一個愛人都曾經是永遠的愛人，然後永遠不再是。不朽的眞愛在何方？那是「克羅采奏鳴曲」中小提琴擦弦、鋼琴震鳴的焦苦之音，頻頻催迫我們去作無望的追尋。音樂的力量有多強？電影中，貝多芬說：「音樂的力量……乃在於直接引導人進入作曲者的靈魂中去，聽者如受催眠，無可選擇。」

貝多芬帶給我極度不安，也帶給我無窮慰藉。伯納羅斯以映象詮釋「第九交響曲」終樂章的合唱，我將永難忘懷這個視覺經驗：少年貝多芬夜半起床，走出衢巷，穿過森林，來到林中一個靜謐的湖泊。少年緩緩下水，浮臥湖中，仰望夜空。鏡頭拉開，夜空中「群星的帳幕」倒映在湖面，旋轉著，開展著，少年縮小爲星光一點，消逝在繁星中，同星空、同宇宙、同神的大愛融合爲一。「弟兄們，在群星的帳幕之上，正住著慈愛的天父……」「第九交響曲」結尾這麼唱著，恆常在我們心中喚起信仰、希望、愛。

——一九九五年二月．選自九歌版《在世紀末點播音樂》

人與神的狂歡節

——鹽水蜂炮巡禮

看鹽水蜂炮，是在台灣過元宵節的第一選擇。蜂炮危險，只有把自己關在電話亭裡或是坐在防彈汽車裡，才能眞正安全地觀賞鹽水蜂炮。如果怕被蜂炮痛螫又想看蜂炮，那麼何必專程趕到鹽水呢？乾脆坐在電視機前，邊吃元宵邊觀賞擬像仿眞的鹽水蜂炮吧。

既然拒絕了鏡象的誘惑、否定媒體製造的滿足了的幻覺，來到鹽水觀賞蜂炮，不論多危險，一定要跟隨神轎遶境遊行，參加「犁炮」。到鹽水國中操場觀賞蜂炮集中施放，那是官方主持的普遍級活動。找制高點隔岸觀火，那是純觀光客、沙龍攝影家的行當。唯有衝進鹽水蜂炮的爆炸威力範圍，擔任觀眾兼演員，才能眞正參與這個盛會。

鹽水蜂炮文化祭是台灣人的狂歡節。俄羅斯廿世紀思想家米哈伊爾・巴赫金對歐洲狂歡節文化的分析：顚倒一切等級、打破一切界線，同樣適用於鹽水蜂炮祭。庶民是狂歡節主角，鹽水人是狂歡節東家，在蜂炮祭，鹽水人的權力比政府還大。那使得鹽水成爲一座大炮城、在大街小巷呼嘯著亂竄、炸得全鎭人跳腳的蜂炮，在政府的法令中竟然列爲非法物品，絕大多數由地下爆竹工廠製造。二〇〇二年元宵節的前一天，鹽水郊區一家地下爆竹廠疑因組裝「炮城」不愼引爆炸藥，造成六人死亡的慘劇，鹽水人不改舉辦蜂炮祭的決心，政府也不敢踩熄蜂炮祭已經點燃的引信。

鹽水的元宵蜂炮活動有一百多年歷史。相傳當年鹽水瘟疫流行，死者不計其數，地方人士遵照關帝君降旨，在正月十五日請出武廟供奉的關帝君繞境袪邪，神轎所經之處一路施放鞭炮，瘟疫終告袪除，元宵節放蜂炮的習俗遂流傳至今。蜂炮祭是人與神溝通的重要手段，是生命戰勝死亡的歡慶。武聖代表著勇氣，鹽水蜂炮祭讓參加的人練膽。武聖也是信義的化身，鹹土地的兒女無論如何不能毀棄對神明、對鄉親和國內外遊客的承諾，在景氣衰退、悲欣交集中，也要燃放蜂炮。

鹽水人爲這個元宵節準備的炮城，估計超過兩百座。或謂蜂炮祭爲鹽水人帶來商機，事實上，認捐炮城的人家本身無利可圖，還要開流水席宴請賓客，受益最大的是聞風而至的外地攤販。鹽水人相信蜂炮能辟瘟袪邪、招財納福，蜂炮祭冒險性格所展現的豪情，傲視世界各國狂歡節，連西班牙奔牛節「人跑給牛追」的活動也相形失色。蜂炮祭是鹽水人的榮耀，鹽水人所得到的最大報償，是精神上的。

元宵節的黃昏，火風暴即將來臨，我揹著尼康相機，拎著購自鹽水街頭的犁炮「全配」：全罩式安全帽、圍頸毛巾、棉紗手套、活性炭口罩，按照商家告訴我的路線，參觀了鹽水古蹟八角樓，信步走到附近的鎭南宮，廟方開放擺在主殿的炮城供人參觀。揭開廟門口遮覆的塑膠篷布走進去，兩排木架相併，上下有各一個半人高，左右各有一輛公車那麼長，木架上有十餘層橫板，每層橫板放置著層層疊疊的蜂炮，彈頭朝外。炮城中段留了一個門洞，可容一個人進出，算是城門。鑽進城門，炮城內部空間有兩個人寬，兩側是密密麻麻的蜂炮竹柄，統統染成紅紫色。炮城外表貼著紅紙條，上書「奉祝文衡聖帝千秋」。文衡聖帝是關帝君的別稱。

廟方導覽人員是個熱誠的年輕人，他向遊客指出炮城主引信的位置，一再告誡在這裡絕對不要抽菸：「這座炮城要在今天晚上九點施放。」他說，幾年前，鹽水福南宮一座造價百萬元的炮城，元宵節下午被意外地引燃了。結果怎麼辦？廟方在立刻請人趕製一座，在晚上照常參加蜂炮祭！

爲了配合蜂炮祭，鹽水在元宵節下午四時以後禁止汽車進入，中正路的大街淨空，鹽水廣濟宮五府千歲的神轎遊行到此，上演了蜂炮祭的前戲。前導人員引開大街上行人，商家在大馬路中央引燃一串電光炮迎神，柏油路面一陣炸響劈面而來，直衝耳鼓，火光亂竄，硝煙味衝鼻。緊接著，另一名大漢在外線車道舉起盒式蜂炮施放，這種蜂炮像多管連發火箭，十餘枚蜂炮拉著尖銳的哨音飛到我腳前爆開，鞭打著柏油路面，令我的心臟狂跳。我想到這就是我向鹽水蜂炮尋求的：讓我的耳膜接受狗吃蛇咬的凌虐，讓我的身體接受石碓、石磨、大鋸的刑罰，讓我的靈魂產生死亡和新生的不斷變形。

在喧天的嗩吶聲中，十餘名壯丁踏著舞步，扛著五府千歲神轎由進入視界。那木工雕花的轎身、轎頂的金黃繡帷，出自民間藝師虔誠的巧手。街道兩旁的善男信女一個箭步搶到神轎進行路線之前，快速有序地在車道中央跪成一縱列，讓神轎輾過他們的頭頂。神轎走到街尾掉頭，數十名眼明手快的信眾又起身飛奔，換個方向搶到神轎前膜拜頂禮、過神轎，一位白髮老太太顫巍巍地過神轎，由家人攙扶著起身。神轎離去，信眾雙手合十送別。神，在信眾的身上顯現。飽讀無神論存在主義的我，感到一股無形的強大力量凌駕在我的意志之上。人是那麼渺小脆弱，我們的命運掌握在眾神的手中。神是眞實的存有，神像超越了物質的屬性，和藝術品一樣，屬於英國哲學家卡爾·巴伯所說的，在物質世界、心理世界之外的「第三個世界」，人類心靈產物構成的世界。

鹽水武廟前的北門路在蜂炮祭成了市集，烤玉米飄香，烹熟的蟹塊閃著鮮紅色澤，意麵、米粉冒著蒸氣，油條配杏仁茶是古早味餐點。我一路呑嚥著這些鹽水特色小吃，在天黑前來到武廟前一家冷飲店走廊下，叫了一杯冰紅茶，等待武廟起炮，啓動當晚的鹽水蜂炮活動。武廟的炮城也是紅色城門造型，矗立在廟口大街，正對著武廟。一名黝黑精壯的漢子，在炮城前面舞著大關刀，他赤裸的上身掛著兩張神符，神態威猛，像是廟裡走出來的神祇。電視台攝影機在冷飲店門口高高架起，有籃球框一般高，攝影記者和攝影機周圍嚴嚴實實圍了一圈護網。炮城四周的人群戴好安全帽、口罩、手套，圍著炮城等候。我和炮城相距雖然只有一節火車廂的長度，但是中間有層層人牆作爲屛障，我並未戴上防護裝備，也沒有注意到引爆炮城的前奏曲：「犁轎」的儀式已經開始。

「起炮了！」最前線的人一陣驚呼，向後退過來。炮城主引信吐著火花，嘶嘶怒吼，先頭一群蜂炮射向低空，畫出絢麗的光跡。緊接著，炮城上的鹽水蜂炮的主力：小型沖天炮齊向四面八方炸射，帶著滂沱的光雨、尖銳的哨音。人群尖叫著躲閃，我措手不及，未戴上安全帽，舉起雙手護著臉。蜂炮竟然會轉彎、鑽隙，眞的像一群黃蜂，穿過人群，四處螫人，數不清的蜂炮在我身邊炸開。強光散射如閃電，巨響連綿，形成鋪天蓋地之勢，我的意識一片空白，像是從高空墜落。不多時，閃光、爆響、哨音轉弱，我發現自己安然無恙，但見炮城的頂端一群高空煙火發出低沉的爆炸聲，射向空中，在滿月的襯托下炸成朵朵焰花，遠遠地由高空傳來低沉的第二陣爆炸。炮城冒著青煙恢復沉默，驚呼聲、嗡嗡的慶幸聲在廟前廣場迴盪成巨漩，人們吸著硝煙，回想方才經歷的一場災變。

原來，體驗鹽水蜂炮就像坐雲霄飛車。雲霄飛車把你的身體以高仰角抬升到軌道的頂點，猛然俯衝而下，你的身體和靈魂瞬間被撕裂，身體脫離靈魂高速下墜，靈魂發現這是死亡，在後吶喊著追趕，已屬徒然。正當你的靈魂絕望消亡之時，你的身體下墜到終點，猛然停住，靈魂順勢跟上前，撞上身體，兩者重新結合。鹽水蜂炮同樣讓你經歷一場小死再重生。

元宵節華燈初上，神轎在鑼鼓鞭炮聲中從武廟路向鹽水市區出發。哪裡有蜂炮？聽到旁人說：「跟著神轎走就對了！」我戴上頭盔、手套，頸部圍上防範蜂炮鑽頸的毛巾，跟隨著文衡帝君神轎和武廟藝車。戴上口罩會使安全帽擋風罩起霧，塞上耳塞會使我聽到的訊息失眞，我很快便決定捨棄此道。

我用不著選擇方向，人群的激流把我沖向神轎遊行路線。神轎轉了幾個彎之後，在街邊一戶人家前騎樓前駐步，人流在原地打旋。正在疑惑之際，這戶人家拉開一樓鐵捲門，和隨轎人員共同推出一座衣櫃大小的炮城，停在馬路中央。炮城主人撕下炮城上的紅紙條，放在地上引燃，上告關帝君，兩個轎班同時開始「犁轎」，以請神明顯威。轎班抬著神轎，踏著三進三退的傳統舞步，神轎搖晃如行船，同時發出「嘩啦嘩啦」的震響，有若武將的鎧甲抖動。我站在人群的第一排，神轎隊員點燃了炮城主引信，人群向後退開，我和少數幾個人和炮城保持五步的距離，準備犁炮。

炮城爆出烈焰，蜂炮在雷霆聲中萬箭齊發，那態勢令人不敢正視。我轉身背對炮城，克服心中的恐懼，在原地立定。巨大的爆炸聲、不計其數的光箭淹沒了我的存在，我感到背部遭到狂螫，雙腿遭到猛刺，硝煙味嗆鼻，我自發地在原地跳動搖晃，這個動作就是犁炮了。戴著安全帽的人群和我同樣跳動搖晃，不由自主地做出犁炮的動作，有如置身搖頭派對；神轎狂熱起舞，神明與人同樂。

狂風暴雨的時刻，恰好在我的承受能力到達極限之前結束。炮城熄火之後，我檢視災情，夾克的袖子被蜂炮打了幾個洞，厚卡其褲下的兩腿正面透出幾處火燒火燎的疼痛，那是我背對炮城時，蜂炮繞射所擊中的。回想起方才的犁炮時刻，人們和眾神如此親近，人與神的界線消泯。就是這種人與神結合的感覺，使我無感於蜂炮在我身上炸裂的疼痛，恍若乩童起乩。

我想起麻豆土生土長的朋友高明法說過：他幼時曾經目睹一名乩童，把狼牙球拋向半空中，用頭頂接住，狼牙球釘在腦門三天，照常吃、睡。你要引用精神醫學的解釋說他是「人格解離」、

「自我催眠」，親身試試看！高明法堅持那是法力的作用，我也不認為那是精神病癥的外現。法力、超能力，在經驗上都是一種時隱時現、不可捉摸的神秘力量，現今科學既無法完全予以否定，也無法完全肯定。

武廟藝車特徵顯著，只要追隨著那三進三開的廟宇造型，就有商家、住戶、廟宇打開大門迎迓，他們掀開炮衣，推出炮城，到大街引爆。我跟著武廟藝車和神轎，在人流中載浮載沈，鑽進鹽水曲折的巷道、在狹小的三合院前回轉、走上豁然開朗的通衢大道。承載我的人流時而順流，時而逆流，時而分流，時而對向激盪。

儘管和炮城隔著人牆，只要炮城在你的視線內，你就有機會被蜂炮螫到。一座炮城的蜂炮數量上千上萬，蜂炮的炸射充滿了偶發性、變易性，它會平射、曲射、鑽地爆炸、空中爆炸、貼身爆炸，射程能從街頭射到街尾。炮城時或在蜂炮的光箭中飛出幾隻漂亮的「飛天鑽地鼠」，舞著紅色光輪在空中飛旋，望見這種特殊蜂炮，有如吃到可口的紅色元宵。有了被蜂炮痛螫的經驗之後，犁炮的青年男女一聽到「嘩啦嘩啦」的犁轎聲響起，就驚叫著後退，跳起犁炮之舞，一片安全帽的起伏形成洶湧的帽海。攀到街邊鐵架上的躲避炮火的犁炮族，一見炮城引爆，也不禁搖著鐵架凌空犁炮。

每逢視角理想時，我就對著引爆的炮城拍照，正面迎向四射的蜂炮。蜂炮擊中我的安全帽爆炸，好像一記重拳，如果未戴全罩式安全帽，我的臉頰一定開花。我高舉右手以便按快門按鈕，蜂炮擊中棉紗手套和袖口之間裸露的腕部炸開，造成星形瘀血。我倚著電線杆拍照，亂炮中一枚蜂炮繞過電線杆，正中我的後背爆炸，我反射性地一聲慘叫，引得旁人開懷大笑。鏡頭筒的黑色烤漆外殼也被密集的蜂炮炸成灰色。最刁鑽的一枚蜂炮，飛過我的左肩頭迴轉，釘住左後肩爆炸。我的左耳耳鳴大作。我敲敲安全帽左側：左耳還聽得見聲音，沒有報廢，可以繼續聽古典音樂。

轎上神明罩著鐵網防爆，謹慎的犁炮族用透明塑膠罩、瓦楞紙、立委候選人競選看板、大片石綿瓦作爲護具。鐵打的汽車也怕蜂炮。一座炮城引爆，總引發街頭巷尾汽車防盜警報器哀鳴。鹽水人把停放在騎樓下的愛車蓋滿瓦楞紙，我仍然發現一輛停放路邊的箱形車車窗被蜂炮炸得整片玻璃龜裂，車窗槽溝還夾著一枝已爆蜂炮的殘枝。

人們在又怕又愛的矛盾心理下狂熱追逐炮城，爭相擠到第一線犁炮。如果發現沿街住戶鐵門拉開後，推出的炮城屬於「大漢」級，前線的犁炮族目測這座炮城的火力，回想起被蜂炮狠螫的疼痛，不約而同慘叫著退開。望見鹽水人引燃橫跨街道上空的火焰瀑布，犁炮族擠到火焰瀑布下踏著舞步、淋著火花，轎班上前犁轎，請神明和人們共同進行火浴。鹽水長老教會、伽藍廟一帶，公司行號、廟宇、住戶捐獻的炮城眾多，炮城忽焉在左，忽焉在右，從四面八方出現。長老教會前推出一座橫跨街道的炮城，幾名壯丁跳到炮城頂端，圍觀群眾熱烈鼓掌，原來是壯丁又從地面吊起一座小炮城，疊在大炮城上方。雙層炮城引爆的火力像轟炸機投彈，蜂炮的彈雨直竄到街邊騎樓內各角落。

在這個元宵節之夜，踩著鹽水街道滿地炮屑追逐炮城成了我生命的目標。被人流沖散到隊伍末端，與神轎失聯，我就從鹽水上空爆炸的沖天炮陣判斷炮城的所在，趕赴盛會。我忘記了自己的身分，解脫了日常生活責任的束縛，我感到和湧進鹽水的十萬人合爲一體。全罩式安全帽消除了彼此的面貌差別，追逐炮城是我們的共同激情。在近距離犁炮的場次，擁擠的人群中曾經有一雙小手從後緊緊搭上我的肩頭，傳來犁炮的韻律，我聽之任之。炮城熄火後，小手才放開我。我沒有回頭張望，隨著人群向新的方向移動，小手找尋屬於自己的肩頭去了。

鹽水人以今日之我和昨日之我作軍備競賽。貪饞的犁炮族緊隨神轎遊行到北門路，壯丁鑽到路外一株大樹下，推出一座貼著紅紙、裝有滑輪的炮城，足足有一輛大巴士那麼大！引導人員大喝：「不是在這裡放，後面！後面！」轎班迴轉，在人群中犁出一條路，前方的人轉身後退，後方的人向前推擠，人流看清了炮城移動方向才完全轉向。炮城停在文武街和清泉街交口，撕去紙罩，這座炮城骨架不是木材，而是用製作公寓鐵窗的白鐵焊成，裡面插著成千上萬枚蜂炮。

轎班開始犁轎，管制人員舞動夜光棒、猛吹哨子，指揮犁炮族後撤，方圓十步之內淨空。我猶不甘心地站在第一線，以背面迎接炮火。炮城轟然引爆的瞬間，我才發現我失算了。那巨響、紅光有如火山爆發，彷彿把我炸得倒吊在空中。我跳動搖晃，一面尋找掩蔽，人群堵在前方，無路可退。蜂炮像機槍子彈掃射在我身上，連我跳動的腳板也被蜂炮隔著鞋底痛擊。蜂炮的哨音混成一體，好似向地獄下墜之聲；硝煙瀰漫開來，遮蔽了眼前的一切，令我窒息。我努力吸氣，吸進更多硝煙。我被喚起了幼時幾乎在水中溺斃的瀕死經驗，感到萬事皆休。正要失去神志倒地之際，爆炸聲、呼嘯聲淡出，蜂炮的猛螫停止。我回過神，以手用力搧開硝煙，憋氣回頭一看，威武的炮城只剩一座裸露的白鐵架，一名比我更接近炮城的年輕男子，淡淡地離開爆炸點，與我擦身而過，他身上的厚棉外套背部讓蜂炮群炸成了馬蜂窩。我深深呼吸，翹首望天，鄰近街道施放的高空煙火在一輪滿月的面前綻放，在鹽水的夜空垂下華麗的火流蘇。天際一盞祈福的天燈冉冉上升，火紅的光點搖搖晃晃，愈來愈小，最後成爲清朗的夜空中一顆星星。

元宵節次日凌晨，我在回台北的長途客運班車上打盹，周身疼痛散發著輕微的喜悅，腦海中盡是炮城的炫光、蜂炮的流矢、燦爛的夜空。竟夜的蜂炮，洗滌了我的記憶，消除了我的心魔，我的意識裡沒有了對過往的悔恨、對未來的恐懼。到家後脫衣檢視蜂炮紋身，腿上、背部共有七、八個紅莓，最吵鬧的是左肩一個錢幣大的火山口，左肩頭的夾克也被炸穿。諸神在我身上開鑿了孔洞，由此進入我的身體，給予我新生的力量。

那一夜，我夢見神轎夤夜來到總統府前，憲兵們從大門內推出一座巨無霸炮城，中正紀念堂周圍元宵花燈羞愧得萎謝，穿西裝、套裝的政府首長們，背對炮城圍成圈，跳動搖晃，一同犁炮，同時準備讓民眾驗收他們背上的馬蜂窩。

——原載二〇〇二年三月十一日、十二日《中國時報》人間副刊

周芬伶作品

散文卷

周芬伶

台灣屏東人，1955年生。政治大學中文系、東海中文研究所畢，現任東海大學中文系副教授。著有散文集《絕美》、《花房之歌》、《閣樓上的女子》、《熱夜》、《戀物人語》、《汝色》、《周芬伶精選集》等，另有小說集及兒童文學、學術論述等作品集多部。曾獲中山文藝獎、吳魯芹散文獎等。

衣魂

有一個衣櫃，寄放在記憶陰蕪角落，當我離去，它或許正在傷心哭泣。

衣櫃是家庭權力的角力場。聽說一個男人離婚的理由是每天打開衣櫃時的夢魘，他太太的衣服張牙舞爪占領幾乎全部的空間，而他僅有的三兩件衣服緊貼櫃角，被擠壓成餅狀塊狀，這大大傷害他的男性自尊，與其每天都要面對衣櫃淪陷的恐慌，他選擇的是擁有自己的衣櫃。

他為什麼不反攻？跟著太太添購衣服搶占地盤？只因他是個名士派，不屑藉衣服妝點門面，結果贏得了風範，卻失去了衣櫃，可見要在風範和衣櫃之間爭取平衡是件多麼困難的事。

如果真要選擇，女人恐怕會先搶占衣櫃再說，搶贏的總是女人，許多男人面對女人在衣櫃中開疆拓土的威力早就棄甲而逃。男人不屑與女人爭奪衣櫃空間，可並不表示他不在乎，他的權力欲望擴展在別的地方，他總是會反攻的。

剛結婚時，在那個群居的房子，我並沒有自己的衣櫃，單薄的幾件衣服寄居在丈夫與小叔合用的衣櫃，小叔的衣服占去一半空間，丈夫的皮衣、西裝、夾克也頗有體積，我那紅艷的嫁妝，雖然搶盡顏色，薄紗的材質容易被欺壓，原來光華懾人的小禮服被擠壓得風儀盡失，形成虛幻的存在。我只能打游擊戰，生存的方式是無孔不入，皮包、絲襪、手套有縫即鑽；有一陣子嗜買睡衣，只因它的材質薄、體積小，抽屜的邊角，吊衣櫥的下檔，或攤平或摺疊，我選擇這種悲涼的存在方式，因爲意識到在這裡生存不易。

母親生長自舊式大家庭，深諳權力之道，她連夜親自坐鎮，從南部到北部押送一卡車家具和家庭用品，上自床組梳妝台，下至針線剪刀，無不齊備，可惜房間太小擺不下衣櫃，她爲我搶占的基地，總算稍稍扳回一城。可不久我那些小東西紛紛從櫃子上敗陣下來，有人嫌它礙眼，收的收，藏的藏，爲此暗吞不少眼淚。

不久，我的房間也淪陷了，小叔進駐，丈夫與我退居三坪大的小房間，重整格局，勉強塞進一個小衣櫃，衣服總算找到歸宿。其時孩子已出世，衣量暴增，衣櫃裡盡是嬰兒衣服用品，丈夫與我的衣服只能是配角。可孩子的衣物甜美可愛，任誰都會甘心相讓。僅餘的空間就讓我偏愛的長洋裝翩翩飛入，裡面還有一些私密的收藏：母親送我的藍色小化妝箱，裡面裝著象徵圓滿的龍銀和一些母親佩帶過的首飾，戒指上的珍珠已微微發黃，五〇年代的鑲工卻頗有味道；我最愛那一雙母親結婚時戴的手套，象牙白的色澤如新，上面爬著同色系的錦繡和珠花。母親愛美我也愛美，母親的掌型飽滿圓短，我亦如是。戴上手套時指尖是空的，玩弄那一截空令人暈暈然傻笑。有些事眞的神祕不可說，愛的血流不可說，物的餘情亦不可說。

當感情美好時，擁擠也是幸福，孩子、丈夫與我擠在狹窄的空間，自有挨緊的甜蜜與熱鬧，更何況丈夫信誓旦旦將給我們一個寧靜無爭的家園。我緊抱著這誓言，任孩子的玩具衣物淹到床上來，衣櫃一打開總有什物掉下來，我們猶能翻滾嬉笑，寫作時依偎著衣櫃，挪出一尺見方的空間，在稿紙上創造另一個想像的次元。

爲了善用空間，我的衣服盡選那價高質優的中上品，每年還得咬牙切齒淘汰幾件過時的舊衣。倖存的幾件都是精選，可也華美得像裝飾品：譬如一件白色小外套，釘著金色扣子，配上白底紫花的長紗裙，只穿過一次。那一次聽說是舞會，到場時發現大家都穿得很隨意簡素，一時對自己過度裝扮惱怒極了，後來只有讓它在衣櫃中上吊自殺；還有一件櫻桃色的痳紗長洋裝，布料摻著一點絲質，細看暗閃著珍珠光澤，款式很簡單，精采處在後頭，活動的繫帶成X形交叉，從背脊一路爬到腰間，只要抽緊帶子，曲線展露無遺。我總以爲那件衣服不是我的，是屬於另一個浪漫妖嬈的女人，一如電影中的紅衣女郎，只可遠觀，不可了解，眞想看到某個人穿上這件衣服，暗中跟蹤她欣賞她；另有一件黑色繡花V字領長洋裝，是居住在美國那一年買的，胸口開得很低，美國的女裝大半如此，長度很驚人，踩上三吋高跟鞋還拖地，如此不實穿卻流連再三。服裝店就在艾蜜莉・狄金遜生前住過的房子附近，後來看她的畫像，才明白爲什麼執迷於這件衣服，跟她穿的衣服十分相似，是新英格蘭的黑，維多利亞時代的風格，從上世紀延伸到本世紀，倘若衣服也有魂魄，輾轉流離，怕也脆弱得不堪輕觸。我供奉那襲衣魂許久，並添購一雙黑色緞面鑲水鑽高跟鞋，水鑽沿著X形細帶交錯，圍著足踝閃著淚光，美得令人心碎。有一次盛會，穿上那襲黑衫搭配緞鞋，整個人似乎也變成一縷幽魂，許多人的眼光落在我腳上，水鑽確有奪人心魂的力量，我的心快要跳出胸腔，衣縷變得千斤萬斤重，衣服眞有魂魄麼？它不能忍受輕佻的注視，我在宴會中途就逃走了，錦衣夜行，多麼可悲的命運！

我怕別人太注意我，可也忍受不了別人的漠視，真矛盾！這樣就很難抓到適切的妝扮分寸，我的服裝語言就是如此不切主題，失心喪魂。然而，一縷縷衣衫垂掛在衣櫃時是如此安適，彷彿已經找到靈魂的依歸。誰知道，當我的衣服住下時，我的心靈已然遠走。

心靈是漂泊者、叛逆者，婚姻令女人的心靈更加叛逆，美麗的衣裳只是暫時的偽裝，衣櫃也只是最後的棲息地，不久它將以薄紗之翼起飛，隨著衣魂飄蕩，飛至廣漠無人之處。

現在我獨自擁有一個大衣櫃，體積總有以前的兩倍大，只裝我一個人的衣服。穿衣不照鏡，開櫥不瀏覽，生活變得乾淨無心，我不懷念以前的華服，只是有時翻到孩子剛出生時穿的小襪子，會跌坐下來呆看許久許久，我真的曾經擁有一個美麗的小嬰兒？他癡戀著母親的懷抱，我癡戀著他的一切，他真是我的？我生的？我養的？還有那些釘滿珠子亮片的印度燈籠褲、阿拉伯織花毛披肩、重約一斤的密釘珠花圍巾……，那真是我的？我買的？我穿的？

我遺失了一個衣櫃，那裡有我不忍回首的華美收藏，綺羅往事；還有一襲襲裝載過虛榮身軀的錦繡雲裳；屈辱壓迫和空洞的誓言。我無意加入家庭權力的角力，女人需要的不是一個床位和些許的衣櫃空間，她需要的更多。

有時候想到那雙似乎閃著淚光的鑲鑽緞鞋，當我離它而去，它還在繼續行走，以我不知道的步伐，走向我不知道的未來。

——二〇〇〇年十月．選自九歌版《戀物人語》

汝身

她經歷了水晶日、水仙日、火蓮日、苦楝日終於完成了女身。

水晶日

從小她對身體與觸覺特別靈敏。生長在亞熱帶的孩子，終年承受高溫蒸燻和火辣陽光烤射，使她的身體像海蚌一樣柔軟敏感，受到沙粒雜質刺激便緊張蠕動，只爲形成珍珠般的鑑照；而熱帶植物和狂風暴雨所引發的瘋狂猙獰想像，使她的觸覺超越了視覺和聽覺，觸摸於她如呼吸，是聯結世界的美好方法。

孩子們愛與水有關的一切事物：貝殼、帆船、捕魚網、釣竿和水手帽。他們脫光上身在河流中泳動自己發明的姿勢，水中沉浮著如甘蔗皮般的黑皮膚和如甘蔗肉般的白皮膚。有時他們涉水游過浮有布袋蓮的溪流，一面拔扯花朵與莖葉，一面探測河水的深度；有時他們在海濱戲水，與捲遠捲近的海潮瘋狂地追逐。孩子的肉身令人想起有著清涼的風，競放的幸運草和有風箏飛翔的草原。肉身即是玩具或是遊戲的主體，他們需要不時推拉塞擠，時而匍匐在樹叢裡，時而攀爬到樹上，在這冒險的過程裡，流血和流淚是經常發生的細節，但要不了五分鐘，他們的身體又像初生的小獸，急著要奔跑追逐。

當然他們也知道自己身體的脆弱，只要掉一顆牙就能使他們恐懼得不敢起床，而真正的病痛來到時，又不時嚷著：「我要出去，我要出去。」當他們聽到同齡的小孩病死或溺死時，臉色蒼白，噩夢不斷，彷彿替那個同伴死一回，尖銳地感受到肉身的痛苦和死亡的恐懼，可是藏在衣服底下有呼吸有血流的肉身，渴望著被保護，但又渴望著冒險。

她永遠記得小學時穿著的那件緊束腰腹與大腿的黑色燈籠短褲，平時被隱匿在短裙下，上體育課時就得暴露在眾目睽睽之下，大多數的女孩習以為常，但她卻感到如赤身露體般的恥辱，她總是蜷縮在偏僻的一角，打躲避球時常常在操場上大哭起來。

大多數的時刻，她覺得身體是愉悅自由的，整個夏天她穿著圓領無袖的白色棉布衣裙，是內衣也是外出服，因為不斷搓洗，變成牙白色而特別柔軟，像被一團雲彩溫柔地包圍。她喜歡騎腳踏車，小小的短裙飛揚著露出黑色的燈籠褲，鬆緊帶在她的腰間與大腿勒出殷紅色的勒痕，騎車時感到些微疼痛，可是那並不妨礙她的愉悅與自由。

當車飄飄前行時，她覺得世界很實在又很縹緲，風中有種纏綿的溫度，她全身的肌膚就像白色的草原，沒有邊際，沒有阻隔，只有茸草的清香和明淨的天空，而世界就像水晶一般透明而澄澈。

水仙日

她是經由湘湘才明瞭女人身體的種種細節和美妙。對她而言，湘湘是一切美的標準和極致，所有人與她相比，都會太高太矮太胖太瘦太醜太缺乏說服力，她身高一六二，體重四十六公斤，有什麼比這更好的比例，她的鵝蛋臉在別人身上是平庸，在她身上即是俊俏。她的杏眼桃腮和飽滿稍闊的嘴唇都是獨一無二，但是這些也只能形容她百分之一千分之一的美，她有一種精神的美模糊不定的神祕感，只有她能感覺。

喜歡畫畫的她，怎麼畫也是跟湘湘一模一樣的臉孔，但畫筆也只能表達一二，那未能表達的部分恆然使她迷惑心醉。她甚至看不到湘湘的缺點，其實她的皮膚有點粗黑，小腿有個圓疤，但那都不妨礙她整體的美感。

她深爲自己熱情的注視所迷惑，爲什麼視線總是隨著她的身體移轉，到底是什麼神奇的吸引力發生在她們之間，應該說是發生在她身上，一個人孤獨地啜飲著美的迷狂與痛苦。

她同時感覺到自己身體的變化，渾圓的手臂和大腿，身上凹凹凸凸的曲線，胸前並浮著一股濃濃的乳香，她故意漠視這些，彷彿那是陌生人的身體。寧願被盲目的激情引導到神祕的國度，那裡繁花似錦，芳菲如醉，濃密的樹林裡充滿鳥叫蟲鳴，她就像那隻迷亂的蝴蝶，不知來自何方，不斷往花叢撲去，或者蝴蝶只是想成爲花朵的一部分，因此才有如花瓣般的身姿和色彩；或者，蝴蝶是花朵的影子，更陰暗更震動，牠是天使與邪魔的混合物，是花朵沉默的靈魂。

她常渴望自己有雙翅膀，凡人的身體多麼平庸醜陋，除了湘湘，她看到少女的蒼白與自卑，中年人發著油臭的雙手和肚子，老年人的腐朽之氣，這些都令她無法忍受，想逃遁到無人的世界。

她的世界是如此狹小容不下任何醜陋的事物，只有湘湘，令她覺得值得存活。可惜湘湘無法了解她的熱情，也無法回應她的渴求。或許這樣的渴求本無人可以了解，連她自己也不了解，因而陷入深深的痛苦中。

多年之後，她才了解她是在湘湘的身上尋找自己的影子，或者說是女人的影子，湘湘就是女人與神的化身。而那段青春的歲月，爲了逃避自己已然女人的肉身，藉湘湘遺忘自己，藉湘湘形塑女人的影像，當湘湘逐漸遠去時，她覺得替湘湘活著，並知道肉體沒有界限，縱使生離死別也不能造成界限，肉體的交換融合跟細胞繁殖分裂一樣複雜，一個人身包融了許多人的肉體，那使靈魂感到擁擠與沉重的感覺，只是因爲另一個人身隱形地加入。

火蓮日

而當一個眞正的人身加入另一個人身，那又不是擁擠與沉重所能說明的。

起初像得惡疾，不斷嘔吐又暈眩無力，食慾不振，唾液酸苦，沒有一個地方對勁，有時覺得大概是快死了，說不出的難過與憂傷。

佛教的觀念認爲肉體的死亡，會經歷身體的分解和意識的分解，這個過程如火焚身。孕育生命的過程，母體也會經歷一次大分解大焚身，這分解以胎兒脫離母體時最痛苦，生的痛苦與死的痛苦是類似的，但死亡的痛苦已漸漸被了解，生育的痛苦仍是不解之密，因爲女人不敢說，不能忍受這種痛苦的女人將被視爲恥辱。

她是在生產時，才在床上聽到上一代的女人訴說生產的痛苦，每個人的痛苦差異很大，那些神經纖細、內向敏感的人往往是難產的不幸者，而那些神經強旺，勞動足夠的婦女，有的只覺得「一陣痠麻，不知不覺就生出來了」。

不論什麼樣的痛苦都被隱匿，以至於未婚的女孩對這種痛楚一無所知，她到生產時，才知道「女人是被矇騙長大的」，那不知來自何方的被支解被撐脹的痛楚，亦無止盡地延續，就像千軍萬馬在她身上踐踏而過，而產房只能以地獄來形容，到處是鬼哭神嚎，等待床位的孕婦被棄置在走廊上，高高擎起的雙腿和巨腹，令人想到刀俎上的雞鴨，床位與床位之間，只有一條布簾相隔，這裡的哭嚎連接那裡的哭嚎，近處的痛苦連接遠處的痛苦，陪伴的親人有人撫著佛珠，有人陪著哭嚎。

「不要碰我！」一個孕婦痛苦地呢喃。

肉體分解的痛苦，任何的觸摸只有更加強產婦的痛苦，嘈雜與哭泣讓意識更加混亂，一如臨終之人。

她在經歷一天一夜的掙扎後被宣布難產，事實上她早已進入半昏死的狀態，全身的皮膚血管破裂，意識進入黑暗地帶。在剖腹生產手術中，她彷彿聽到基督嚴厲的宣判：「你因教唆亞當偷嚐禁果，此後逐出樂園，世世代代女人將因懷孕而遭受無人能解之痛。」

在強力的麻醉下，她進入時空的另一個次元，那裡的顏色非人間所有，像陷進一大塊愛玉凍中，另有無數把刀將愛玉切割成不同形狀的塊狀物，世界是由塊與塊銜接而成。數不清的裂痕與吐納，冰冷的時間與空間凍結成一塊分不開的巨大冰岩，無止盡地切割又切割。她想那是意識的圖形與分解的過程，比肉體的分解更細緻更光怪陸離。以至於當產婦看到初生嬰兒不覺嚶嚶哭泣，那其中有大半是爲自己爲生命而哭。

我們的身體會帶來這麼大的痛苦，令人無法想像。人身與人身的融合和分解，生產是具體的展現，而其中的神祕仍無法訴說。少女含納優美的靈魂與人身，孕婦分裂新美的嬰兒，相對之下，愛情與性愛的經驗多麼抽象而微弱，女人因此感到深深的孤獨。

苦楝日

女人身體的老去意味著性魅力的消失。那草原的清香、牛乳的芳香和母體的幽香離她漸漸遠去。只有在某個怔忡的時刻，那從她身體含納而入的人身和分裂而出的人身，仍不斷在呼喚她的名字。而她已記不清他們的名字，不記得也不重要，她已決心一一釋放他們，讓自己得到徹底的自由。

老去的女人不再需要逃避男人的注視，不再需要層層包裹自己的身體，她記得小時候，許多老去的女人就在家門口水溝邊，赤裸著上身清洗她們的身體，皮膚就像被車輪輾過的糟泥巴，顯現強而有力的刻紋和斑點，下垂如袋的乳房，每個老去的女人都是一個樣子，回到某種平等、自由和愛。

不用再忍受生育與月經的痛苦，不用嫉妒其他的女人，也不用再與世界爭鬥，因爲歲月讓一切下垂與下降，而你只有用自己的智慧上升。老女人的智慧是頑童般的俏皮與狡黠，她擅長迴避直接的質詢與爭鬥，以困惑無辜的表情抵擋所有的是非，她的眼光與舌頭變得更爲尖利，因爲要隨時面對年輕人的輕侮。只有在很少的時刻她露出慈祥的表情，許多人以爲那是老年人的寬容，事實上，那是被釋放之後與生命和解的態度。

她從此可以放心地在曠野中行走，在男人堆裡橫眉冷視。沒有人會再搶奪她的美色與肉體，因爲她早已一一將它們釋放。

她的祖母就是這樣，七十幾歲了，無論到哪裡去都要動用自己的雙腿，熱中各種旅遊計畫，她對吃更講究，採集各種養生的藥草，研製健康食品。她更喜歡園藝和養動物，女人天生與植物花草接近，年輕時愛花草只爲愛美，年老時愛花草，只爲享受栽種與植物生長的喜樂，草木的死死生生那樣的自然容易，令老去的女人內心感到安慰，原來死去也可以這麼自然美麗。

她的祖母的死去就像一棵樹木的倒塌，有一天她摔倒在地上，就再也沒有爬起來過。她注視祖母業已平靜的肉體，臉上露出嬰兒般的笑靨，她彷彿看到祖母走進深密的叢林中，在草原的那一端隱沒，那裡有一顆星星亮了又暗了，她回到生命的初始而非歸入生命的終結。

近來她漸漸感到身體有了秋意，肌膚呈現樹木的紋理，並散發苦楝樹的果實氣味，生命多麼甜蜜又多麼憂傷，她迎風而立，臉上展露神祕的笑容。

——二〇〇二年四月・選自二魚版《汝色》

月桃花十七八

苦瓜花是淡淡的羊毛黃，花朵開完往下拖長結成苦瓜，纖小如蠶繭的幼瓜上還頂著花傘。葉形如掌，卷鬚蔓生，豐沛綿延如海。綠肥花瘦，遠遠看去蔓藤下垂的莫不是密密的淚珠?!這麼美的瓜果味道竟是最苦的；檸檬整棵樹都芳香誘人，精華卻在葉片，萃取精油太麻煩，摘片葉子貼在頰上可以消暑減憂，這麼香的樹，果子卻是這麼酸。

在這晚春病中，黃昏時強迫自己作長長的散步以發汗，常走到無路可走或迷路才肯罷休。歸途已分不清綠意或暮色，天已微星還在花下轉之不去，從來沒跟瓜果草木這麼親，親得樹我不分；就變成一棵樹一個果倒好，無心無欲也就無煩惱了。

路邊草上最常見的是一大蓬一大蓬的月桃花，花顏美如鈴蘭，黃中帶白，卻無甚香味，所有的香氣都集中在狹長的葉片上，混合著菜葉與肉質的奇異味道，南部人用它來綁粽子，以前的人還用它編成草牆，可見其纖維之堅韌。嬌冶柔弱的月桃花，你有著最剛強的心。

萬事萬物都有個相對，沒有矛盾就不成眞爲人生。最軟弱的也是最堅強，最甜美的也是最酸苦。這次的病好像是從最得意最亢奮時掉下來的，一掉塗地，病得不能動彈不能說話不能寫作，似乎就爲懲罰這過分的得意。每讀到哲學家雅斯培提及的「限界情勢」，渾身戰慄，感同身受卻眼枯無淚可下。他說當你意識到所有的事物都無可依恃時，面對極端的痛苦，決定性的鬥爭，罪責的意識和死亡的逼近，這時人才有可能成爲眞正的自己。

人必須活到無路可出，逼至某種極限，痛苦至極虛無至極，那是一種病，病而至於死，在此時返歸自我，確認人身的孤獨，並感受到這是人類共同的痛苦。此時台灣的現實環境是壞透了，人們的痛苦指數不斷上升。佛陀「有情既病，我即隨病」，我雖不能企及，然人心是相互感應的，有情既病，誰能無感呢？

至少在那段養病的日子裡，我從未如此全然地觀看撫摸一花一草，那還能燭照我那業已昏暗的心的，不就是那最美的苦瓜花和最香的檸檬葉？在散步時想起眞有一首歌詠月桃花的桃花歌，歌詞在漫長的病中日日拼湊，居然也有五六分：「人人都愛賞的月桃花，人人都說花香眞不差，採一朵花來襟上插，月桃花呀値得誇，値得誇。……月桃花呀十七八，十七八。」爲什麼是十七八，不是記錯，就是讚美月桃花美如十七八的姑娘，到底是不是這樣？木忽忽呆忽忽地唸誦這首破歌，居然度過了一個春天，病到還能唱歌，人生眞是花香不差。

——二〇〇二年四月・選自二魚版《汝色》

龔鵬程作品

散文卷

龔鵬程

江西吉安人，1956年生。台灣師範大學國文研究所博士。曾任國文天地雜誌社總編輯、學生書局總編輯、淡江大學文學院院長、南華大學校長、行政院大陸委員會文教處處長等，現任佛光大學校長。著有散文集《我們都是稻草人》、《知識與愛情》、《龔鵬程四十自述》、《經典與生活》等，另有文史哲論述四十餘種。曾獲中山文藝獎、中興文藝獎章等。

我的書房

讀書人談他的書房，就像女人談她的首飾盒，是要惹人嫌厭的。

何況，據報館裡的朋友們分析，咱們國內二十歲以上的人，有百分之六十一，這半年來幾乎沒買過任何一本書。另外，百分之四十六的人在選擇禮物贈送親友時，從來都不把書考慮進去；剩下那些雖或想到可以送朋友一兩本書的好人，當然大部分並不曾眞送了書，因爲他的朋友恰好就是不讀書的。因此，所謂書房，恐怕是上古遺留下來的名詞，一般人既未見過，本省建築業中，似乎也早已沒有這一項規劃啦！

不過文人仍然喜歡談談他們的書房，在浪漫的懷古氣氛裡，想像書房的情趣。但你曉得，讀書人在臺海兩岸都是不值錢的。大陸的教師薪資，長期以來，都是所有行業中最低的，所謂「手術刀不如剃刀頭，原子彈不如茶葉蛋」。近來略有提高，然距餓殍之境界，仍不甚遠。咱們這裡也好不到那去，食幸有魚、出或有車，但蝸居陋巷，偪仄局促，但求一枝之棲，何敢妄想什麼書房？

嘗讀明人陸紹珩《醉古堂劍掃》，他形容書房的條件是：「滄海日、赤城霞、峨眉雪、巫峽雲、洞庭月、瀟湘雨、彭蠡煙、廣陵濤、廬山瀑布，合宇宙奇觀，繪吾齋壁。少陵詩、摩詰畫、左傳文、馬遷史、薛濤箋、右軍帖、南華經、相如賦、屈子離騷，收古今絕藝，置我山窗」。此種書房，於今大概只能求之於故宮博物館，我人根本難以想像。

即使標準不這麼高、即使陸紹珩談的也只是他理想中的書房，古人一般書齋大概距此水準並不太大。例如寫《陶庵夢憶》的張岱，他家裡就有好幾個書房。什麼「梅花屋」「不二齋」「瑯嬛福地」……光聽名字，就令人魂銷。這些書房，眞是「房」，外面有「前後空地，後牆壇其趾，西瓜瓤大牡丹三株，花出牆上，歲滿三百餘朵；壇前西府二樹。花時，積三尺香雪。前四壁稍高，對面砌石臺，插太湖石數峰。西溪梅骨古勁，滇茶數莖嫵媚。其傍梅根種西番蓮，纏繞如纓絡」之類，屋裡，那就更不用說了。

以此爲標準來看，現下誰有資格說他有書房呢？所謂書房，若未絕跡，大約也只是工作室的別名罷了。小孩爲準備考試、寫功課交差，需要一張桌子、幾冊參考書（參考書的消費額，是我國圖書交易量的三分之二）。大人，不幸而爲教員文人，爲了餬口，不免幹些家庭手工業，必須伏案抄輯；所以也得有個堆積退稿的地方。這些地方，便常宣稱爲書房。

房中大抵什物堆積、紙卷雜沓。一燈熒熒，伴我兩眼昏花。不復爲張岱之瑯嬛福地也。

我家的書房，更是如此。其實亦無所謂房。早先住在桃園，屋子總共十坪大，除去床浴廚廁，便是書。起居藏息，皆在其中。書架是我自己買了木頭扛回家，敲敲打打一番就搭起來的，連木面都沒有刨光。書插上去，旁人看著寒酸，我則頗爲得意。遷居臺北，書架自仍移來；差喜堅固如恒，甚便我工作。但有一天我去淡水上課，臺北大地震，媽媽正在午睡，聽得轟然大響，忙跑到房間一看，書架震倒了一面。書呀書，堆得滿坑滿谷。累我整理了一個月。幸好人不在裡邊工作，否則恐難倖免。過了一陣子，清晨大地震，又是乒乒乓乓一通，震垮了另外一面……。

經過這麼兩鬧，我才曉得我們家潛藏的危險。某天有位朋友來訪，我請他在客廳午憩。他睡在那兒，瞧著前面的書櫥，想起我書架崩塌的往事，矇矓中書架竟活動起來，彷彿一具大棺材，要朝他迎頭蓋下。嚇得他屁滾尿流，匆匆奪門而去。

事實上，「書多壓死人」，絕非虛語。朋儕中，我的書不算頂多。但已有些不相熟的親戚，會拉著老婆悄悄問：「妳先生是開租書店的嗎？」言下若不勝其痛惜。老婆當然也對我的買書惡習，至為不滿。她常威脅著要把這些垃圾丟出去。因為亂七八糟的書，堆得一塌糊塗，既礙觀瞻，亦不便行動，「都是一斤兩塊錢的東西！」她嘟囔著說。

其實我的書算什麼？陸放翁之書，號稱書巢。巢就是蜂巢。據說進出書房，都得像蜜蜂在巢中曲折攢動，甚至匍匐轉側，乃能成功。而放翁在宋朝，還稱不上是大藏書家哩！

我的書，更遠不夠資格冒充藏書家。然而只此便已令人頭痛了。每找一書，輒翻箱倒篋，遍尋不獲，只好上街再買一本。所以到底有多少重複的書，自己也搞不清楚。幸而書不管重不重，都常使用，非充門面假裝潢而已。我幾乎從不上圖書館。中央圖書館裡面長什麼樣子都不曉得，更不用說什麼中研院的罕秘珍藏了。這當然是因個人治學方法特殊，從來不必仰仗秘本；也是因為性格乖張，自以為我沒看過的書，大概不會有什麼價值；更因為我自己的書用來順手，既然足供採摭，自然不必旁求。

我想這大概就是在現今公立圖書館發達時，人們仍願擁有一個屬於自己的書房的原因。雖然如前所述，這點卑微的心願，有時不免只是夢想。但去圖書館畢竟如逛博物院，奇珍異寶，眾呈畢列；卻總不及自己家裡一兩樣破銅爛鐵。雖不可能打理得整齊光鮮，然而蓬頭垢面，卻不妨晤面相親。老婆與書房，道理都是一樣的。

——一九九一年・選自三民版《時代邊緣之聲》

失鄉

世上有許多好地方，臺灣即不少。可是人與土地的感情與關係，恰如人與人的交往。某些人，世所共許，我獨不喜之；某些人，畸行褊性，人所嗤議，而我獨與之相得。土地也是如此。

我生於臺北，稚齡嬉弄於南機場之情狀，雖常在眼前，對其地實無感受。三四歲隨父母遷居臺中，生活困頓，輾轉徙移了幾十次。情形就如但丁在他自傳性的《宴饗集》中所寫：「像一隻沒有船舵，也沒有風帆的扁舟，苦貧的焦風任意地把我吹向不同的港口和海岸」。搬家既然成了生活的常態，跟居處環境根本無暇發展出什麼太深厚的關係，因爲地址和回家的路才剛剛熟悉，差不多又準備搬家了。新交之不能如老友，實在毫不稀奇。因此，我不但從籍貫上認識到我是個異鄉人，具體的生活也無法讓我有鄉居的感覺。

異鄉的漂泊生涯，從血緣聯貫到地緣上。父親從江西，走廣西，入海南，來臺灣，營生失敗，乃移居臺中，又不幸爲洪水漂沒，隻身孑走，妻孥幾乎不保。借賃擺個攤子在街頭賣麵，何處是眞正可以落腳之處？就在那街頭，車輛和行人揚起的風沙中嗎？十字街口，就是我們安身立命的地方、展望前途的所在嗎？他每天坐在麵攤子前，看著陽光和暴雨，等待著飄忽不定的旅客。迎來春夏秋冬，送走陌生不知名的客人。他當然無法認識或認同這個社會，因爲社會對他來說，本來就是飄動游移的。他的生活世界及生命依托，自然仍只能在他所曾眞正具體、落實地生活過的家鄉上，那個「江西省、吉安縣、値夏鎭的龔家村」上。

我從血緣上繼承了這個地籍，也從認識上認同了這個地籍。父親曾繪我龔家村地圖，指而教之，何處有湖、何處是山、何處爲祠堂、何處乃老宅……。我認識了，也想像了自己如何在那房舍穿中玩耍、如何去祠堂中見識祭饗飲射。它們遠比我實際生活但經常必須重新熟悉的臺中市更眞實。何況，我實際生活的處所，又是臺中市的什麼地方呢？

我們租住過鐵路局堆煤渣的廢鐵道邊之違章建築。並無廁所，亦無浴室，每周提著水桶、挾了衣服，循鐵道找著糖廠圍牆的缺口，翻進去，混入它的公共浴室去洗澡。

也租過國際戲院附近的一間樓屋。那是個風化區，戲院邊一間間房子，夜裡便閃著粉紅色的霓虹燈，蒼老憔悴與稚嫩青澀的女人們，站在或坐在門口招著手，喊：「人客來坐哦！」周邊則是殺蛇的、打拳的、賣藥的、變魔術的，魚龍曼衍，地痞流氓的語言與刀光，一齊在夜色中閃爍著。我們住的那一家，隔不久也勒令我們搬走，改裝成了酒家。有次我經過，往裡面瞧，也見到一排排女子穿了高衩旗袍，站在樓梯邊、粉紅色的燈光下。

我們又租過一家鐵工廠裡的樓梯間。搬進去時，屋主家人曉得我們是「外省人」，竟攔住房門，堅持要我們立刻滾蛋。幾經哀求，始准暫住五天，以便找房子搬家。我們只好在鐵工廠嘈雜鏗鏘的打鐵鑄造聲中擁被倉皇……。

住得最愜意的地方，則是吳鸞旂的公館。這個地名，是我現在才知道的。當時沒有人曉得，都以爲是廟，或云爲孔廟。內中庭臺樓閣，有山水廳殿、有曲廊花園，建築極爲精美。我們當時僅知臺中有吳家花園、林家花園，而不知此亦吳家之花園或宅第。因爲它已經廢圮了。

一個廢園，自然瀰漫著一股滄桑與頹廢的氣氛。其所以廢頹，或因吳家已沒落，或因被大陸湧入臺灣的大量流民占住了。總之，我們住進去的時候，裡頭有軍隊、也有社會各種流品。例如擔糞的、賣酒糟的、做臭豆腐的、教書的、醃臘肉的、打鐵的，以及像我們這樣的賣麵人……。大家住在那裡面，事實上只是把花園廊廡隨意隔出一家一戶。沒房間，就加木板砌土磚隔出來；不夠大，就打了牆或加上一層；沒水用，立刻召鄰人來打井；沒電，便自己爬到電線杆上去接電；沒茅廁，則我們一群小孩會跑到花園牆邊去溲拉。夜裡車燈照過我們蹲在牆角溝邊的許多屁股，看著影子不斷移動，引爲大樂。

諸如此類。我們住的，正是臺中市這個政府遷臺後的首府、號稱「文化城」的臺中市之社會底層與邊緣地區。我們在此社會中本爲飄浮的邊緣人，也活在邊緣人的社會中。吳鸞旂公館那個流民大雜院，相當動人地顯現了我們生存的處境。我們其實不是住在臺中市，而是住在那個邊緣人團體中。在此團體裡，沉淪於社會底層的外省流民，固然是異鄉人；漂泊於社會底層的歌女酒姝、流浪藝人、苦力，他們的家鄉又在哪裡？

父親每在麵攤子生意清淡時，或有友人來聚會時，就取出他的胡琴，伊伊呀呀地拉唱起來。天涯淪落，漂泊失鄉，原不是江州司馬與京城琵琶女專有的故事。我在初中二年級時，曾用橡皮擦刻了一枚小印，文曰：「江州司馬」，大概也就是聽琴而有的感傷。

而這，其實也是失鄉者共有的符號。茫茫大地，不知何處方為眞能落腳之所。臺中市的文教聲華、日據時期以來臺灣文化協會之士紳風雅壯猷，與我們殊不相干。我們既無緣參與其歷史，事實上也只苟延殘喘於其社會現實之邊緣。我五歲時，夜裡曾走一公里地去給父親送飯，暗夜土石路上，沒有人、沒有電燈，絆了一跤，把飯菜全打翻在地上了。我哭著爬起來。撥攏飯菜，提到父親麵攤子附近的江西同鄉會館裡去洗。滿以為可以把砂石洗掉，飯還可以吃。這是小孩子的呆想，也是害怕挨打罵而有的反應。可是，這就是土地給我的感覺。它沒給我豐饒的感覺，也沒有載負著我生命的感受，只有沙礫、只有堅硬，碰得我膝蓋發麻、生痛、紅腫、流血。我雖也是「吃臺灣米大漢的」，但飯裡卻有著砂石，令人難以體會其香美。

失鄉者自然要思鄉。我知道故鄉有歐陽修、有文天祥、有我龔家村之文采遺徽，我也曉得我的譜名「祖渤」是指漢朝龔遂治渤海的故事。是以懷鄉者亦遂有了文化上的思念與認同。由於故鄉我並未眞正去過，因此，思鄉事實上也是以此文化歸屬感來烘托或坐實的。是文化、情感與想像，構築了我的鄉里，安住著我的街坊鄰居。

異鄉人的生涯、和土地無所附依的關係，要到上了大學才有新的變化。

從住了十五年左右的臺中市，隻身負笈臺北縣淡水鎭，應該稱得上是遠赴異鄉了。特別是鐵路尚未電氣化，我又沒錢坐快車，由臺中到淡水，連轉車時間，可以長達八、九小時。淡水又遠比臺中荒僻，鎭上只有兩條街。學校則在山上，四周皆是榛莽，旁僅一小徑，土石雜草間有兩條牛車輪輾過的轍痕而已。循路入山，林竹蓊鬱，輒恐迷途。可是，說也奇怪，我對此殊不覺其爲荒僻，也不覺得我是離了鄉背了井。

或許，在我周遭的人們都是從各地來此就學的。沒有誰眞正在地，大家都是異鄉人，所以我就特別不覺得自己是個異鄉人吧。

我也是在這個時候才第一次對於屏東、二水、鹽水、臺東、宜蘭、鳳山、南投等地名有了具體的認識。同學們談起各人家鄉不同的風土與人情，帶來各樣的土產，說著腔調互異的閩南語客語，和腔調也頗不同的各式國語混雜在一塊兒，頗令我有又重回流民團過著異鄉客旅的熟悉感。他們常相來往的各種同學會，其實也有些類似我自幼廝混的同鄉會館。故鄉來的朋儕聚在一起，以鄉音及故事來串組生命繼續前行的軌道，撫慰初翔者失去母親翼護的心靈。我熟悉這些感情，也理解這一切，更常參與他們。因爲我本無鄉，故不妨隨之入境，相與問俗。我對金門、花蓮等地的理解與感受，即是由這樣的觸接和參與而曲折得來的。我後來頗熱中過一陣子民俗研究，也喜歡整理地方文獻，實皆肇端於此。

淡水是偏僻的小鎭，河海交接於山脈連脊之處。大屯火山群、七星山、陽明山構成一條巒組，觀音山、林口、龜山構成另一組巒帶，淡水河的滾滾濁流從中橫截衝斷，經關渡口而達於海。位於這山涘河口的小鎭，住著的，乃是樵於山、耕於野、漁於江海、旅於黌舍的人們。在港邊，斜陽殘照，船民張曬著魚網，船楫雜陳，空氣中散發著腥澀和慵懶的氣味，旅客閒坐或散步於河堤上，偶有野狗及醉漢躺在岸邊。這，正是流浪者最好的休憩所，自然美景，襯托著一個沒落的漁港。

小鎮的歷史當然極其烜赫。清朝曾把整個臺灣北部劃稱「淡水廳」，可見淡水即是北部臺灣的重心與代表。當時艨艟縱橫、商賈雲集，海輪直達於艋舺，軍事上又爲臺灣海峽之鎭鑰，其盛況雖僅存於史料及傳說中，卻是不難想像的。因爲淡水鎭就像我幼時曾經住過的吳鶯旂公館，花事已歇，曾經滄海。繁華如舟楫駛過歷史的波流，現在只剩下斑駁的船身以及風霜的刻痕，擱淺在沙灘上，等待夕陽、月光和詩人畫師的眼睛前來憑弔。

鎭上有英國的紅毛城，有中法戰爭時的炮臺，有西班牙的教堂，有荷蘭人的鐘樓，有洋行的街市，有閩南人械鬥的義民祠，有汀州人的會館，有與三峽祖師廟競爭的清水巖落鼻祖師，也有閱世滄桑的老人茶室。無所事事亦無聊賴的老人們，在有粉頭或無粉頭的茶座上，消磨其晨昏，談講其古。歷史感，猶如小城的霧氣，氤氳瀰漫，把每個人都裹入其中。

我的朋友李利國曾寫過一本書，叫作《我在淡水河兩岸進行歷史的狩獵》。我不會打獵，只能在岸邊徜徉，沉浸於歷史的廢園中，去感受繁華與落寞。在小鎭崎嶇的石板街上，品味出特殊的土地感情。

爲什麼特殊呢？淡水是歷史性的城鎭，關聯著臺灣史。然而它的風格是雜糅的。第一是漢番雜糅。原本該地除了採硫磺的工人以外，並無漢人居住，後來漢人漸盛，原住民歸化，遂成一特殊之世界。其次是華洋雜糅，洋人來此爲漢番治病、宣教、經商，乃至建立埠口，闢地領事，又使淡水成一特殊地域。第三則是古今雜糅。古城今鎭、舊樓新街，完全混糅在一塊兒。我從這裡捫摸到歷史，而這裡也就是我生活的現實場界。在這兒，古的、洋的、番的東西，也格外顯露了它異於現世的情調，讓我居處遊息於此，宛若置身異邦。

而這樣的地方，才使我有了鄉居之感。它的歷史感、頹廢勁，呼喚了我早年的記憶，令我對之異常熟悉，亦頗爲迷戀。何況，海口河港向來即是旅人的驛站，事實上也是他們的宿命。港口的燈火、旅棧的酒飯、月下旅人隨興而發的歌聲、船孃漁父的溫慰笑語，便是流浪者棲住的夢鄉。而羈泊暫宿，亦不妨即此是鄉。

我大一時住在學校宿舍裡，是間大四合院，十個人一間房，極其窄仄。同學們多窩在床上看書，因爲只要有人下床，走道就堵住了。屋子裡既然擁擠難堪，我自然就四處亂跑，或坐校園樹下看書看雲，或遊山涉水，肆余狂誕。大二開始賃屋住在學校後面相思樹林中的農舍裡。農宅老舊，住其中，如生活於十七世紀。磚屋椽瓦，燒柴火、煮大灶、點油燈、引泉水，夜則掩柴扉。

除了幫我們接了電燈以便攻讀外，房東可謂信而好古。他們清早即牽牛下田，或挈斧斤入山，或操漁舟泛去，日暮乃歸。穀熟，則曬之於庭前，以打穀機軋軋踩打之，穀屑飛揚。婦女在宅操持農食，並飼豬豢。我們住的房間，也就是由豬舍改裝而成的。豬舍前貯一大陶缸子水，我用這缸水漱洗，牛也是。牠每日耕作倦返，常把頭嘴整個伸進去嚼水洗臉。舍前另有老榕一株，根幹奇古，我常蹲坐其下，一小獼猴則踞坐樹幹上，或與我相耍。

我在此間住了三年，歲月靜好，日與房東熟稔。同其作息，共其憂樂，觀察他們的稼耜，欣賞他們的祭讌。這是生平住得最久的一個地方，也是住得最像、最接近鄉人的地方。田渠河溝、野林荒陬，方圓數里地幾乎一一踏遍。有時飢饞了，也會去掘些山芋或摘些蔬筍瓜果來吃。山中之蛇鼠燕雀，當然也是熟悉的。

這時我的感性生命正在成長發舒，我的理性知識也在擴張精益。鄉居之豫逸、溫暖與安定，使我激狂的才性，有了逐漸靜攝收束的機會。羈旅漂盪的心，乃如落葉，落在鬆濕的土壤裡，漸漸就沉了進去，和土地化爲一體，等待著抽芽。

土地不再是堅硬的砂礫，只會碰痛碰傷我的膝頭了。土地與我的生命相互濬發。山、水、雲、鳥，不知添了我多少詩料，啓發了我多少感性。遊子客途，而竟在客途中獲得了養晦居隱的快慰、生長出一種家鄉的感情，實爲始料所不及。爾後我出往臺北讀碩士博士學位，重回淡水任教，戀戀不忍遽去，淡水幾乎成爲我生命中一種質素與標記。不僅每次回到淡水都如返鄉，實際上從來也不覺得我曾經離開過。昔有詩云：「征塵莽莽客衣單，卻禁春風作小寒；柔櫓夜來多嫵媚，平生即此是鄉關」。講的就是這種感情。

不過，有家鄉之感情處，仍舊可能無法安居。李白不是說過了嗎？「蘭陵美酒鬱金香，玉碗盛來琥珀光，但使主人能醉客，不知何處是他鄉」，中酒之際、笑語溫慰之頃，他鄉即是故鄉。然而，客途秋恨，對月興感，方其沉吟：「舉頭望明月，低頭思故鄉」時，玉碗美酒、主人盛情，又安能慰其寂寥哉？王粲登樓，未嘗不咨嗟於其地之「信美」，但人生的悲哀，正在於「雖信美而非吾土」，故總不能不懷其鄉。

對我而言，現實意義的故鄉，淡水確實可以滿足我了，甚至於可以像東坡所說：「我本無鄉更安往？故鄉無此好湖山！」原本失鄉者，得此鄉里，實可說是喜出望外。但問題就在於「我本無鄉」。本來就無，如何貌似已有？這是本質性地失落了故鄉，本質性地成爲異鄉淪落之客。因爲喪失了，所以希望擁有；因爲不曾擁有，所以永遠懷念。在這裡，故鄉已經不是現世意義的了，它體現的乃是一種生命存有的感受與理解。故鄉，其實是歷史文化意義及存有論意義上的一個詞彙。

讓我引用幾首舊作來說明吧。一是某次去淡海訪王文進，有詩示諸友人，云：「寒波月穩天聲靜，夜色東南冷墨中。鄉夢慣隨春雨濕，冰心仍作酒痕紅。少年肝膽搖書幌，淡海煙塵著舊風。等是清狂成悃悃，鵾絃閒與說空濛」。末句謂聆李雙澤遺曲事。全詩固不足觀，但鄉夢慣作於酒邊燈下、海隅歌中之景象，略可概見。可見我即使在淡水朋儕詩酒歡愉的時刻，仍不能免於鄉愁。

而此鄉愁，其實亦顯示了我逸離此世的姿態。對這個當前的現實世界，我是拒斥的、鄙薄的，自覺不適應也不該適應於這個社會。因此鄉夢關情，實亦託寄我之心情於歷史、於另一世界中，如我另一首給朋友的詩所說：「燈底人前但說狂，愁將清曠掩憂傷。祇今積鬱支皮骨，剩遺餘歡醒肺腸。時世休誇眉黛好，春心還託卷葹長。家山感與滄桑事，哀樂無端儻自忘」。家山，是空間睽隔的另一地；滄桑，是時間變異所生之另一景。當此時世，既不能用世媚俗，自然只能託心於異地異時了。此即所謂之鄉愁，具有文化上否斥現世的意義以及歷史性的追懷。

可是時世究竟如何，其實非我當時所能知。我只是本質性地否拒它、鄙夷它，並以「時世不靖」做爲我存在的基本場境。我對時代並無具體、眞切、入乎其中的了解。故不是因時世已不可爲去國懷鄉，乃是我本無鄉。從人存在的本質上斷定了我的異鄉人性質。

此一性質，或許借用存在主義的某些講法，更容易懂些。因爲生命存在著憂懼，每個人其實都是卡繆所說的「異鄉人」。於存在中，沒有一個可以逃避的巢、可以洗罪的牢、可以克服焦慮的酒店，「狐狸有洞，空中的鳥有巢，而人子，卻沒有地方安放他的頭」。人被拋擲於此世之中，離開了生命的原鄉，我們不斷質疑、不斷發現這趟生命之旅的意義，也不斷爲生命之短暫、荒涼而感到無奈。正是這種存在感，時時撩撥我們、時常刺激我們的心靈，才讓我們對人生感到俯仰歌哭，根觸無端，此即詩人之「憂生」也。存有論意義上的懷鄉，顯露的即是這樣一種狀況，我詩有云：「獨上高樓看紫霄，月華如練卷冰綃，分明愁思秋來劇，莫道家山隔水遙」。詩人之感興，哀樂無端，實本於生命之不得不然，出諸憂生。是以傷春悲秋，對此茫茫，不覺涕下，原不必是眞正由於家鄉路遠或時世衰亂而然。

換言之，因血緣、地籍以及現實生活上的異鄉人處境，陶養了我的現世疏離感。而此種失鄉漂泊之感，又因浸潤、蘊藉、酵發於才性情氣之中，竟又成爲我生命的基本情調，使我有文化上的和存在上的鄉愁，以此憂生，並以此傷世。淡水四載攻讀，雖從小鎭生活中獲得了鄉居的樂趣，也慰撫了羈泊的靈魂，卻無法變更這種生命態度。甚且由於我的少年性氣與於詩又表現爲詩，憂生念亂的情結反而更得以加強了。就像我曾經談過的，如晚清詩人那種滄海潢流，一切都邋抉喪棄了的哀痛，沉浸入了我的骨髓之中。獨行天壤，爲文化之遺民，甚或爲天地之棄嬰。孤子一人，悵望千秋，前不見古人，後不見來者，露立蒼茫，不唯無鄉，抑已無侶。就是這種孤獨、孤絕與孤寂，攫住了我。我亦融入其中，與孤獨為一。

孤獨的人生觀，我另有長文申述，收入散文集《少年遊》中，不必贅陳。此處所要說的，主要是這種生命情調對我學術路向上的影響。

由於我是如此地孤獨失鄉，我與現世自然就有若干距離。生命關懷歷史文化以及人的生命本身，憂生甚於憂世。即或傷世，也是為了能更深刻地憂生。因此我在大學到碩士班這個時期，事實上很缺乏社會學的向度，主要是從生命內部和生命本身的存在狀況兩方面去探索。

例如我曾寫過〈由鮑照詩看六朝的人生孤憤〉，從挽歌談起，講憂生之嗟；寫過〈從華山畿談起〉，講愛情之癡與頑；寫過〈說龔定庵的俠骨幽情〉，講劍氣簫心的心靈狀態；也寫過《春夏秋冬》，講四季變轉和詩人情感表現的關係。這些，都不從人與具體社會的關聯處談，而是從普遍的人生存在情境上立論，例如人都面臨著死亡的威脅，都有情愛的慾求，都必須隨著時間之流而動作，都可能幽恨或清狂，都會遭遇到理想及生命在現實社會中的挫折等等。討論這些，材料固為文學作品，探問的其實是人生哲學上的大問題。我必須不斷剖釋此類作品與問題，因為我亦有憂，只有解答了這些疑難或理解了這種種人生基本存在情境，我的憂傷才能釋然（憂傷是不能清除的，但理解了憂的狀況，差可免於惶惑，而安於憂傷），而且也可更深化我對生命的憂慮。

這是非常特殊的路子。彼時文學研究界尚罕見此一路數，人亦不知我在幹什麼。而我則因為研究乃基於理解我自己生命的需要，故在選擇論題、解析方向、使用文獻等各方面都與學界其他人之做爲無甚關係。我也不必參考旁人的論述及研究，自然就與俗異趣。在解析過程中觸及到的一些東西，例如對六朝挽歌的研究、小說中男女殉情模式的比較、陶淵明所彈是否爲無弦琴的質疑、以四季物色結合神話原型理論解釋詩人情感的變化……等，反而是在許多年後才漸次成爲學界討論的課題。後出者之論析自然較爲精密，並係專門針對上述各題而發，但要旨實不出乎我當年所談。

且如黃景進先生論挽歌、黃維樑先生論四季爲原型、呂興昌陳怡良先生辯淵明之琴是否有弦等等，都是把它們當作一客觀的學術對象來研究的，我則非是。並不是爲了要研究這些問題，所以去寫那些文章的。我關心的乃是人的生命問題，以及我個人內在的問題。寫研究論文，猶如抒情寄寓，所以每篇篇末，往往可以看到我抒情的後記，像談華山畿故事，說：「余檢《古今樂錄》，見華山畿者，愛其音吐淒梗，爰稽前文，略舉數端甚似而異者，備考鏡焉。去歲冬已成稿，於葉元禮事遍索群書未得，今春忽得，思爲寫入，補此因緣之證合。乃爲二稿。秋冬風寒，以事觸懷，復爲補述，成此瑣瑣」。談鮑照，說：「切切挽歌之思，用窺六代才人之隱，蓄茲意者匝歲，而流塵莽莽，卒未屬筆。都門苦熱，校《中原音韻》竟，聊綴遺文，布此膚說，供君子之采云」。論韓翃柳氏傳故事，說：「丁巳中，久旱忽雨。披蓑坐花間老樹下，誦唐傳奇。遂於雨中疾書數紙。入京試歸，燈下補成此稿。窗外雨聲猶相接續也」。論青溪小姑事，說：「吳均《續齊諧》所載青溪小姑事，唐人傳奇之所昉也。惜其事多不爲人所曉。偶助塵談，錄爲札記，或可比觀焉。是夕，有所謂耶誕者，與佛誕同，都人爲之狂歡，非華俗也」。文章都有酸腐氣。但顯然可以看出：我正以易感之靈魂，在古籍中搜尋可以與我相印發者而相發明之。

這是孤獨失鄉者僅存的慰藉。淡水的嵐風漁火，能在生活層面慰撫我的失鄉感；可是心靈層面的失鄉感，只有進入幽敻的歷史場域中，去觀察人類永恆的悲哀，方能得到慰解。淡水的歷史性質，也提供了從生活現實到心靈到歷史的一條絕佳橋樑，讓我可以順當地跨進歷史場域，去體會那些生命的哀挽、畸形與沉淪。住在這烽火邊緣的小城，它又提供了一個疏隔於現世都市紅塵的環境，讓我在此發展我越世高談的性格。想來實在是太幸運了。

也就是說，我越貼合了淡水的土地，便越疏隔於現實。精神越來越超然冥舉，專注於生命之本來處，探索於生命在歷史的流轉處。如此發展，自亦深刻影響著我的人生觀。

我以爲，人生在世，雖爲「一個」現實世界，但此世界仍然是立體的，有其品級。如人飲食，飲食這種現實生活之中就可以分成許多品級，故我們總是希望生活能過得好一點、吃得好一點、穿得好一點。這種生活上的品級，同時也就顯現爲社會地位高下的品級。某種地位的人吃什麼樣的東西，穿什麼樣的衣飾，基本上有個社會共許的認定標準。人生營營，所追求者，無非即是從較低的品級位階慢慢攀爬上去，例如由辦事員、組員、組長、主任、經理、總管這樣的一級一級洊升。每升上一級，社會地位、衣食住行各項待遇也就上升一級。人生的追求，大多數便是如此。我稱此爲「社會品級的追求」，視爲外向的追求。

對於別人追求這些，我沒意見。但像我這樣缺乏社會性的人，對社會本乏認同，要我熱中這些，引爲人生之志業，我做不來。社會邊緣人，原本即流蕩於社會版圖的底層或邊疆。漂泊的生涯，也並不想入厝華堂。因爲旅行已由習慣成了性情。伴隨著我、感動著我的，不是崇爵高位的花光、排場與儀注，而是客途上不知名旅店中掩燈獨坐的淒清和寂寞。我的心，游走於此人世之邊、之上、之下。社會沒法子給它安定，也不是它的歸宿。因此，外向的社會品級追求，對我來說，無甚意義。兼以我當時未諳世味，亦不能知世間榮華究爲何物、究竟有何可羨。故我乃是先於經驗地、本質性地否拒了它，不曾從社會性追求上去安立我人生的意義。

既然如此，我便只能由內在追求方面去樹建我人生的理想。認爲人的內在也可分爲若干品級，例如古德所云，人有庸人、俗人、賢人、聖人、眞人、神人之類不同的境界等級。這些人，其爲圓顱方趾一也，其不同，是內在的不同。這樣的不同，不僅在人與人之間存在著；一個人在不同時地也可能會顯露出差異來，所以我會說某人「墮落」了或「提升」了。

由這些異同中，我們可以發現，但凡庸人俗士，內在品級越低者，其社會性外向追求也越熱切，莊子所謂：「其嗜欲深者天機淺」，正由於此。反之，內在品級越高者，他們越不會考慮社會品級的問題，故顏淵飯蔬食飲水，人不堪其憂，而他不改其樂，故孔子說：「士志於道，而恥惡衣惡食者，未足與議也」。蓋此類追求內在品級之上升者，都不是現世的追求，而是超越的追求。有另一種理想、道，作爲他們的目標。其人生即以求道體道爲事，故內在充盈，不假外求。

我這時並不曉得什麼道，也尚未能志於道。可是我有超越的嚮往。我那飄忽浮游於現世之外的生命，常爲其飄忽浮游而憂傷。可是此種憂傷並未使我試圖落入現實去定下來，而是就其飄忽蜉蝣而思此飄忽者究竟有何意義。

例如依我憂生的性格，我特別會感受到死亡的威脅。這不是說我怕死，而是說我常會想到人總是要死的。一旦逝世，功名得喪，俱成泡影，而其震耀顯赫於一時者，轉瞬也將如輕風吹過夜空，不再有人記得。古往今來，世上生人若干？廿四史中能獲記載的，又有多少？故人生一世，即使不談它存在的意義爲何，我們也可發現事實上大多數人均如荒野上的雜草。方春怒生，未嘗不各具姿態。可是轉眼就枯死了，不會有人記得，也不會有什麼遺跡。此爲生命之無常、歷史之無情、天道之不仁。對此無常，我甚悼傷，但我不是虛無主義者，我發現無常中仍有機會，因爲不是所有的人都如野草，生過就生過了，什麼也沒留下。廿四史所記載的人雖然不多，畢竟仍有不少人是死而不朽的。對了！就是這個「不朽」的觀念，對我產生了靈魂的撞擊。

那是大三時某次乘火車去臺北。我坐在車裡往外看，秋天的鄉野，略見蕭瑟，黃蘆白葦一片。我怔怔地看著，想到春天的繁花盛草已經不可見了，眼前這一片秋色，很快也要凋零。草枯萎了，就像人一樣。人活著若都這樣，活著又有什麼意思呢？在傷感中，我想到了「不朽」，震得跳了起來。

我從小就讀過三不朽的故事，這兩個字說與寫也不曉得說寫了多少回，可是這一次我才有了眞實的體悟，才開悟了我超越的追求。我知古人之所以不朽者，或立功或立德或立言，我既無現世社會品級的追求，則欲求不朽，自然須由立德或立言處下手。我之德不足稱，憂生感世的人，也難以在德業上有什麼成就，故欲不朽，唯在立言。不過，立言垂遠，我並無此雄心，只求藉著書寫來安頓生命，並使人知道曾有一個這樣的生命罷了。就像一位旅人，獨自來到深山中，對著山谷，唱出他對生命的感懷。這位旅人走了或死了以後，山谷中也許還會迴盪著一些餘響。

這種追求，是超越現世社會品級的。其可以不朽，安撫了我憂生的惶惑；其超越現世，又可滿足我越世高談的興趣；而且，因其爲超越，更可讓我昇入宗教性的領域中。

不朽，本來就是宗教性的觀念；超越也是。因超越而帶來的「神聖／凡俗」之分，正是宗教存在的基礎。我沒有固定的宗教信仰，可是我的精神揚舉或契入超越界的探索中，卻使我對宗教事務備感親切。我於大二時即常參加學校的佛學社團正智社，去他們的圖書室看書，加入他們的訪寺遊參活動，如去看慈航法師的肉身像等，也在他們的社刊創刊號上發表過文章。大三更花了許多時間研究禪宗，通讀《禪宗集成》，寫了〈莊學與釋氏之聯絡〉、〈禪說王維詩〉、〈玉溪生與佛教〉等文。後來這些文章都再擴充發展到博士論文討論「學詩如參禪」等處。迄今海內外論莊與禪、詩與禪的，似乎也沒有誰能超過我。

但因當時我之學佛論禪，只出於性情之契會。是禪的情調，那種不著不滯的態度吸引了我，可以使我應世而無所住，而並非眞正對於佛教的無生宗旨有什麼理解或認同。且無人指導，全賴文字感會，對佛教義理之源流脈絡，殊不分明。雖曾於唯識下過一些功夫，不幸唯識之知識主要也僅得自熊十力。可謂入門路頭稍差，故至今於天臺華嚴及印度諸學，仍多懵然。幸而這些都不甚要緊，我非學問僧，亦無意爲學問僧。徵文考獻，涉深梵藏，成爲佛學專家，我並無興趣。事實上，後來的許多經驗也可以說明我對「宗教」本身的關注，高於一宗一派。各宗教探索生之苦樂、死之斷續，對於我這樣憂生易感的人來說，實在是再親切不過了。

何況，我乃失鄉者。各宗教往往號稱它們才能提供人類眞正的歸宿或原鄉，例如六朝道教的仙鄉傳說、羅教的無生老母眞空家鄉、基督教的伊甸樂園等等，人類活在這個世界上，常被視爲失去了樂園家鄉的旅人。這種對人生的解釋，異常貼合我的脾胃、契符我的感性存有。我雖不知我眞正的家鄉與樂園何在，但我正是這樣一位異鄉人，在漫漫寒夜的寂寞旅途中，樂於聽聽各種家鄉的傳聞，不也是人之常情嗎？

——二〇〇二年六月·選自印刻版《龔鵬程四十自述》

張　讓作品

張　讓

本名盧慧貞，福建漳浦人，1956年生。台灣大學法律系畢業，美國密西根大學教育心理學碩士，現定居美國。著有散文集《當風吹過想像的平原》、《斷水的人》、《時光幾何》、《剎那之眼》、《空間流》、《急凍的瞬間》等，另有小說集等多部。曾獲聯合文學中篇小說新人獎、聯合報長篇小說推薦獎、中國時報散文獎、中國時報年度十大好書獎等。

蒲公英

我站在窗口，院中新抽的細草中兩株蒲公英。

1

月曆上記三月二十日開春，但是春天並沒有來。依舊是冷，冬遲遲不肯退去。過了一個月，近四月底，春風不送暖，多雨。有時陽光高照，射進屋裡來。然而窗戶緊閉，因爲那風帶著刀氣——春寒翦翦。在樹木抽芽，草色綠遍之前，野地上蒲公英已經開了花。簇簇金黃，彷彿陽光猛然從地裡冒出來。像喇叭水仙，蒲公英是春天的第一個顏色。在視野仍然枯寂的時候，鳥在枝頭鳴叫，地上，金黃一片灑開，蒲公英也叫得響亮。

2

路邊野地上一片蒲公英。耀眼奪目，是自然無心的創造，不須刻意去營求。也許因爲如此，蒲公英的身分低微，近乎卑賤。美國人家在草坪上撒了藥，專爲了殺蒲公英，追求草地上不含一絲雜質的純粹。一片綠得徹底的草坪，因此暗示了某種宗教的嚴厲，和軍事的規律。

然而一片新整翠綠的草坪再乏味不過，是死去的風景。像將樹木如棋盤一列列種得筆直，我看不出那美。美是秩序，但秩序未必是美。中國人說「錯落有致」，那其中有無心的規律、和諧，是看來不費一絲力氣的美。像山與水的交錯，花與木的間雜，像草原上各式各樣的野花。我總在西方的草坪中看見人強硬的意志，那意志必得誅殺蒲公英，將任何一絲黃色剷除，直到那草色劃一回答：「我服從！」

A

我和阿妮可各自用一把小刀，從土裡掘出帶根的蒲公英。才是初春，出土不久的蒲公英草葉細瘦，有的已結小而硬實的花苞，仍未開花。最好不要已結花苞的，阿妮可告訴我。我從未採過蒲公英做菜。

我們在草坡上找尋，彎著腰，看見了便蹲下身，用水果刀切進土裡。大約五點前後，光斜斜從身後照來。一匹馬在坡下吃草，不時搖晃尾巴。我們邊掘邊談，裝滿了一桶便上坡向屋子走去。收拾好這半天來在屋內屋外散置的東西，重新開車回半小時以外的小城，巴尙松。

在阿妮可和史高特家裡，我和阿妮可將蒲公英撿洗乾淨，阿妮可在裡面加了白煮蛋和炸香的火腿、麵包，拌上作料做成沙拉。微澀微苦，細葉嚼在口中如草。這是我第一次吃到蒲公英。

B

阿妮可和史高特是我和B多年前在安那堡認識的朋友。後來他們去了法國，我們接連搬家，幾乎失去聯絡。去年我們回安那堡，在那裡過了整個暑假。我先回東岸一陣，在那段期間內，一晚B從書店出來，竟遇上正回國訪親的史高特和阿妮可，就此又聯絡上。今年三月，藉B到法國開會的機會，我們順便度假旅行，到巴尙松探訪他們。

我們已事先寫信通知，也得到回信。但是只有地址而無電話號碼，又未講定那天幾點到，我們並無把握能找得到他們。我們到巴尙松時已經晚上九點以後。本來應該在狄將換火車，卻因爲差錯到了里昂。重新買票上車，延遲了一個多小時才到。從火車站我們搭計程車到他們住的巴通街。計程車駛過蜿蜒狹窄的路，不久停在一條窄街上，一扇黑色鐵門前。門上，正是我們尋找的住址。

鐵門看來陳舊森嚴，在並不明亮的黃色路燈下，似乎不像住得有人。我們想也許到錯了地方。B推開門，裡面漆黑如洞。他伸手摸到開關，打開燈，一條「甬道」通向裡面，我們提起行李往前走去。左邊牆上有一排信箱，我們找到他們的。信箱門上貼著一張紙條，告訴我們往前走，推開盡頭右邊的門，穿過小院子，臺階上的門右邊那家即是。我們重新往前走，因爲確知能見到他們而喜悅微笑。若B在安那堡的匆匆一面不算，我們應有五年未見面了。

C

我在札記上寫：

上次我見到阿妮可，她正懷著第一個女兒，大約四、五年前。現在她是兩個孩子的母親，身體和心理上都不一樣了。生養兩個小孩顯然使她蒼老了。她的臉看來有疲憊之色，眼角也生出細紋。可是心理上她變得十分堅強，像一個必須供給和保護的母親。我感覺到在她裡面有什麼東西硬如鐵石，也許每個母親都有這品質。這種「硬」不同於男人的硬。男人硬在表面，女人（尤其身爲母親的女人）硬在裡面，儘管外表上顯得柔弱。也許這種品質來自於爲別人而活，尤其當那「別人」是你的血肉。由理性導出的仁善之心是否能給人同樣的強度？似乎凡是出自理性思考的善和出自本能的愛一比便蒼白失色。

我發現這種來自身爲母親的特殊力量有些可怕。它像一股盲目的力，強大到足以創造，也足以毀滅。所以一個親愛的母親很容易便成爲暴君、怪物。爲了不成爲暴君，一個母親必須忍受絕頂的痛苦去學習放手。這不是容易的事。做母親是同時在天堂，也在地獄。

在我看來，一個母親就像原野中的獸，沒有思考可言，只有本能。如果說凡是出於自然的便是美，身爲母親這件事是美的。否則，正如自然是既醜惡又美麗，爲人母親也是。

阿妮可談到做女人的特權。身爲女人給予女人做母親的門票，男人便沒有這機會。在自己的身體裡面創造生命是件神奇的事。一個女人覺得自己很大，像宇宙。同時也變得比較肯定，傾向於生而不傾向於死。

所有的女人都這樣覺得嗎？是不是所有女人在成爲母親時，突然都覺得比男人優越？這種權力之感維持多久？女人能夠以自己的生育能力爲武器來反對男人，輕視男人嗎？這是談及女性主義時必得深入的關鍵問題。

D

我們在巴尚松兩天三夜，之後起程往巴黎。在那短暫的幾天裡，我們花許多時間散步、聊天和吃，每一件都愉快令人回味。我記得我們的談話，尤其是阿妮可談她成長的心路歷程。

每個女人都有她成長的心路歷程，正如每個男人有他的。不同的是，男人必須學習如何擴展自己，然後了解自己的極限，而女人必須學習限縮自己，克制擴張的欲望。至少，在女權運動有任何成果以前如此。現在男女有中性化的傾向，一個理想的人不是傳統定義下的男人或女人，而是，就某個程度而言，兩者中和均衡的人。然而這仍是我們在搜索肯定的典型，實際上，男女走不同的道路，最後對彼此達到不同的理解與期待。

在巴尚松時，我們的談話不免涉及男人與女人。我們各有觀點，堅持自己的立場，對異性進行剖析、批判。女人比較喜歡控制別人，對大小事情斤斤計較。男人比較散漫，沒有組織能力，又粗心大意，凡事只從自己的利益出發。女人如何，男人如何。兩方各自振振有辭，覺得自己觀察入微，體會深刻。說服對方幾不可能，因爲我們既不是很有系統又很精密的在談，最後只能停留在表面，一些浮泛的印象和言辭，像大部分的爭辯。然而可確定的一點是，除了生理差異，男女的思想、感覺和行爲也不一樣，只是我們不清楚這差異是來自先天，還是後天。

E

阿妮可說：

我年輕一些的時候很厭憎做女人。我抽煙，打扮得像男的，一點也不要和女人沾上邊。我很憤怒，一心要反抗。到我懷孕以後，整個都變了。我變得非常女性化，回過頭來追求女人味的東西。我把頭髮剪了，整個人覺得清爽許多。以前我喜歡晦暗的顏色，現在我喜歡各式各樣的顏色。我以前要做男人，現在我要做很女人的女人。從一個極端跑到另一個極端。我變得高興了，充滿希望，覺得許多事都可能。有一個生命在你身裡裡，那是奇蹟。你覺得自己變得很大，無所不能。沒錯，懷孕是很辛苦的事，你行動不便，腿上生靜脈瘤。生產會痛，不容易。但是事後，你有一個小孩。那種感覺，你以前的痛比起來都不算什麼了。

3

我能了解阿妮可的話嗎？她的話裡有什麼祕密可以參透嗎？我願意了解嗎？

趨近四月底，樹木發芽了，草綠起來，蒲公英散佈在草地上，鳥在林間穿飛。風暖如衣，我將窗戶打開，小屋如船要在陽光中駛出去。這是春天，終於來了，喜氣勃勃像天眞爛漫的小孩，將每個晴天妝點成假日。我可以領會。有誰不能領會春天嗎？有誰能否認活著不是好事，因爲有這樣的天，這樣的地，這樣欣欣然向上生長的草木與鳥獸？誰能在這樣的和風麗日中執意於擁抱毀滅，嚮往死亡？所有的信號標示生命，所有的路通向光明。如果我能了解春天，便能了解阿妮可的話。

而了解不是正確的說法。春天有什麼需要了解的嗎？一個人披戴了陽光去草地間涉足，聞嗅樹上的花香，感到空氣中有什麼躍動，他在體內共鳴，歡欣欲奔，像一隻獸呼應原野的召喚。這是無可爭辯的感覺，你通過身體去感受，認識。你或者知道，或者不知道，沒有什麼了解可言。生命的事實也是這樣。一個女人做了母親，經驗過，便知道，此外沒什麼可說。沒有生育過的女人和男人可能聽說，但是永遠無法知道。恍如顏色，一個人不可能了解顏色，然而看見時便就知道了雪白是怎樣，松綠是怎樣。至於很多事情，知道並不是全部。知道和了解間往往有很長距離：一個是浮泛的認識，一個是刻骨的領會。

4

我知道一些事情。不多，足夠有時將我浮起，有時將我擊沉。我知道生存最嚴酷的事實是，如果你不幸是一株長在人家草坪上的蒲公英，十之八九會被農藥殺死，或被連根拔起。這是一個意志傾軋的世界，每個人都要活下去，活得比別人好。有人發號施令，有人頑抗，有人服從。一個「成功」的社會是一片綠色森嚴，不摻雜一株蒲公英的修整草坪。我們不是那草，就是那蒲公英——是社會意志的對象。如果我們說，不管男人女人，我們生來如此，那是太可笑了——關係人的事，有多少生來如此？當我們談論男人應該如何，女人應該如何，我們談論的是自然條件嗎？不，我們談的是意志、權力、欲望、期待，我們談的是控制和服從。問題是誰控制，誰服從？以性別決定？財力決定？還是，什麼？我們要制訂什麼樣的律則，規畫什麼樣的秩序，以什麼樣的方式創造幸福?我們知道嗎?我願意知道,而更進一步,我願意理解。也許,我們都需要理解。

5

若干年前,我在電視上看見殺蒲公英農藥的廣告,心中充滿鄙視和憤慨。蒲公英何罪?那時對於美國中產階級的草坪,我只有不屑。我仍然不屑,只是多了點理解。唯這理解不能解脫我「蒲公英何罪」的悲嘆,與使用農藥對環境的毀壞的擔憂。更重要的是,我不能欣賞美國人的這種庭園美學。我總在那潔淨平整的草坪上看見大批的誅殺,強加的秩序。我看見人的鐵腕無情。

美國作家烏蘇拉黎瓦在散文〈女人/荒野〉中,這樣描寫人統治自然的方式:

「文明(男)人說:我是自己,我是主人,所餘是其他(other)——在外,低下,卑微。我擁有,我利用,我探索,我剝削,我控制。凡我所做即是重要。凡我所要即是物的所用。我就是我,此外是女人和荒野,供我隨意驅策使用。」

男人與文明,女人與荒野?奇異而又不奇異的連結。說明人其實並不單純是自己,而是彼此眼中的創造,包含想像、投射和期望。

6

想像草地上滿是蒲公英。春天,然後是夏天。蒲公英會不斷開花,那樣快樂,那樣多,不知道自己卑賤的揚揚開下去。我會在開滿蒲公英的草地上大踏步走路、跳躍,像第一個直立起來的猿人，我將兩臂舉向天空，讓空氣充滿胸腔，我張口，吐出一輪發亮已久的太陽。我這樣大踏步走去，走在一片光明中——我是想像、神話。

我曾在想像中創造自己，發亮如星球，快樂如大舉來到的春天，不知卑賤與不公。我們都曾經這樣珍貴。

然後我們漸漸發現，一點一滴，在不可置信的錯愕之中，在理解之外。我們憤怒，恨生爲自己，恨活著，恨全世界。

阿妮可的憤怒曾經也是我的憤怒，而如果她已安於家庭與子女而冷卻，我仍然維持那年輕的憤怒。我擎著一張嘴到處爭辯，敲鑼打鼓爲了一些執拗的信念。不止關於男人女人，不止關於統治服從，而是關於了解溝通。

F

阿妮可談到小孩，我的其他朋友也談到小孩。這些年裡，我們不斷看到新生的小孩。是的，他們的可愛令人心碎。我們想要保護他們，給他們一個完美的世界。然而我們知道，事情將不如所料。正如我們自己被扭曲了，那美麗的嬰孩也將被扭曲。偏見、勢利、短視、冷漠、無知，抑或愚蠢，不知那些會成爲他們思想的中心，人格的標誌。我們的小孩將是斫了尖的草，在撒滿農藥的園地裡茂盛。他們會以爲，草本就應該只長到那個高度，而且永不開花結子，而蒲公英原應誅殺，無權生長。

G　7

我在院子裡散步。

院裡，草地上零星綴著金黃。才幾個暖天，樹已先先後後冒出了芽。鳥不斷到草地上啄食，然後呀呀叫著飛上枝去。松鼠下樹來，在草間跑竄。這蕪雜的庭院像一片小小的荒野，緊鄰的樹林伸展有山嶺的青蔥之氣。我不打算收拾這庭院，要讓它維持這荒野的面目。這樣，它是自己，有屬於它的恣意、繁華，不是我的延長。畢竟，人的欲望與意志不必，也不能普及到每一件事情之上。讓蒲公英是蒲公英，我是我。讓雜草沒脛，結穗生子。讓這一片小小的荒野就在門口，三步之外。

讓它欣賞我，我欣賞它。

讓我是男人兼女人，文明並荒野。

——一九九一年六月．選自爾雅版《當風吹過想像的平原》

雪白散記

後院

這個冬天以來下了很多場雪，前院後院都積了厚厚幾層。不同在前院的雪經常掃，清理出一條走道來，通到車庫，到木柵門外。有路，看來便有人爲的跡象，有生機，有文明。後院從來不掃，雪自盡情堆積，骨色森嚴，四周一圈凋盡的槁木，景氣荒寒，迥異前院。前院不止有人早晚來去，還有長青樹的綠意。後院只是自生自滅的沉寂，時間好像停住，沒有昨天，也沒有今天，凍結在現在、此地——永遠的今天，永遠的冬。好像當前院已與匆匆趕向春天，後院仍將封凍在冰雪之中，茫然於時間之外。

前院後院，這樣大的差別。

想吃

寒冬冷極，經常便想到吃。腸胃手足冰涼鬱著天地間的大寒，恍如後院未曾開發的冰雪坐鎮在身體裡、意識裡。冷好像逼出一種原始的飢餓來，於是眼睛熱切地尋找顏色，哪怕只是行人的一頂紅線帽也好。肚裡則是空空一個壑，蠻野地只是要吃。而且不是隨便的吃食，而是大塊帶油的鹹肉，或是一碗濃稠滾燙的湯，或一片三層的奶油蛋糕，最好是顏色深得好像沒法消化的巧克力蛋糕。這種飢餓大約主要來自心理，小部分來自身體眞正的需要。畢竟，食物是身體的炭火。於是平常不太吃肉的我們，最近經常紅燒牛肉，還烤了雞。週末要請客，商量菜單時，甚至提出了烤乳豬——我們從沒烤過乳豬，也不知道在這裡買不買得到乳豬。

提到烤乳豬，蘭姆有一篇散文〈烤乳豬讚〉，談到烤肉的起源，荒誕不經，不知是信也不信。像人類的許多發明，如印刷術、火藥、指南針，都歸功於中國人，蘭姆也引經據典（不知到底是什麼典，文中沒有說），在中國人的智慧成就上，鄭重地又加上烤肉一項。只不過這完全不是研究經營的發明，而純是意外巧合，像發現盤尼西林。簡單地說，故事講一個養豬的中國農家失火，房舍燒光了，九頭乳豬也燒死了。燒過的豬發出異香，吸引他們鼓勇嘗試，因而開創出人類烤肉的文明。原來這對父子一嚐烤豬，發現是生平未有美味，立刻上癮了。於是每隔一段時間就如法炮製，放火燒房子烤豬。房子燒多了引起鄰里疑心，鬧到官府。父子兩人極力描述烤豬的美味，沒人肯相信。直到陪審團的一員試過一口，才證實所言不虛，父子無罪。吃烤肉的事傳開來，於是全國上下，人人競相燒房子烤豬。

蘭姆既未點明典籍出處，這故事大約只是方便假託，笑談的成分多，和中國人不眞扯得上關係。因爲故事裡的中國人太笨，又太大氣魄了。中國人誠然好吃，更顧及現實。爲了吃烤豬而放火燒房子，一而再、再而三，那種呆蠢和任性，不可想像。而且故事裡提到陪審團，這是英國人的玩意，中國官府尚在刑求逼供，還輪不到百姓陪審。認眞說起來，我覺得蘭姆貶了中國人，有傷顏面。他文章裡隱約的優越和嘲弄語氣，讓我敏感得要起來自衛。然而這畢竟只是遊戲文章，所謂「幽默小品」，不宜認眞。

其實典故之外，正文在談烤乳豬的滋味。蘭姆花了幾近一整段形容，可見喜愛的程度。首先是外面一層焦香脆皮，咬進去卻是腴軟嫩肉，既非油脂也非肉，而且兩者之間，如水乳交融，入口即化，尤其被酥脆的皮一托，更是滿口滋潤，人間絕味。

我記得吃過烤乳豬，冷的，既不脆也不香。顯然蘭姆筆下的烤乳豬熱烘烘才出烤爐，而且烤得恰到好處。讀了他的描寫，腹中立刻空虛，想即收拾行李搭機奔紐約中國城。退而求其次，吃吃自己烤的花椒鹽雞也好。不然，光是讀讀談吃的文章，像這篇〈烤乳豬讚〉，或丹尼生的《芭比的盛宴》，或費雪的〈吃的藝術〉，也聊可安慰。再不然，看食譜。我好像在冬天才特別想要翻食譜。有時純粹是過乾癮，有時則身體力行，烤餅乾，烤雞，燉湯，滿屋子香味，不必再飢寒交迫地巴巴想吃，甚至夢見吃。

現在，我極想吃魚，網油蒸的全隻鱸魚。

雪白

最近我才發現，雪也許是天下最白的東西。

我從來不用「雪白」這詞，覺得已經俗濫到失去了它的白。像狠話說多了不狠，髒話用慣了不髒，漂亮的人看久了也不過平常。但是雪的確比任何東西都白，我想不出有什麼比它更白。紙張的白，布料的白，豆腐的白，肌膚的白，糖、鹽、麵粉、太白粉、白雲、白色顏料的白，都比不上。雪的白純正、嚴淨，不容懷疑，不容反駁。它是白的極限，如光是速度的極限。雪的白只能用雪白來形容，此外無以形容。這白絕對到抽象，純粹到接近柏拉圖的理念。好像雪白是白的本質。

也許這是爲什麼一大片雪格外驚人的亮，白亮到逼近物質世界的極限，遁入空明，茫茫一無所有，只有悟——視覺上的悟，全白，全光，全善。其實凡是純粹大片的顏色都有統一、感召的效果，但是只有白，雪白，能達到這樣徹底的收攝、凝定、滌淨。雪色無名，只是最，只是典型。

跡

夜裡新下過雪，吃完早餐我慣例去掃雪。在車庫門外邊上，發現鳥的爪跡。掃雪許多年，這是我第一次看到鳥在雪上留下的蹤跡。總看到的是人的腳印，也有貓、狗、松鼠的，奇怪就是沒看過鳥的。也許是我沒留心。看到這些爪痕，因此十分新奇。便站在那裡看，零散恣意的印子，像字。傳說倉頡見鳥獸跡而造字，確實，足跡不管是人跡、獸跡、鳥跡，在雪地、在泥地、在沙灘，都隱然像敘述，傳達了某種意義。跡，是生命的跡象，也是時間的跡象。前人之跡，正供後人以推敲來龍去脈。我並不推敲是什麼鳥留下這組爪印，只是好玩看那七零八落的筆畫這裡一勾，那裡一捺，走了幾步振翼飛去，毫無用心，也就毫不勉強。那趣味幾乎使我捨不得掃去。想想既已賞玩過，不必這麼著意，便笑著掃去了。

由爪痕不免想到蘇軾的詩：「人生到處知何似，應似飛鴻踏雪泥。泥上偶然留指爪，鴻飛那復計東西。」這詩什麼意思？從意象看，詩的精神豪放。飛鴻遽爾來去，點地留痕。「踏」有鴻鳥倏然落地的重量，然後又挾帶重量驚天飛去的聲勢。我直覺鴻鳥點地即起，並未踏雪疾行。因此想像中的畫面是一雙爪痕，陷得很深，黑色。這樣想下去，則詩的韻律本身雖不快，暗示的意思卻很快，稍縱即逝，充滿鴻鳥獵獵拍翅的動感。因爲快，生命似乎根本快到憑本能或衝動行事，沒有時間多想。換句話說，活著，就是飛鴻來去的刹那動作，一瞬間的完成。我一向的理解，這詩氣味雖然灑脫，本意卻帶著感慨，嘆息人生「只如」留鴻爪，須臾短暫。這時我在詩句裡一再看到鴻鳥沖天而起，將之與人認同，則人生短促的可悲遠不如振起行動的偉壯。這也許是對詩的誤解。而其實不是解，毋寧是詩的視覺效果導出的印象。這詩事實上不是用讀的，而是用看的。像「天山鳥飛絕，萬徑人蹤滅。孤舟蓑笠翁，獨釣寒江雪」，也是用看的。眼觀意會，渺渺地懂了，卻說不清楚，也不宜說，說了便走樣，難以辨認。

總之，聯想起於雪上鳥跡。留跡，大約是人強烈的願望。初雪平整，一大片白鋪過去，令人捨不得打破那完美。然而有另一個對抗的情緒，是踩踏的衝動。於是便走過去了，回身看留下的一行足跡，好像是什麼了不起的成就，很孩子氣地高興笑起來。而其實只是腳印，一腳前一腳後就行了。走下來，便就走出歷史、詩歌和故事來。

——二〇〇〇年七月・選自大田版《剎那之眼》

在浮動的領土上

1

一天你從一個遙遠的地方來到。這遙遠和距離無關，而是認識的問題。在那個稀有的時刻你忽然醒悟：你並不完全在這裡。你在一個修飾過的世界裡，在一片透鏡後面，在其中一角。沒有人能看見全部，了解全部。沒有人能知道眞正的眞實。只有現實。

2

你一個人上街，起初興致很高，一切都光彩逼眞，不容懷疑。忽然情緒下跌，意識打滑，所有東西移了一個方位，在眞幻之間猶豫，好像電影在長焦和短焦間來回，忽而模糊，忽而清晰。

3

你忽然由現實走了出去，又從現實走了回來。你不知道身在哪裡。

現實只是一種看的方法。

我很喜歡一個故事，說一人坐火車，視線集中在遠方丘陵起伏的風景，忽然他看見一隻龐大怪物，有一個很大的頭、一雙有力的翅膀、好幾對長毛的腿，正朝丘陵間的村落爬過去。極為嚇人的景象，其實只是窗戶上的一隻蒼蠅。

4

將近四十年學看。我說的不單純是視覺的看，而是辨別思索的看。什麼是眞實？什麼不是？有邏輯辯證的眞實，關心的是事件之間的關係。有歷史的眞實，關心的是事件本身。有道德的眞實，關心的是事件結果。有政治的眞實，關心的是利害。有藝術的眞實，關心的是美。有科學的眞實，關心的是眞。有宗教的眞實，關心的是善。都是眞實，也都不是眞實。

5

當你開始詰問現實的意義，便進入哲學。哲學是多麼虛飄無用的東西！其實你沒有意思探討哲學，只是有點疑惑，有點好玩。思考是一種眞實，行動也是一種眞實。坐在鋼琴前作曲是眞實，在工地打鋼筋灌水泥也是眞實。小說電影是眞實，面對面說話也是眞實。

6

我的第一個發現是人的愚蠢，然後是人的孤獨。很晚我才認識到，愚蠢和孤獨背後的可悲和尊嚴。在年輕自我尚未成形的時候，鄙視便爲我架起了一個高度，一個據以攻擊的論點。我貶低所有人，句子經常的開頭是：「人以爲自己……其實……」無疑，那些我所看不起的人住在一個低劣的現實，而我在另一個高高在上的現實。我還沒有發現一個簡單的原理：尋找黑暗，人便看到黑暗；尋找醜惡，人便看到醜惡；尋找神，人便看見神。我無知的眼睛看見一切，卻看不見自己通天徹地的盲目。那是年輕的眞實。

7

沒有比越出現實更神奇的事。一晚小箏使性子，把餐桌布拉了下來，披在肩上，有點耀武揚威的意思。B玩笑說他看起來像個國王，立即小箏的臉亮起來，什麼強大神祕的東西進到了他的眼睛，眞的是化腐朽爲神奇。

幾年前一個週末，我們意外看到一場難忘的魔術表演。魔術師是個相貌普通的中年人，穿著平常的衣服，毫不驚人的樣子。

「首先，我要表演給你們看的不是眞的，只是一種障眼法，也就是通過巧手對眼睛的蒙蔽。這你們都知道，譬如，這裡，我有五根繩子，每根長短不一樣，你不能說繩子的一端齊，便說這五根繩子一樣長，你知道這是不可能的。」魔術師一邊說，一邊整理繩子，把它們的一端對齊，掉過來，又對齊另一端，這樣翻來倒去幾次，你看到他手上擺弄的是五根一般長短的繩子。

然後，他說：「我記得小時候看到一個人表演魔術非常精采，使我終生難忘。他從一個罐子裡面抽出兩條手帕，一條黑色，一條白色。他說我現在要做一件不可能的事，我要把黑色的手帕變成白色，白色的手帕變成黑色。他喃喃念了一段咒語，兩手向罐子一揮，然後從罐子裡抽出兩條手帕，一條黑色，一條白色。他說，你看，黑色的變成了白色，白色的變成了黑色。我驚奇得不得了，覺得那魔術師眞是了不起。」他一邊說，一邊從一只黑底白點的馬克杯裡抽出兩條手帕，一條白色，一條黑色。他把手帕分開來給大家看，然後把手帕放回罐裡。當他一邊解釋小時候看那魔術師把黑白手帕變色時，一邊把兩條手帕從罐子裡抽出來，一條黑，一條白。然後他再把手帕塞回罐子，一手虛空朝杯子一抓，杯上的白點不見了，抽出手帕，一條變成了黑底白點，另一條變成了白底黑點。然後他說：「我們都知道，小的東西裝在大的東西裡，而不是倒過來。大的東西裝在小的東西裡，那是不可能的事。現在，我有一粒骰子。」他拿出一隻手掌大的骰子。「這骰子這麼大，我怎麼帶著走呢？你把它裝進一個盒子裡，像這樣。」他抓住骰子上下一分，骰子像空殼一樣打開，從裡面取出另一隻骰子，也上下一分打開，將第一個骰子蓋回去，然後，「你就這樣帶著走。」他將第一個骰子放進第二個骰子裡了。

現實被打破，小的比大的大，長的不比短的長，不可能的變成可能。彷彿被釋放了，躍出一切物理定律，隨心所欲。他接下來又表演了兩三個魔術，都非常精采。我原來根本不想看，以爲是唬小孩的玩意，結果目瞪口呆，因爲被人這樣徹底愚弄而像小孩一樣開心。就好像一本科幻小說裡有棟房子裡面比外面大，也是讓我想到就覺得要笑，有種把現實餵狗吃了的快意。

8

三歲的小箏在畫圖。他畫一個大圈圈，裡面再畫一些小圈圈，然後在圈子上下各加上兩條香腸形的東西，飛機就完成了。他畫臉，也是一個大圈圈，裡面一些小圈圈是眼睛、嘴巴、鼻子，加上兩道眉毛。畫烏龜，還是一個大圈圈，圈上一些扁圈圈是腦袋和腳。他一邊畫一邊解釋，非常清楚他在做什麼。他說這些圈圈是窗戶，這個圈圈是眼睛，另外一個小很多的圈圈也是眼睛，他說這個形狀無法辨認裡面有一道道直線的東西是嘴巴和牙齒。

他的大圈圈和小圈圈，讓我想起那個宇宙是一隻烏龜疊著另一隻烏龜一路疊到底的笑話。

9

小孩和成人不同，因爲認識世界的方式不一樣。對你，世界已經固定在有限的概念裡，內外、大小、長短、高低、先後，也就是空間和時間的概念。對他，一切還在浮動，還在決定。秩序是有的，但很隨意。四不見得小於五，一、二、三之後可以是六、七、八，可以在醒的時候作夢和早上吃晚餐，而數東西時一個東西未必不能數兩遍。內外和方位都很自由，眼睛不必對稱，顏色不必塗在輪廓裡面。他知道他在畫什麼，至於畫出來的東西符不符合現實並不重要。看起來千篇一律的直線和圈圈，但他在嘗試畫具象的東西。只不過最終的目的不是像，而是畫——活動本身便是完成，存在便是意義。他的世界充滿可能，他的現實無關乎存在而關乎想像。

10

現實首先的意義是局限。

說面對現實，說的是面對局限。在想像中許多事實都是可能的，一旦降臨現實就變成了不可能。因此「現實」這詞並非中性，而帶著負面的意義，幾近哲學判斷：現實暗示局限、挫折、失敗和痛苦。

現實的另一個意義，是現實的不現實性。現實對照想像，理論上現實是眞的，想像是假的，現實的東西存在，想像的東西不存在。然而眞假之間並無一定界限，現實的材料不是科學的數據，而是記憶、傳說、神話、習俗、願望和想像。沒有單一客觀的現實，只有多重主觀的現實。人的現實是一組特定環境下的經驗和理解，是內在對外在永遠不停的修正和詮釋。換句話說，現實是眞實通過心靈的三稜鏡的折射。那一定角度的彎曲，正是現實到想像的進入。

11

不同現實比肩疊架，街上來往的是形形色色的現實，可能彼此毫無所知。喜歡爵士樂的居住一個現實，喜歡鄉村歌曲的則占領另一個現實。民主黨和共和黨，國民黨和民進黨，愛貓的和愛狗的，吃麵的和吃飯的，同性戀的和異性戀的，嬉皮和雅痞，男人和女人，大人和小孩，各自棲在自己的現實裡。往往你看一眼，就知道那穿紫色襯衫黃色外套的人，或那走路一搖三擺嘴裡口香糖嚼個不停的人，或那穿戴打扮完美到大義凜然的人，不和你住在同一個現實。他可能住在另一個鄉鎮，或是隔幾條街，甚至在同一條街上，同一棟樓裡，但無異〈桃花源記〉的「雞犬相聞，老死不相往來」，那距離是星球間的距離。把不同的人擺在一起生活，就像把長的、短的、方的、三角形的、圓的、扁的，種種不規則形狀的現實堆起來，跌跌撞撞，老是要倒下來。

12

我在書桌前坐下，開始每天的工作。像螞蟻搬沙子，一個字一個字搬動現實。沒有比創作更孤獨、更脆弱的現實。不像別的工作，許多人共同架起一個現實。而創作者沒有別人支撐，只有憑藉個人的想像建築大廈甚至宇宙。不時這個宇宙便崩塌了，寫的千言萬言沒有針尖一點大的現實。長時間獨居的人也特別有這種崩塌的威脅，沒有其他人幫忙扛著，單憑自己很難維持穩固的現實，岌岌可危，獨白變成夢囈，意識不斷向下滑，到瘋狂的國度。甚至不須獨居，單是有時情緒倏然的起落，也像從一個現實越到另一個現實，彷彿爬過絕頂，旅行了幾千里路。

13

她說算命和前世的事情，那現實離我不能再遠。讓我想起一本有趣的書，英國作家艾得溫·艾柏特(Edwin A. Abbott)在一百多年前出版的《平面國》(Flatland)。平面國顧名思義，只有兩度空間。裡面的百姓是不同的幾何形狀，只能在平面的意義上了解事情。所以一條直線碰到一個圓圈所看到的，全憑他們彼此朝向的角度決定。我們看到直線和圓圈，因爲我們在三度空間裡。他們看到的只是點和線，之外就沒法理解了。有時我和B或小箏或隨便什麼人說話，如雞同鴨講，怎麼都越不過去，那感覺就好像平面國的人和立體國的人溝通。而當我想像一個十度或以上的空間，住在裡面的人可以同時在時間和空間裡穿梭，甚至同時意識到其他時空的一切，像全知全能的神，便覺腦袋腫脹，像平面國的點遇見球，只能看見接觸的那一點，其餘看不見，無法想像，也就等於不存在。

14

現實相互撞擊。當一種現實擊碎另一種現實時，你才意識到原來的現實只是以爲，像泡沫一碰就碎。伽俐略和哥白尼粉碎了歐洲人以人爲宇宙中心的現實，存在主義揭露了生命荒謬的現實，愛因斯坦的相對論改變了時空不可互換的現實，電腦資訊頃刻的傳換加速了時間的現實。人對現實的理解不斷在改變，從一個模式移轉到另一個模式，這是美國哲學家湯瑪士．庫恩(Thomas S. Kuhn)在《科學革命的架構》中提出的「模式轉換」(paradigm shift)。現實在時間中移動，如沙漠裡的沙丘在風裡移動。

15

所以，你站在這裡。

在現實的平原上，在浮動的領土上。

——二〇〇〇年七月·選自大田版《剎那之眼》

劉黎兒作品

散文卷

劉黎兒

台灣基隆人，1956年生。台灣大學歷史系畢業，曾任《中國時報》國會記者，83年赴日，現任《中國時報》駐日特派員。除了政治記者身分外，亦為《新新聞周報》和《時報週刊》等雜誌，《中時副刊》以及《星島日報》專欄，書寫日本現象觀察。著有散文集《東京・迷絲・迷思》、《東京・愛情・物語》、《黎兒流》、《新種美女》等。

思考的女人

日本男人過去認爲日本女人完全沒有思考能力，至少完全沒有抽象能力，雖然承認女人有豐富的感性，但是也僅認爲那是近於直覺的，甚至說女人僅用子宮思考，也說女人其實是不想的，上半身除了乳房之外都是備而不用的，女人的思考是支離破碎的，女人如果開始問一兩句什麼，男人便說「妳想得太多了」，意思是女人想的都是沒用的東西，缺乏系統結構，因此想一點也是多餘的，不過現在日本男人已經不敢這麼想了，因爲除了工作上的表現女人不讓鬚眉之外，女人的情思、心思實在是太多了，說女人不思考的男人一定會遭天譴的。

女人大概現在是思考最多的時代了，過去只有日本男人會自問或是問別人「一輩子就只有妻子便滿足嗎？」，現在這個問題則發生在女人身上，奈美子說「女人現在要思考的課題實在太多了，尤其是談了戀愛，結了婚，又談戀愛，或是想談戀愛」，日本女人尤其不斷會去檢點自己的感情狀態的，女人相信火辣辣的戀愛感情必告終止，但不見得是會消失，相愛的兩人結了婚，燃燒的火焰雖然不在，可是存有炭的形式，寧靜而且安定地持續提供溫馨，也就是從令人心跳、躍動的愛情轉型爲一種執著、依戀、溫情，與刺激相距甚遠，因此又會有戀愛的需要，女人都說「我有戀愛的預感」，但是卻又有婚姻的制約，所以需要思考的問題多了；人是很不可思議的，在某種束縛中拚命想要自由，一旦眞的獲得解放到自由之中，或許反而不知如何是好呢！

女人思考的問題，男人看來都很無謂，但對女人而言是很重要的，女人最常想的是「對他而言，究竟自己算什麼」，即使是普通的戀愛，也都是最惱人的問題，如果是不倫之戀則問題更多，像是兩人是否要發生肉體關係？發生肉體關係之後，友情是否便不存在？過去日本人認爲男女有肉體需求上的差異，女人常會有「他是不是只想要我的身體？」的不安，乃至被害意識，擔心男人是「因爲想做愛，所以想見面」，尤其是剛戀愛的女孩，都會爲性的理想與現實而不知何去何從，但是現在日本女人已經逐漸擺脫這窠臼，「想見面」與「想做愛」並行已經理所當然，女人不會覺得是「被做愛」，不再只當自己是毫無主體性的受詞，也不再拿做愛當作確認愛情的一種手段，做愛已經慢慢變成一種獨立的行爲，不是做了愛，便讓愛情升格了，但是雖說如此，女人也有能將性與愛完全分割以及無法分割的人，無法分割釐清的人還是居多數，因此大部分女人的內心還是有一架製造不安的機器，爲了肉體關係而迷惘。

日本已故的風流女作家宇野千代說「對女人而言，去愛人，以及無論如何想與對方做一次愛，完全是兩回事」，我雖然不認爲如此，我是還相信性愛有加深、確認愛情功能的老派，但也認爲性愛除了物理作用之外，也和愛情一樣，有化學作用，不同的物質接觸，會發生反應，變成其他的物質，接觸愈多，變化就會愈多，或許有些變化是自己以及男人招架不住的，對於已婚的男女，這種遲疑更多，我心儀的男人說「就算物理上成功了，又怎麼樣？兩人可能回不到原來美好的境界；但是失敗了，怎麼辦？兩人都是大人，都不是小孩了」，當大人有時是很無奈、很悲哀的，所以我是拒絕當大人的；隨著年齡的增長，女人心中「應該如此做」、「不這樣不行」的制約愈來愈少，本能的慾望這時才開始成熟，想要跨越柵欄，但是與此同時，出現了「不一定得做」的選擇，所以心靈無須受身體擺佈，女人也不一定要拘泥於「愛情」、「性愛」、「友情」等字眼了，流行的雖然是「做愛不一定要戀愛」，反過來說「戀愛不一定要做愛」，奈美子說「現在年輕小朋友的觀念，或許是很好的啓示呢！」不執著於性愛的執著，或許是女人思考的結果呢！

不過這也是不通的，世間的不倫是以肉體關係爲前提而成立的，如果堅守最後一線的義理，就不算是不倫？不算是背叛原本的夫婦關係？但是兩人之間的確存在夫婦的牽絆中已經淡化的男女的心靈關係，不過這不稱之爲不倫；雖然女人意識到丈夫存在的這一個輕輕的束縛，同時內心也想著自己是自由的，這是現在女人的一種思考模式；女人也已經慢慢看穿形式的虛假，即使男人說「如果我離婚，妳會跟我嗎？」，大部分的女人都會猶豫，認爲這是男人的一種口頭的諂媚；現代的日本女人顯然和以前很不相同，不一定希望男人離婚，除了因爲自己所愛的男人「不巧」是已婚的之外，女人發現當妻子的好處太少了，把妻子當女人看的男人畢竟不多，當肉體或是精神上的情婦，或許反而還有一些比較確實的東西聯繫著，日本女人說「他和妻子的關係很不可思議呢！」語調中有些同情，但是也聽得出些許的優越感，這是身爲情婦的女人逆轉式思考的結果，或許也是一種妥協後的自我適應吧！

奈美子說「男人的歸處不是自己的房間反而好，兩人在一起太多，有太多的日常，便會失去緊張感」，所以奈美子從來也不讓對方看到自己邋遢的模樣，即使兩人不見得會有肉體關係，但是奈美子永遠注意自己的小褲！或許眞的要有點緊張感，愛情的太陽才不會失去四周的光環呢！但是對所愛的人，誰都會想要能知道更多，日常也是很重要的一部份，我常會爲心儀男人的舉手投足如繫鞋帶、洗臉等而興奮，奈美子笑我傻，說「眞的讓妳好好看一天，妳大概就一點感覺都沒有了！」是的，我大概會停止思考吧！

——原載二〇〇二年一月《中國時報》人間副刊

旅行的迷思

前幾天到伊豆半島的伊東溫泉去住了一晚，大概是愈來愈忙碌，所以最近幾年的外出幾乎都僅想起到離東京較近的伊豆，尤其是去年秋天在伊豆長岡住了廿幾天，到伊豆，已經多少不覺得自己是異鄉人，讓我對旅行的想法有所改變，原本我覺得旅行一定是遮斷日常生活，與煩瑣的例行的世界的隔絕，但是如果是去像溫泉旅館等停留下來，便會感覺自己也是在生活，或許會發出生活在古老時代的旅情，旅行不但是邂逅，不但是尋求新奇事物或是新的自己，更是恢復到一個更爲接近自然的自己的方式，旅行原本是休閒，或許休閒才是人原本的模樣。

伊豆半島的溫泉旅館都非常秀逸，其實並不容易感受到古老時代，設備與服務都是極盡雅致之能事，高明地排除庸俗的累贅，每個旅館都有太多的故事，或是可以製造無數的新的故事，正如對中年男人的雜誌上的廣告所寫的「讓心愛的女人的期待充分膨脹的山間名宿」，月子說「大概現代中年男人該膨脹的不膨脹，才會借重名旅館的力量，來帶給女人感動」，我去的時候，雖然日期上還是櫻花季節，但是今年太熱，新綠已經冒出來了，旅館的女將貼心地說「不巧，櫻花已經謝了，只有偶爾可見的八重櫻還開著，不過今天上午鶯鳥啼叫了」，月子說「她說的話，也是收費的」，名旅館的眞正的價値在此，而且旅館雖然是和風的薈萃，但是播放的鋼琴或是大提琴名曲，有其獨特的美感；望海的露天溫泉上，女將撒了許多蘭花，果然讓女人感動，現在的日本旅館如果不討好女人是不行的；晚餐似乎像是將季節本身剛從山上摘下來、從海裡打撈上來般，一道一道地上，不會發生料理冷掉而掃興的悲劇；早上醒來，床間裝飾的山茶花正好開花，令人懷疑旅館甚至花開的時機都精心計算好了，但是連花都像是歡迎自己的停留，不免心動。

同樣的兩個字的「旅行」，內容、意圖是有形形色色的，男人希望自己一晚付出十萬日圓（一宿二餐每人爲五萬日圓起）能讓女人打從心裡覺得「眞的帶我到一個好地方！讓我嘗了人間的奢侈爲何物！」名旅館所提供的高級的安心感，好像是讓女人看到自己的另一面，對於旅館要求與自己重疊效果，的確，對女人而言，男人是一面窗，打開一個世界，當然這也是兩人確認彼此、爭取獨處的一段濃稠、祕密時空的關鍵的情節，所以近年來日本男女對於旅館的賞味愈來愈嚴格，如果旅館沒有自己的特色，很容易讓女人覺得不過是「中庸」，那似乎連映在眼裡的男人也都跟著平凡起來，所以男人如何去選擇有魅力的旅館已經變成重要的涵養之一；女人如果說「希望夏天能再來訪一次，想看看屆時庭園的景色變化」，那男人就成功了，這大概不會是一季或是一次旅行便告結束的戀情吧！

名旅館的無瑕疵的表現或許是非日常的，不過我發現要眞正離開日常已經愈來愈不容易了，除了一出旅館不遠，便有讓我都會記憶復甦的便利商店，然後我沒關機的手機，也讓我隨時遭喚回到日常的現實中，在女將恭敬接待我的同時，我也聽著手機對著看不見的說話對方點頭道謝，何者爲實、爲虛，已經有點弄不清楚了；旅行本身雖然時時刻刻會去發現一些看慣的東西的新的姿態，不過人很快地又會與將這些發現作有機的結合，經過意識的活動，會產生出一段新的具體的時間來，雖然是和日常無關，但是其實並非在與日常全然無關的地方織成的；尤其是女人，有很強的築巢的本能，旅行出門帶的道具非常多，不論到哪裡都很快便會建立一個與日常近似的便利的空間，像月子在旅館裡梳洗、化妝道具的擺置等，都與在家裡沒兩樣呢！日常原來是一直跟著女人走的，想擺脫也擺脫不了的。

和高級的旅館比起來，比較傳統的老的溫泉區的湯治場，則比較接近自然的生活的，因爲與名觀光區日新月異的進步無緣，所以反而令人有另一種好感，是比較無邪的，因爲沒有精緻的餐飲，沒有洗鍊的家具或是借景造園，所以更讓人放鬆，不必撐起排場，不必擔心自己錯過什麼，只是將自己解放給自然而已；我在鄉下的家的附近，也就是那些溫泉群的深處便有相當有名的古老的湯治場，幾十年，或是更長的歲月裡都不在觀光行程裡，觀光行程大抵是很人工的，像是機器運輸帶般，一旦搭上了便往往無法下車，然後也無法去這些觀光巴士不到的地方；我以前去的北溫泉，或是搭纜車登山後還要走卅分鐘的三斗小屋溫泉等，過去是祕境狂的獨樂的世界，不過最近聽說連年輕女孩也因爲泉質的吸引而很大方地在這些男女混浴的露天溫泉泡湯；向北溫泉是江戶中期的元祿時代便有的湯治場，建築物本身白骨化，顯示了歷史，而且當地的露天風呂是裸裎在宿處的前面，等於是開放的溫泉泳池，也顯示主人不想用非自然的神經去圍住它，畫地設限的想法在此地是不存在的，接溫泉的管子長年一直都用栗木的，而非鉛管，收費也很便宜，主客都不用神經去計算，這是以前人住宿、旅行的智慧，從生活中不勉強的程度便可以到這種湯治場，療治自己的經年疼痛，或是讓家人在露天風呂玩，肉體是最爲接近自然的，然後才眞正有洗心的效果；旅行有時只是忘卻疲勞，令人歎爲觀止的風景與安排有時也挺累人的。

旅行雖說基本上還是讓人因風景開眼的良機，不過近年來因爲日本旅遊指南的發達，我又是這種指南的蒐集狂，我常常在去旅行之前便已經對當地研究得十分透徹，結果在對旅行目的地的風光文物不停地期待與想像的過程，對我而言，往往實際上旅行等於已經結束了，旅行的誘惑，其實是去敲開想像世界的門的聲音，有時會覺得實際上的旅行變成加在想像之旅的蛇足，隨著身體的移動，反而有無盡的幻滅之感，所以夢遊有時不見得是好事；然後我又染上日本人的毛病，到一處地方，忙著用肉眼與相機鏡頭交錯地看風景，也會興起懷疑自己不過是來印證指南無誤的愚蠢；雖然如此，旅行還是難以捨棄的怪玩意。

——原載二〇〇二年四月《中國時報》人間副刊

櫻花絕景

連續幾天，一到中午左右，突然吹起疾風，甚至連眼睛都睜不開，這是春風，春風會有土地的香氣，吹一陣後便安定下來，然後再吹，又更爲強烈些，日本三月是青芽劃破寒土季節，陰曆稱之爲「彌生」，也就是萬物終告萌生的意思，整個冬天一直緊縮的身、心都開始伸展而獲得解放，可以實感生命的更新，小時候記的「春風吹又生」，我是到了四季分明的日本才眞正體驗到，春天眞的是充滿新生之喜悅的季節，不過月子說「妳會開始去感傷季節，其實不是場所，而是年齡！」我不想承認，但是暗自想或許眞的如此，青春時期，誰會爲了櫻花、紅葉而醉呢？其實講究美食美酒亦何嘗不是如此，比起醉意，我寧可抖擻精神，期待這個邂逅季節所帶來的無限的可能性。

颳起強風，然後如紙片、雪花般的東西飄來，不用揉眼睛，也知道這是櫻花瓣，附近的商店街從一週前便已經開始爲了櫻花節而準備；今年的櫻花比往年早開，幾乎是創新紀錄，許多環保專家都很憂心，因爲這也是地球溫暖化的象徵，不但春天來得早，連夏天也會很熱的；我聽到花開是三月十六日，然後一下子便從開二分，變成開五分，幸而這幾天突然又冷起來，開五分的狀態因此得以暫時維持，自然像是一個大冷藏庫般，把半開的櫻花全部都冰起來，眞的是春寒料峭，原本已經打算收起來的大衣、毛衣又再度活躍起來，夜裡去探視外地來的朋友時，看見新宿車站標示著現在是攝氏九度，所以相信自己的溫度感覺並未抓狂，日本各地有許多指標，讓人不斷去依賴這些數字，一旦成性後，看到壞掉的時鐘或是溫度計會很不安的，這樣想來，以前的藝妓是將冰冷的手伸到客人的脖子裡撒嬌，來用客人的身體確認溫度，實在是很性感的動作，或許有溫差的動物才會彼此吸引吧！

如果不是突然冷起來，否則一陣春雨，盛開的櫻花便會全黏在地面；因爲櫻花花期非常短，從所謂「初花」開始到花謝僅有十天左右，常常才聽說櫻花盛開，留意一看，便已經散落一地，還好今年雖然開花得早，但花期會多延幾天，否則每年總覺得春天來去匆匆；在櫻花開了以後，還會有下雪的可能，我來日本廿年，遭遇一次，如果地球再如此發燒，或許以後也不會有這種眞正的「花吹雪」，花吹雪，便就是花瓣如雪飄吧！

櫻花比起花期有一個月的梅花來說實在是太短了，所以日本自古便已經知道櫻花的可貴，花開的每一天的食衣住行都轉換成與櫻花有關而加以吟詠，有「朝櫻」、「夕櫻」、「夜櫻」等，因爲一天中時間的經過而帶來的風情的變化以及微妙的情思也藉著櫻花來表現，而現代的日本人則也會說「櫻心」、「櫻力」等，那是因爲在盛開的櫻樹下，會感受到櫻花費了一年的時間而怒放的心情與喜悅，櫻花絕對不是孤芳自賞型的花，一開便是成片成山地開，而且是一口氣地開，同時地開，所以也令人能感染到櫻花的鬧意與生命力，會發出同爲生物的哀怨的共鳴。

櫻花是告春的花，也是最會表現春天的花，所以在谷崎潤一郎的〈細雪〉中去問女人百花之中的最愛，女人說是「櫻花」，問食物中之最愛，則說是「鯛魚」，這其實是日本人平均的感覺，櫻花是花王，鯛魚是魚王，因此歌頌櫻花、鯛魚的名詩秀句非常多，日本的詩人、俳人因為創作的主題很受季節的約束，所以至今依然不斷地在吟詠櫻花，只是都是藉櫻花託情寄思，因為櫻花從來不曾默默地來去，每年都是很轟轟烈烈地，因此人們往往會將櫻花與記憶聯繫在一起，但是這是人們的任性，櫻花本身是不會有什麼追思的，因為櫻花未曾擁有一個分離到足以追思的自己，櫻花其實像是全心全意陷入戀愛激情的女人，因為連靈魂都付出去了，所以繁殖子女的餘裕都闕如，不知道為什麼，櫻花是不會像梅花以及杏花般結實的，櫻花本身便是一種生命的昂揚，是燃燒本身，或許櫻花從其他的花來看是一種青春的徒然，枉費開花一場，但是櫻花對此一點也不計較，這是櫻花的宿命。

櫻花因為開放得十分絢爛，所以一株毅然的櫻花能欣賞，一片花香薰人的櫻園也不錯，綿延不斷的櫻林大道別有風味，可以一次僅看一株，但是像在奈良吉野山則是一次便將千株櫻盡收眼裡；我看過許多染成粉紅的「櫻花絕景」，像是如粉色絨毯般的京都哲學之道，不過花季總是擁擠不堪，無法效法京都大學的哲學家西田幾太郎的沉思，難以想像「哲學之道」便是因為西田的漫步而來；或是有舞孃、藝妓穿梭的祇園白川的櫻花，因為有風情萬種的茶屋襯托，有別處所無法感受的花街的妖豔，晝夜的櫻花更是有兩種完全不同的表情；或是圓山的垂枝櫻、嵐山渡月橋邊的山櫻；賞櫻季節的嵐山的春天對京都人而言是非常珍貴的時期，因為在櫻花盛開時有所謂「十三詣」，滿十三歲時便要到渡月橋的另一端的法輪寺去參拜，渡過渡月橋時不能回首，如果回頭的話，則神賜的智慧便如數奉還，為了賜給十三歲男女福德、智慧等，常有一些祭典，想來以前的人很早熟的，十三歲已經算接近成人了，便已經有獨立的心思了；據說去嵐山賞櫻的情侶終將分手，現代人或許反用此一教誨，想分手的話，便去嵐山賞櫻吧！

不過基本上櫻花季節是邂逅的季節，不像紅葉的季節是清算分手的季節，女人藉著櫻花的力量，讓自己的表情解凍、豐富化，散發出吸引人的魅力，或許這是春情吧！我最愛的櫻花絕景，其實不是我肉眼看到的，而是大導演市川崑在電影的「細雪」中重現的蒔岡加的四姐妹和二姊夫一起去平安神宮賞櫻的鏡頭，櫻花和和服是非常搭配的，對於穿和服的人，櫻花是比金屏風更要奢侈的背景，然後美女與櫻花也是最為相稱的，那樣的絕佳的景色已經美到讓人永不出競爭心或是嫉妒心，只有歎為觀止而已！花下的美女的表情、舉止格外生動，像是因為櫻花而換了另外一套的自己般，女人是很容易受感染的，但願今年我也能感染到櫻花的神氣，變成自己所愛或是心儀的男人所愛的自己！

——原載二〇〇二年四月《中國時報》人間副刊

焦桐作品

散文卷

焦　桐

本名葉振富，高雄市人，1956年生。曾任職媒體，現任教職。著有散文集《我邂逅了一條毛毛蟲》、《最後的圓舞場》、《在世界的邊緣》等，並編有散文、小說各類文選，著有詩集、論述十餘種及童話等。

論詩人

1

下午，我坐在案前讀書，聽見社區的兒童遊戲場傳來一個逐漸清楚的男童高聲朗誦：「看哪！天是藍的，海也是藍的。」我感到驚訝，開窗找尋聲音的來源，想確定是那個小詩人在練習詩句，一個女童的聲音淡入：「海邊有細細的白沙，我們用白沙堆城堡。海邊有亮亮的貝殼，我們用貝殼做城牆。」

我被歌頌大海的小詩人感染。在午後沉悶的公寓裡，嚮往海邊戲水的心情忽然就澎湃起來。

中國傳統的知識分子幾乎都是詩人，一生或多或少總作過詩，遇到紅粉知己會藉詩傳情，英雄相惜、意氣風發要釃酒賦詩，窮途末路時得詠詩抒懷。風氣所及，不管是採蓮摘桑、丈夫移情別戀，或看到雨打芭蕉、聽到杜鵑夜啼總會濡筆詠嘆，甚至成爲階下囚也不忘題壁幾行。難怪林語堂會認爲中國的詩已經代替了宗教任務，說宗教之於中國人只不過是裝飾的點綴，遮蓋人生的疾病與死亡；而詩，卻給予中國人宗教的靈感與活躍的情愫。

可惜詩人只是「人」，不像評論家、哲學家、小說家、演說家、政治家、畫家……等等這個家那個家，不像各行各業可以輕易成家，自然天生比較歹命，在世時往往得不到了解和票房，作古之後才忽然被許多慧眼獨具的人發現。這世界，詩人大約都曾夢回唐代。

自古以來，詩人飽嘗的奚落、嘲諷似乎是一種原罪，忍受到今天，窘境未嘗稍加改善。柏拉圖在《理想國》第十卷中揭發詩人的罪狀，說一切詩人只是摹仿者，專門欺哄小孩子和愚笨的人，「摹仿只是一種幻術之類的玩藝，談不上什麼正經事。」「我們要拒絕他進到一個政治修明的國家來，因爲他培養發育人性中低劣的部分，摧殘理性的部分。」指責詩人種下惡因，專門逢迎人心的無理性部分，饜足人的感傷癖、哀憐癖，斷言「除掉頌揚神的和讚美好人的詩歌以外，不准一切詩歌闖入國境。」中世紀的經院哲學家更責備詩是「魔鬼的藥酒」，是一種誘餌，導引人心去幻想。

尼采透過查拉圖斯特拉，指責詩人太愛說謊，愛說謊的原因是對一切懂得太少，而且拙於學習；因爲懂得太少，所以打從心底喜歡懵懂。「唉，我是多麼厭倦詩人！」查拉圖斯特拉覺得詩人從來不曾深思過，都是十分膚淺的小水池，爲避免讓人一眼看穿，詩人們遂將自己的水攪濁，大家在混水裡摸魚，說他們身上往往只有鹹稠的粘液，不見心靈。

2

近來詩壇流行「演詩」之風，詩人似乎有從書房走向舞台的傾向。詩人的頭殼裡也許裝滿了美妙的音樂，但他的嗓音不見得悅耳，儀態也通常不甚優雅，不很適合跟歌星一樣站在聚光燈下表演。

我剛進大學的時候，面對各種熱鬧的社團招生，毅然選擇最冷門的詩社，後來才知道這個詩社並不鼓勵創作，大家在乎的是詩歌朗誦，熱中於參加一年一度的「大專詩歌朗誦比賽」。我第一次參加例行活動，即難以適應他們以道士招魂的音調，配合手勢和表情，唱著激昂悲憤的反共戰鬥詩；然則來不及奪門逃跑已被負責訓練新生的京片子社長逮住，京片子社長有意矯正我的發音，遞來一首短詩，堅持要我站起來，使用那種比肥皀劇更誇張的表情和聲音，朗誦給大家聽——

岡上的轟（風）
岡上的蟻（雨）
岡上燦燦然騷（燒）了一整季的杜奸（鵑）花

我的台灣國語提供社員們持續的哄堂笑聲，自尊卻也使我的雙腳從此不敢再踏進詩社。柏拉圖在《伊安篇》中假藉他的老師蘇格拉底之口與伊安對話，說要幹朗誦詩人這一行業「就得穿漂亮衣服，盡量打扮得漂亮。」強調詩人作詩全靠靈感，高明的詩人如荷馬，創作優美的詩不是靠技藝，而是因爲有神力憑附著，依神的驅遣，才得到靈感。他說詩人「不得到靈感，不失去平常理智而陷入迷狂，就沒有能力創造，就不能作詩或代神說話。」我認識的詩人中有的作詩就無暇思考，靠泉湧不止的靈感，日寫千行，彷彿眞的被神驅遣。歌德也說拜倫作詩像女人生孩子，「用不著思想，也不知怎樣就生下來了。」

3

我常覺得詩人是神偷，其成就往往取決於偷竊的道行。如同普羅米修斯盜竊了天上的火種，詩人肯定是偷了某種神祕的聲音，才會被貶至凡間，受盡屈辱。

詩人的聽覺神經特別發達。查拉圖斯特拉說，不學無術的詩人相信：只要伸長耳朵躺在草地或斜坡上，就可以學到天地間的些許事物；倘若詩人感受到些許溫柔，就會以爲大自然也愛上了他，並在他耳畔綿綿低語。這使我想起夏卡爾(Marc Chagall 1887-1985)畫筆下〈躺臥的詩人〉，那樣耽於孤寂和夢想——淡紫色的天空俯瞰松樹、農舍和草地，馬和豬各自覓食，月亮隱匿在森林深處，詩人平躺在青草地上，雙手交叉於胸前，孤獨而滿足地，沉入深邃的幻想裡。

也許靠的就是這種心靈的聽覺，我們才會被詩人弄得神魂顚倒。

詩人容或近視，眼光所及，卻可以透視星空，直達我們隱秘的觀念和夢想。人人都可以登高窺月，「偶開天眼覰紅塵，可憐身是眼中人。」只有詩人才看得到。

別以爲詩人的特異功能有多麼了不起。詩人像李白這樣驃悍又充滿自信的並不多，米蘭・昆德拉一口咬定抒情詩人都產生在女人主政的家庭，他們一生都在自己臉上尋找男子漢的標誌。我的詩人朋友多有一種不安的特質，比普通人容易臉紅，遇到女孩直視的目光就會心律不整，一場雨、一朵花都足以搖撼他們。

也許是敏感易摧的神經系統，給生活帶來痛苦，導致非邏輯的思維。

天地間許多事只有詩人會夢得到，尤其是白雲之上的仙境。詩人可能比較容易孤芳自賞，難怪佛洛伊德將詩創作等同於白日夢。詩人通過化妝和隱晦，來降低暴露白日夢的私密。

幸福的人不會幻想，現實生活中不能達成的願望，是驅使詩人幻想的動力，每一個幻想都是一個願望的滿足，都是對缺憾的一種矯正。

這種異常的心理架構，很容易導致社會行爲失調、焦慮、自戀、缺乏責任感。可能是童稚、自戀性格的發育不全，我和我所結識的詩人，或輕或重，多是心理學上所謂「小飛俠併發症」患者，像被寵壞的孩子，雖然並非滿口乳牙，不甘願長大的性格像極了彼得・潘，和中國的哪吒、孫悟空。

「將來千萬別嫁給詩人」太太在中文系念書時，她的老師史紫忱知道我既寫詩，又學戲劇後，曾面色凝肅地規勸她，另外再找高尚一點的男朋友，「何況，焦桐又不是向陽。」

大概史老師的心目中，向陽是唯一有能力養活老婆的詩人。我明白他關照學生之殷切。嫁給一個詩人已經夠倒楣了，若還得妻兼母職，照顧一個長不大的小飛俠，豈非人間煉獄？

4

世人多以爲恨詩，其實常常不察覺自己偶爾是個詩人，善於玩弄詩的技巧，政客語多雙關的發言如此，商業廣告亦然。我常驚訝社會上廣泛運用著詩藝，特別是政治圖騰，旗幟、徽章、標語、教條，各種看似平常的動物或花卉，都可能變成強力的象徵符號，激發希望，叫信徒狂熱，叫信徒慷慨犧牲。鍾嶸強調詩的社會教化功能，可以「動天地，泣鬼神」，威力可謂驚人。

幹詩人要有巨大的勇氣。詩集是票房毒藥，路人皆知，堆滿倉庫的滯銷詩集，不斷要支付租金、耗蝕成本，最經濟的辦法竟是，送進碎紙機當做廢紙處理掉。票房使出版商在出版詩集時有著從事慈善事業的光環，使詩人有被救濟的幸福感。缺乏知名度的青年詩人，期待出版詩集，無異期待一記耳光。我雖不乏搞出版的朋友，卻覺得開口請對方出版詩集，簡直是謀害。

在富裕的社會，要求人安貧樂道實在不近人情，但「詩窮而後工」，抑鬱固然有礙健康，貧困孤獨卻常常成就一個詩人。歷史上像王梵志這樣活潑快樂的詩人十分罕見，憂鬱孤寂似乎才是他們共通的氣質。

詩人是適合寂寞的。詩人最缺乏的，恐怕也是寂寞。在台灣社會，詩人所組成的社團自成一個擬國度，彼此之間，紛爭不斷，情況很像金庸的武俠世界。各個詩社給我的感覺跟少林、武當、峨嵋、崆峒……等派相彷彿，大家各據山頭，壁壘分明，頗有爭奪「武林盟主」的態勢。雖然一切的是非只能是「茶杯裡的風波」。

可能很多人覺得，這世界少了詩人會安靜些。

現實世界中，詩人的窘狀略如波特萊爾筆下的信天翁，這種大海鳥本是雲霄的君王，「來往於暴風雨中且嗤笑弓手」，一旦流落在充滿叫罵的地上，那巨大羽翼不但妨礙行動，也使牠顯得滑稽萎弱，被水手們玩弄取樂。

詩人最難堪的不是遭商品市場遺棄；而是被蠢人嘲弄。蠢人加上權勢，剛好可以形成烏雲，烏雲流行，總是遮掩星空；然則烏雲得到暫時的演出，卻無損星空的燦爛。

高瞻遠矚的詩人不會汲汲於登台表演，他可以在烏雲的幕後保持寂寞，在黑暗而高遠的蒼穹發光發亮。詩人應該減少做人情，打知名度，應酬只會傷害創作生命，他應該增加孤獨的時間，平靜面對自己，聆聽在熱鬧中聽不見的聲音，那來自心靈與智慧深處的迴響。詩人最大的美德是作好詩，不必急著當理論家，吹捧自己的作品，也不必當編年史家，趕緊把自己編進文學史裡。

5

我不想諂諛當代詩人，也不願被人拍馬屁，這種行爲雖然很流行，卻無法使詩人們更有作爲，我們太需要諍言了，雖然說謊比誠實更容易，恭維比批評更舒服。

近年來，我有機會多次評審校園文學獎，發覺參賽的詩稿絕大部分呈現貧血的內容，我驚訝的不是作品的生澀，而是詩人對詩的完全陌生。此間的文藝刊物每天都可見詩作發表，我懷疑這些嘗試寫詩的青年是從來不讀詩的，他們的作品讀起來好像是電視上一天到晚在播放的流行歌詞，有些則是放心大膽地抄襲流行歌詞。

雖然詩缺乏市場效益，此間詩人密度之高和產量之巨，令人驚異。有的年輕詩人一年的詩產量，輕易可以超越盛唐大詩人一輩子詩作的總和。然則大部分人寫詩還停留在學習拼字遊戲的階段，他們相信作品的生產不是通過努力追索，而是亂七八糟閃過腦海的東西，因此表現出來的極致是機巧，是一些也許有趣的排列組合，提供生活無聊的人消遣解悶；但進入資訊時代，這種遊戲已經落伍，我們用不斷翻新的電腦軟體，可以玩出更多花樣。至於達不到拼字機巧者，其作品讀起來跟靈媒作法事相彷彿，通常是喃喃自語，提供缺乏自信或智障者一種精神官能的滿足，不能說完全沒有效果。可惜這些詩人大部分作品多像是隨地吐痰，是一種不好分類處理的垃圾，徒然浪費紙漿，破壞人文生態。

於是人們也許要說，他只有在吃下瀉藥時才作得出詩。

我們亟需培養審美能力，和開闊的視野；但詩搞到只會故弄玄虛，既無法引起聯想，又缺乏美感，問題一定出在作者的表現手腕，即語言組織有了傳遞的障礙。知識過分淵博的大詩人作起詩來往往無一字無來歷，身爲讀者努力讀書當然還不夠，得勞駕注詩家來指引這一行出自何事，那一行出自何書，句句典故，步步驚險，稍微不慎就會遇伏，全詩觸礁。李善注《文選》即偏重查考典故，忽略疏通文義，正是患了「釋事忘義」的毛病。

既然要讀詩，爲什麼不挑可口一點的？詩人的本領不在設計韻腳、安排節奏，或堆砌華麗的辭藻；詩人的功力表現在山窮水盡的平凡事物中，開拓出柳暗花明的景色。

我相信只有好詩人才可能寫得出好詩，讀好詩是一種高尚的心智活動。因爲眞正的好詩能夠讓讀者踮起腳尖，窺探到智慧的風景，值得我們用最清醒的時刻去仔細研讀、吟誦。

6

很多人年輕時都作過詩，那是蠢蠢欲動的初春，阿波羅的七絃琴譜出的主題。

小說編織情節；戲劇鋪排意志與環境的衝突；詩，尤其是抒情詩，則著重情感。情爲心聲，在宇宙萬物面前，他是一個情人，不是挖掘事實的偵探，不是針砭時弊的大夫。只有愛能夠接近詩。就某種現象觀察，詩人有特異的生理構造和官能感受，這種感受可能是與生俱來的。陷入情網的男女，隨便遇見一張落葉，吹到一陣微風，或照著了一片月色，都會有感觸，很容易就在心中飄起繽紛的花雨。徐志摩從來不曾想當詩人，到英國留學時結識了林徽音，愛情的追求和失望，使他變成一個詩人。

情人和詩人的距離最短。沒寫過一帙情詩的詩人是值得憐憫的；一場沒有互贈情詩衝動的戀愛，顯得多麼乏味。刻骨相思不藉分行抒寫，難道還有更好的辦法向對方傾訴？

有出息的詩人不會讓青春的熱情枯竭。思想這引擎，會隨著知識和閱歷的增加益趨複雜、精密，當它高速運轉時，最需要的能量是充沛的感情。林語堂說：「詩是思想染上情感的色彩。一首引人入勝的好詩，就等於是一種祈禱。」只有深情能美化生命，感動理性。支撐李白雄偉的浪漫精神，是激昂的情感；杜甫的傑作，多完成於安祿山事變後，他的成熟，表現於對人間無微不至的摯愛。

偉大的詩人恐怕都因爲他們像個人樣。我心目中的詩人不一定要像盧延讓那般苦吟，卻必須是一個嚴肅的藝術家，用功讀書，仔細寫作。

從荷馬開始，詩人就是美好藝術的象徵。我想起許許多多的名字：屈原、陶淵明、李白、杜甫、白居易、蘇東坡……他們給人一種珍貴的價值感，我工整地書寫這些名字時，總是帶著虔敬的心情。

——原載一九九〇年四月一日《時代文學》周刊

論飢餓

學生們在廣場上靜坐抗爭那幾天，我下班後都會去。那是深夜，我脫離中山南路擁擠的車陣，困難地，勉強將車停妥，迎面湧來的是節慶的氣氛。廣場上都是人，國家劇院和音樂廳外面燈火輝煌，學生靜坐區周圍聚集的數百攤小販也亮著燈，這攤販除了少數賣圖書、雜誌、錄影帶，大部分爲滿足口腹之慾的飲食攤，包括烤玉米、香腸、糯米腸、炸花枝、甜不辣、雞屁股，和肉粽、壽司、蔥油餅、果汁、青草茶……油煙和吆喝瀰漫在廟會般的廣場上，熱鬧滾滾。一切彷彿鄉村酬神做醮的野臺戲，戲棚上疲倦的演員賣力在演出；戲棚下賣棉花糖、李仔糖的小販好像吸引了更多不專心看戲的顧客。

天氣有點寒冷，很想也買一條「民主香腸」來充飢解饞。我引頸望向國家劇院，知道廊沿下有數十個學生在絕食；當我想像這些飢火燒腸的絕食學生，道德感壓迫著羞愧心。廣場上有風，食物的氣味和嘈雜的人聲飄來浮去。他們以熱情禦寒，忍受一寸寸逼迫的飢餓，在充滿嘲諷滋味的燒烤油煙中，忍受食慾的侵襲、折磨。

特別在一個過度饜足、虛胖的社會，飢餓，很能代表一種憤怒，一種情操。數十名學生的絕食，立刻升高了溫和的靜坐抗爭。

飢餓也能夠是一種力量。

當年甘地為抗議英國政府歧視印度人民，再三進行絕食鬥爭。這是非暴力者糾正社會不公不義所採取的手段。「絕食乃是消極抵抗者用以替代其本人或對方刀劍的最後武器」，聖雄甘地強調：絕食是一種自潔的歷程。他日薄西山時，眼見甫獨立的印度各教派間的流血衝突愈演愈烈，乃斷然決定進行無限期絕食，以期喚醒被仇恨控制的印度人，他說：「純潔的絕食是一種義務，它的本身就是報酬。我並不打算為了可能帶來的結果而絕食。我這樣作，因為我必得作。所以，我盼望每一個人都不要動情感來分析我的動機，讓我死，如我必需，安靜地死，如我所望。死亡對我是一種光榮的解脫，比我眼看著印度敗亡，眼看著印度教、回教、錫克教淪喪為……願我的絕食喚醒大家而不是使大家麻木。你們只要想一個根本問題，即在這可愛的印度，有她的一個卑微的兒女，夠堅強，夠純潔，採取了這種愉快的步驟。」

飢餓而能夠愉快，委實是靠近超凡入聖的境界了，我覺得這種呼喚良知的絕食已超越政治動機，昇華為一種精神的絕食，要求的是靈魂的清潔。放眼近代中國政壇，找不出半個能夠這樣自我淨化的人。

然則飢餓畢竟是不堪忍受的磨難。當飢餓支配意志，慾望統治了整個靈魂，人性除了貪饞，已經無所謂友誼、抱負或道德了。

卓別林電影作品裡那個溫柔天真、多情敏感的流浪漢夏何洛(Charlot)就是一個經常捱餓的人。

例如《淘金熱》(*The Gold Rush*)有一場描寫他和淘金的同伴被困在阿拉斯加的風雪中，攜帶的糧食早已吃罄，同伴餓昏時眼前出現幻象，一雙餓眼把夏何洛看成肥肥的大母雞，於是危機降臨，敵意產生，出生入死所建立的友誼被飢餓吞噬殆盡，夏何洛恐懼、焦慮，拚命閃躲同伴的追捕，連睡覺時也頭尾顛倒，雙手穿鞋，眼睛藏在被窩裡窺伺，不敢眞的睡去。

夏何洛自己也難耐飢火，遂將皮鞋煮開，放在盤中，舉刀叉切鞋如切牛排，大口咀嚼品嚐，吃鞋帶彷彿是在吃麵條，吮鞋釘彷彿是在吸雞骨頭，狀似飽食了一頓美食。這些鏡頭滑稽笑謔中隱藏著眼淚。

飢餓通常是源於貧窮。朱門酒肉臭，路有有餓死殍，許多第三世界國家的人民拚命耕種，飯桌上卻經常是空的。那是陽光照顧不到的角落，貧窮睁大了飢餓的眼睛四處尋找食糧，後面緊緊跟隨著的往往是罪惡和恥辱。一九八六年，從廣東偷渡到韓國的湖南青年馬曉濱，被國民黨接運來臺灣當「反共義士」宣傳，即送到澎湖的難民營。這種不是「駕機來歸」的「反共義士」自然領不到千兩黃金，過養尊處優的飽食日子，一旦失去利用價值，立刻要面對嚴酷的謀生問題。特別在臺灣這樣一個饜足、多脂肪的環境，像馬曉濱這種社會邊緣人，缺乏一技之長又處於飢餓的臨界點上，其鋌而綁架勒贖，已不值得大驚小怪了。

有人為懺悔絕食，有人為健康捱餓，在富裕的社會裡比較常看到的是為美觀節食。墨子有一則滑稽故事：楚靈王喜歡細腰的人，害滿朝文武努力節食、束腰，每天都餓得頭昏眼花，要扶著牆壁才能勉強站起來，一年之後，更是個個憔悴得黑瘦乾癟。故事表現專制威權宮廷裡一般臣僕的哈巴狗性格；其實，在現代社會，這種獻媚取寵的典型並不少見。他們飢餓的目的當然也是爲了身材苗條，但不見得就認同苗條的審美觀。

我頗有一些朋友，婚後擔心苗條的身材走樣、擔心妊娠紋而拒絕受孕；以前也曾聽說有人不愼懷孕後，慟哭得如喪考妣。

印象中，孕婦幾乎都是美麗的象徵，懷著人們期等的新希望，是許多文學、藝術家謳歌禮讚的對象；然則在饑荒地區，每一個孕婦都代表了新的飢餓、災難和死亡。我曾經在雜誌上看過非洲難民，骨瘦如枯枝的四肢顫抖著，那一張張被飢餓蹂躪的臉孔好像受過蒼天的詛咒。

三〇年代，蕭乾有一篇文章〈魯西流民圖——濟寧車站之素描〉，報導遭水患流離失所的飢民，大頭瘦臉的嬰兒緊抓著鬆軟無乳的奶頭，災童被父母遺棄路旁沒人敢認，到處哀號呻吟，簡直是悲慘地獄。其中記載了一位七十八歲老太婆領到一個賑災的黑饃饃，令人動容——「她用枯柴的手牢牢抓著，死命地向嘴裡塡，胸脯的瘦骨即刻起了痙攣。她恨不一口全都呑下去。旁邊有個婦人勸她慢些，她勒緊了衣兜，狠狠地看了那婦人一眼，以爲是要搶她的那份。」

也許拒絕生育有其嚴肅意義。

我總覺得近代中國患了嚴重的飢餓症，這種飢餓症恐怕源於人口的過度膨脹。中國人特別喜歡生育，總是竭盡所能去繁殖後代。自孔、孟、墨、荀以降的思想家又多主張多子多孫多福；統治者爲了富國強兵的徵稅和徭役目的，也鼓勵大量生育。但生產者同時是消費者。馬爾薩斯(Reverend Thomas Robert Malthus)的《人口原理》早就警醒世人：人口增殖力遠大於土地提供的生活資料。這本書由於「一舉粉碎了和諧宇宙的一切美好希望」、「推翻了人類進步的前景，而代之以一貧瘠、陰沉而冷清的未來」，問世之初即人人咒罵，馬爾薩斯也被當做仇視人類的惡魔。

然而從二十世紀的四〇年代開始，世界人口在三十年之間迅速倍增。在未開發國家，平均每天有一萬人因營養不良所引起的疾病致死；每二十個小孩中有十個極可能因飢餓而夭折，另外七人則可能患有生理、智能上的障礙。他們一生要面對最大的問題是飢餓。

大陸學者何清漣指出，中國農民就長期在飢寒中絕望掙扎，以廉價勞動，勉強支撐千瘡百孔的近代中國社會，他們一生奮鬥的目標常常只是圖個溫飽；歷朝政府的施政目標也多只求「黎民不飢不寒」，經濟既在人口增加、效率降低的雙重危機下惡性循環，整個社會也就不思進取、暮氣沉沉，終於惡化爲幾百年來積弱不振的貧困文化。我想，臺灣社會也是飢餓症患者，在這虛胖的年代，狂賭大家樂、六合彩，狂飆股市、房地產……都是貧困文化下的飢餓症狀。

醉過方知酒濃，飢餓過的人通常比較會珍惜食糧，也更懂得品嚐飽足的滋味。面對珍羞佳肴固然欣喜，酒足飯飽也令人愉快；但挨餓之後再享受美食，等於是穿越曲折、艱辛的坎途才觀賞到明媚的風景，是更快樂的滿足。精神上的飢餓常表現這種境界。

愛書的人常常求知若飢。劉再復少年時爲了買一本心愛的泰戈爾詩集，忍痛賣掉外祖父臨終時留給他的祝福——一個鑲著小珠子的霓虹色小錢包。上大學時，又遭受這種飢餓的折磨——爲了買魯迅的書，竟賣掉了唯一的毛衣，在臘月裡凍得發抖。

我明白自己是一個貧乏淺薄的人，對於知識的追求就常常維持飢餓狀態。我愛書愛得有些辛苦，也有些貪饞，那窘狀大約和阿城在〈棋王〉這篇小說所描寫的饞相彷彿——有一點虔誠，一點點寒酸，以及許多的疼惜和不安。

在記憶所能追索到的童騃時期，書包裡擁有私人圖書委實是值得驕傲的財富。我每次看見他們各自從書包裡取出圖書翻閱。大部分同學多跑到操場上嬉戲，麻雀在教室外亂叫；我看見他們彼此交換著配有彩色插畫的童話，和當期的《王子》半月刊。他們的嘴角時而牽動高興的形容，時而透露擔憂的神色；我在後座，停止練習四則運算法，趨前看那些神祕的童話。我覺得他們鼓鼓的書包裡鼓滿了流浪與冒險的故事，那樣眞實、逼近，卻又十分的虛幻、遙遠。麻雀在窗外亂叫，遠遠近近地，笑聲從嬉鬧的操場那頭傳來。我羡慕地站立他們後面，日光透過窗玻璃，快樂地照在翻到一半的〈賣火柴的小女孩〉。我彷彿看到那個飢寒交迫的小女孩，跣足在雪地上兜售火柴，雪花落在她的長髮上，在除夕夜，每一戶人家的窗口都點亮了溫暖的燈光，街上飄來烤鵝肉的香味，她哆嗦著瑟縮在牆角，感覺飢餓和酷寒又侵襲過來；我看到她又抽出一根火柴，猶豫擦亮，小心把凍青的手覆蓋在上面，火光像一根小蠟燭，幽微地，照亮一個貧窮小男孩最初的飢餓。

上課鈴響了，他們將圖書收拾進書包；我收拾不了的心情開始夢想有一天也能夠擁有像《金河王》、《圓桌武士》、《魯賓遜漂流》記那些裝幀著美麗封面的故事書。這種夢想慢慢發展成一種蠢蠢欲動的飢餓感。記得是小學快畢業時才提起勇氣借書，被拒絕後好像自尊心遭到傷害，從此不敢再啓齒向人借書，那種渴望買書讀書的念頭也漸漸被貧窮壓抑，變成潛意識裡遙遠而模糊的願望。

直到高中一年級，我才認識升學考試用的教科書、題庫參考書之外，還有「課外書」。同窗好友佳致顯然很同情我的無知，遂介紹了一些他讀過的課外書如《老人與海》、《茵夢湖》、《少年維特的煩惱》、《基度山恩仇記》等等這些「世界文學名著」給我培養氣質。從此我果然就常到舊書攤去買印有「世界文學名著」那種商標的翻譯小說，而且變本加厲，每天從母親給的飯錢裡點滴攢積書款，想盡辦法省吃儉用到苛酷的地步。我幾乎天天都在看小說，上課看，下課看，搭車看，吃飯看，如廁也看，每天看到三更半夜，常常不知東方之既白，好像求知慾忽然眞空地膨脹。

是不是曾經匱乏過的孩子，潛意識裡隱隱會有一種不足的心情？有一種害怕再度匱乏的危機？我的書架上就儲備了過量的書籍，讀過的，未讀的，有用的，無用的，只要是喜歡，就放肆了購買慾。

讀書的速度卻永遠追趕不上買書的衝動，而窮學生站在書攤前，不免會爲知識的渴求和肚皮的飢餓徬徨衝突。我就有過幾次這種挨餓經驗，肚子餓的時候，偏偏就發現一本尋找了很久的書，書價公道，剛好是口袋裡的全部數目，於是再三告誡自己不能買千萬不能買，買了就得餓飯！

我的《覃子豪全集》就是在那種情況下買的。它擺在高雄市五福四路的一間書店裡，夾在一大堆升高中、升大學「題庫」、「彙編」之類的參考書之間，有一點破損，也堆積了大量的灰塵，書價是一百二十元。新臺幣一百二十元！那時候我正想吃午飯，「飢火燒腸作中吼」。我全部的錢財就是這一百二十元，這些錢本來是包含了眼前的午餐、晚上的自助餐和第二天的陽春麵。第二天佳致是約好了會來找我，可以請他救濟，但我眞有把握挨到那時候嗎？萬一，萬一他臨時有事沒來呢？我在書店和麵包店之間猶豫徘徊，手裡緊緊握著口袋裡的錢，兩種慾望在內心交戰、掙扎。

那天下午，我倒了一杯五〇〇CC的白開水，坐在床沿讀《覃子豪全集》。飢餓很快又噬了上來，食慾模糊了眼睛，精神往下沉，力氣在消失，那種感覺如潮汐沖擊礁岩，起初是一波一波地侵襲，然後就完全淹沒了感官系統。餓，原來不只是乾胃枯腸在作怪，大約還存在著一種精神慾望，當你不知道下一餐，乃至下兩餐的著落時，恐怕會更餓，而且餓得更快。因爲害怕那種折磨人的飢餓感，我黃昏時就開始睡覺了，準備睡到第二天下午佳致來救濟。半夜兩、三點，我作了一場噩夢，夢見自己正在努力吃大餐，那時肚子已經飽得撐不下了，嘴裡還一直塞進食物，肚皮漸漸鼓起來，嘴巴仍使勁在吃，直到肚皮像飽脹過度的氣球，才在即將爆裂的瞬間醒轉，驚出一身冷汗，坐在床頭分不清楚是飽還是餓？

多少年了，我仍喜歡買書，可能也還保持想認眞讀書的心情；雖然已漸漸覺得，書之於人不必就像吃飯那麼要緊。昨晚我從牆角取出二本未讀完的舊書，撣去塵埃，發現扉頁有許多蠹魚蛀蝕的痕跡。我錯愕地捧著書，如果不是要整理書架，非但書皮將沾惹更多塵埃，恐怕整本書也難免要變成斷簡殘編，想起古人螢窗雪案，更覺得惶悚不安。

在饜足、虛胖的社會，我一邊生活，一邊批判，卻鮮少反省到自己微凸的肚皮，啊！這具多脂肪的肉體也患了飢餓症，一直忙著應付生活，照顧三餐。我慚愧翻書，好像又看到那個賣火柴的小女孩偃臥在雪地裡，薔薇紅的臉頰猶帶著微笑，陽光升起，照著她的小身體，點亮我記憶裡幽微的火光。

——一九九三年四月·選自皇冠版《最後的圓舞場》

論吃魚

我對魚可謂一往情深，寬鬆地講，幾乎無日不吃魚。青春期，我的早餐常是一條肥碩的虱目魚和一大碗麵線；外食輒在市場口攤販，吃虱目魚粥。長年的食魚習慣，恐已成爲難移的性格，直到現在，無論來來飯店「福園」、兄弟飯店「蘭花廳」或福華飯店「蓬萊村」等知名台菜館的乾煎虱目魚，都不對我胃口。每隔一段時日，總會刻意到南機場公寓的路邊攤，坐下來痛快地吃虱目魚粥、魚肚、魚腸和魚頭，才撫著嚴重腫脹的肚皮，步履遲緩地離去。

虱目魚和吳郭魚都是台灣主要的養殖魚類，帶著強烈的庶民性格。十幾年前，常跟同事劉開到廣州街吃滷肉飯配虱目魚肚湯，他愛誇耀這攤的魚肚湯如何了得。的確是好，不過劉開未免少見多怪，這種水平在我們高雄，及格罷了。關於魚鮮，我一向避免在朋友間表達比較的觀點，以免被人斥爲高雄人的傲慢。高雄人吃魚鮮，跟澎湖人一樣，都値得驕傲。剛搬到台北住時，媽媽最抱怨的是台北的魚怎麼看都不順眼，那裡像高雄，隨便那一個市場，莫非活蹦亂跳的魚鮮。

每年接近冬至，烏魚群迴游到高雄海面，烏魚煮米粉湯乃成爲我們的家常料理。而烏魚子，自然連接春節的喜氣，我至今仍想不出，天下之大，有那一種珍饈比烏魚子更適合下酒。

魚這種食物怕是要九分材料，一分功夫，只要新鮮，怎麼烹調都可口。我在台北混了這麼多年，頗吃到一些有意思的好魚，諸如天母「東和」日本料理的生魚片，北投「夫妻檔」的鱈魚肚，忠孝東路「全聚德」的燻龍鱧，復興南路「新曼谷」以及和平東路「泰平天國」的檸檬魚，青島西路「雅廚小館」咖哩魚，麗水街「天罈」的窯烤鮭魚頭，延平南路「隆記」菜館的蔥烤鯽魚和紅燒下巴，木柵「永寶」餐廳和「野山土雞園」的炸鯧魚，永和「上海小館」的蔥燒燻魚，中山北路「肥前屋」的烤鰻片，衡陽路「上海極品軒」的煙燻鯧魚、豆腐鯊羹和紅燒河鰻……

河鰻處理費工，難度甚高，一般餐館多沒有能力去除頑固的鰻腥，解決之道是先以六分熱的水燙開皮膜，再用竹筷仔細取出腸、臟，斷絕腥味來源。有一次在陳力榮的個人工作室「煉珍堂」吃到張德勝師傅料理的紅燒河鰻，那是一條三斤多的河鰻，他以熟練的技術去腥，再用蒜頭、香菇、筍、栗子、板油、黃酒、冰糖、醋烹製，最後以番茄醬調色，風味迷人，堪爲典範。

以竹筷去魚腥是了不起的烹飪手段，八德路「涎香小館」的朱家樂有一道拿手的順德菜——煲魚腸。吃他的煲魚腸得憑點運氣。魚腸更講究新鮮，須當天買來處理當天賣出，他每天固定買四尾草魚，四條腸若失敗任何一條，如腸子發黑毀壞或不慎捲破一段，則前功盡棄，因爲四條腸的量才剛好夠裝一小盤。處理魚腸相當艱難，最要緊的是先去除又腥又苦的腸膜，作法是以削呈三角形的竹筷慢慢捲慢慢剝，每條魚腸得專注地費上一刻鐘，再以太白粉、鹽仔細洗淨；接著加進魚肝、雞蛋、酒調味，並用油條吸去腸油，然後置入瓦缽，以文火蒸熟，烘乾，越乾越香。烹製魚腸切忌使用鐵盤，因爲鐵盤傳熱太快，盤內的魚腸會下焦上不熟。朱家樂的煲魚腸吃起來，像我在巴黎吃到的鵝肝醬，又像在東京嚐到的蟹膏，有著珍貴感，一點點腥，大量的香。

我在外頭用餐殊少點食蒸魚，雖然有些餐館的蒸魚確實好吃，終究不如我自己在家蒸的美味，並非我的技術厲害，實在是蒸魚太方便太容易了——魚上蒸籠後八分鐘左右即搞定，不會像一般餐館爲了應付不同時間點食的客人，蒸籠開開閤閤，不免影響了火候。我蒸魚時，習慣在盤子上放置幾條蔥，避免魚身直接接觸盤子，一則使蒸氣的循環均勻，再則使蔥香充分滲透進魚肉裡。

吃魚時，我認爲配一碗熱呼呼的米飯最爽口，以微甘的米飯作背景，完全呈現鮮魚的甜美。中國文人吃魚以白居易最獲我心，他也有南人「飯稻羹魚」的飲食習慣，並留下許多吃飯配魚的詩，讀了會促進唾液分泌，諸如〈舟行〉：「船頭有行灶，炊稻烹紅鯉」，〈殘酌晚餐〉：「魚香肥潑火，飯細滑流匙」，〈飽食閑坐〉：「紅粒陸渾稻，白鱗伊水魴，庖童呼我食，飯熱魚鮮香，箸箸適我口，匙匙充我腸，八珍與五鼎，無復心思量」……當年我辭去工作，準備報考藝術研究所時，賃居永和，窮得跟鬼一樣，我最常煮一鍋飯，煎白帶魚，每餐一塊，那滋味，彷彿帶著憧憬和力量。

余愛魚至深，在可預見的將來還打算繼續迷戀下去。愛魚及城，有些城市是通過食魚經驗來觀看和記憶的。去年年底蕭依釗安排楊牧、瘂弦、張惠菁和我赴檳城座談，瘂弦的舊識鄭元德特地從深山撈來一種馬來語叫Ikan Tengah的小魚，那夜，他們三人都淺嚐即止，唯我一尾又一尾塞進嘴裡，整盤炸小魚幾乎被我幹光。這種魚可能太習於在潔淨的山澗生長，非常敏感，處理時稍微怠慢即迅速腐臭。大概美好的事物都不牢靠，Ikan Tengah脂肪豐厚，咀嚼起來，芳香四溢，其鮮美卻像年華一樣，很快就會消逝。

一九九九年參加新加坡作家節，我每天都出去尋覓美食，在小印度的蕉葉阿波羅(Banana Leaf Appolo)餐廳吃咖哩魚頭，以香蕉葉爲餐盤，用手抓魚肉吃，厚重濃烈的印度咖哩和香料，害我一夜之間愛上了新加坡。本來我覺得新加坡太規矩了，不免有點乏味，然則那顆魚頭，完全顛覆了我的成見。

愛吃魚的朋友們都喜歡魚頭，可惜每隻魚只有一個頭，魚頭又多不如人嘴大，不免常在餐桌上爭食，傷了和氣。有一回在「鴻一小館」聚餐，吳清和指著桌上的石斑魚頭，使用慓悍粗壯的嗓門喊道：「誰要吃這魚頭！」語氣明顯不是徵詢的意思，我看他塊頭比較大，遂不敢聲張，只好擺出禮貌性的笑臉，任他不客氣地奪走魚頭，還撂下一句狠話，「我倒是想看看今天有誰跟我搶魚頭！」

另一次餐會在「北海漁村」，清蒸老鼠斑上桌，分配到每個人的盤子，立刻都吃得乾乾淨淨，剩下那個大魚頭在餐桌上轉過來轉去，睜著牠的大眼珠看一群狀似文雅的食客，始終沒有人取食，我勉強裝出來的斯文到了極限，乃陸續作出「既然無人聞問」、「避免浪費，我只好勉爲其難地把牠處理掉」的那種表情。啊，慢了一步，那魚頭在我剛伸出手時被一個跟我作出同樣表情的雅士取走了。我有一種被橫刀奪愛的疼惜和忿懣，慢半拍的行動力讓我辜負了美麗的魚頭，期待的幻滅，遂產生一種妒恨情緒，久久無法排解。我忽然覺得那傢伙面目可憎，簡直到了難以再繼續交往的地步。

涎香小館的乾燒魚頭製作繁瑣，非熱愛廚藝者莫辦。這道菜原來是廣東大戶人家做給奶媽吃的，奶媽吃得比少奶奶好，並非主人疼愛奶媽，乃是乾燒魚頭會增加乳產量，純粹關心嬰兒的營養和健康，暫時將奶媽當乳牛看待。吃涎香小館的乾燒魚頭，三天前就得預定，因為要瀝乾魚頭頗為費工——從前用風吹乾，老闆朱家樂將魚頭放置冰箱，保鮮又除濕，他將吸油紙放在魚頭上，約兩小時換一張，如此吸一整天才算除好濕；接著將魚頭放入瓦鍋，加進一碗酒、一碗油，以香菇、薑、蔥、燒肉吊味，慢煨，等待預約的客人。我每次去吃，知道一鍋香味四溢的魚頭在廚房等待，總是有一種約會的喜悅，這道菜特別適合和好友共享，未吃完的魚頭回鍋煮大白菜和豆腐，是下酒美味。

更有個性的是鹹魚蒸草魚——先用麻油將草魚塊稍稍煎過，再加鹹魚、薑絲清蒸。重點是以鹹魚蒸草魚的創意，鹹魚的腐漬味，準確提升了草魚的新鮮，強調了草魚的甘甜，那草魚雖然等閒，卻因為一小塊鹹魚的提醒，產生了戲劇性的張力。

那塊鹹魚令我聯想起張北和的鮑魚。有一次我邀了幾位中央大學的同事到台中「將軍牛肉大王」作客，張北和張羅的菜單中有一道「珊瑚鮮鮑」，每個人一隻超過一台斤的鮑魚，分別配松子、薑絲、臭豆腐乳吃，當年李登輝吃二頭鮑就被媒體圍剿，如今我竟奢侈到吃一頭鮑。極其甘美的一頭鮑配臭豆腐乳？起初我不敢置信，後來不得不佩服張北和的想像力。這是一種食物的對比美學，以副題的腐臭氣，彰顯主題的清香味；如同以舒緩平靜的基調，伴奏生命偶然迸發的急切激情；如同沒有了法海的魯莽武斷和多管閒事，如何突出白素貞的堅定和深情？這項創意令我的審美觀念轉了一個大彎。

台灣吃草魚、鰱魚最出名的地方是石門水庫，專門烹魚的餐館環繞水庫林立。從前三叔經常邀全家人去石門水庫附近的「磊園」吃魚，經常二十幾個老少親戚一起歡聲喧鬧，毫不拘謹地品味草魚和鰱魚的各種作法，親戚在假日團聚，使那肥厚的炸魚排透露歡樂的滋味。三叔跟我一樣貪吃，我初次去新屋，梅干扣肉一上桌，他立刻夾了兩大塊肥肉放我碗裡，含笑看我勇敢送進口中，似乎從我吃得滿嘴流油的饞相中發現了某種美德。

我在石門水庫吃魚最痛快的經驗是大溪「溪洲樓」的烏鰡宴，燻、三杯、宮保、豆瓣、湯泡、鹽焗、醋溜、豆豉、紅燒、藥膳、煮湯、清蒸依序十二種。那夜的主菜是烏鰡（青魚），最感動我的卻是吳郭魚。老闆李旭倡的吳郭魚獨步天下。

吳郭魚量夥價賤，加上有頑固的泥土味，一直上不了大餐館檯面。景美「味自慢」日本料理店的吳郭魚，除了必要的蔥、辣椒、薑，另以豆腐乳掩蓋泥味，頗得食客好評。可惜，魚的鮮美也消失了，肉質變得鬆軟。

怎麼辦？台灣盛產吳郭魚，市場上隨處可見活蹦亂跳的吳郭魚，拒食不免辜負了養殖業的貢獻，吃了又滿嘴泥巴。

味自慢爲了掩飾土膻，同時也消滅了鮮美，未免太削足適履。我的對策是用百香果汁和百香果露，挽留魚肉的鮮度，頗爲有效，吃過的朋友都稱讚；我將實驗成果送給忠孝東路的「永福樓」，將吳郭魚也送上大餐館的檯面。然則這樣努力也還只能治標。

李旭倡的吳郭魚從根救起。他深諳「近墨者黑」古訓，先改善魚生長的環境品質——以水泥建築魚塭，水泥地上鋪石頭、細砂，不使惹爛泥。接下來改善水質——引山上水源注入魚塭，並從另一端排出，使魚塭恆保活水流動的狀態。最後是改善魚的伙食——捨棄一般飼料，改採豆餅餵養；當魚長大，換到隔壁另一個魚池，改用碎米煮飯餵養。他養出來的吳郭魚迥異於習見的黑色，而是通體白中泛著青綠，外表乾淨美麗，誘人親近。英雄不怕出身低，這樣的魚簡直像一則勵志故事，無論如何烹調都很動人。

那夜我吃到一尾約三、四斤的吳郭魚作豆瓣，鮮嫩甜美，超過期待。更精采的是只敷粗鹽燒烤，純粹而飽滿的滋味，每一口都是一種味蕾的歌頌；那尾烤吳郭魚，冷卻後食用，竟帶著鱘肉的質地，充滿養殖、料理的想像力和才華。三叔心臟病發唐突辭世前，我還惦念著要帶他們全家去吃烤吳郭魚，如今竟是永遠的遺憾了。

人類一開始就懂得漁獵維生，一部食魚史跟人類的歷史等長，我猜測文明發展最久的熟食可能就是烤魚，遠至舊石器時代晚期。烤魚技藝開發既久，其魅力足以傾國傾城，春秋時代的吳王闔閭就是靠「炙魚宴」幹掉哥哥，奪得政權。其實，王僚當初赴宴也不是沒有戒心，奈何那魚烤得太美了，呈金黃色的美魚，首平尾翹，由於剛離火，送到面前猶帶著吱吱的炙烤聲。若我是王僚，哎，只要不砍我，爲了吃這條烤魚，甘願讓出王位。

什麼魚會讓人捨命以試？我吃過較貴的魚是鱘魚。感謝台灣的水產養殖技術，徐傑立在烏來的「福山養鱒場」養鱒六年有成。那夜在徐老闆的養鱒場，初見美國白鱘在冰涼清澈的水池裡游動，悠緩、冷靜而沉穩，魚齡雖然只有七歲，龐碩的身影頗有帝王氣勢，鱘魚確實是淡水魚類的帝王，成魚的身長可達九公尺，超過一千公斤，壽命可活過一百歲，中國民間素有「千斤臘子萬斤象」的漁諺，臘子、鱏、鱘鰉都是鱘魚的別稱。這種冷水性淡水魚，相貌奇特出眾——頭略呈三角形，吻尖突，小嘴前面有兩對鬚，背部和腹部都有五道縱列的硬鱗骨板，神似穿盔戴甲的古代武士，外形威武，其實卻脆弱得像幼童，很容易受傷，需要細心呵護。

物以稀為珍，鱘魚自古即是中外宴席上的珍稀美味，除了外表予人高雅名貴的聯想，魚肉鮮美，魚卵乃製作魚子醬的材料，魚鰭可製成魚翅等等。長江一帶的漁民說：「寒冬臘月吃鱘魚，下河捕撈拒寒裘」，熱能之高，可見一斑。據說天下鱘魚以生長於長江的中華鱘滋味最美，希望將來有機會赴內蒙或黑龍江的養殖場一嚐。

古時候許多美食家嚐過鱘魚，然則也許是貨源稀少，鱘魚的烹調技術並未普及，經驗累積不足，尤其鱘魚肉質的個性強，廚師若未能掌握其個性，根本無法表現出口感，徒然暴殄天物。清代《調鼎集》記載烹製法十幾種，最為完備。袁枚吃了蘇州唐氏的炒鱘片和煨鱘魚，乃載入《隨園食單》，兩種作法的口味都很重，似乎為了去腥，其中煨法是「將魚白水煮十滾，去大骨，肉切小方塊，取明骨切小方塊；雞湯去沫，先煨明骨八分熟，下酒、秋油，再下魚肉，煨二分爛起鍋，加蔥、椒、韭，重用姜汁一大杯。」袁枚並批評尹文端吹牛，自誇治鱘鰉最佳，其實尹氏煨得太熟，「頗嫌重濁」。鱘魚無魚刺，全身骨頭均為軟骨，除了煨煮，更不妨油炸，骨上附了一層未剔盡的薄肉，香酥可口，的確適合佐酒。此外，那夜的鱒魚盛宴，印象特別深的還有涼拌魚皮和藥燉下巴；由於鱒魚油脂較少，刺身的口感並不出色，不如將魚肉切絲，以米醋加調味料醃漬。

另一次生吃淡水魚，是在紐西蘭最大的湖泊陶波湖(Lake Taupo)上吃鱒，鱒魚是一種有潔癖的魚，生長的水域必須非常乾淨。陶波湖面積六○八平方公里，比兩個台北市還大。紐西蘭政府爲了保護生態，禁止買賣鱒魚，想吃鱒魚唯一的途徑是自己去釣，而垂釣必須先申請執照，每枝釣桿每日的限制是三尾。那天清晨，在遊艇上烤肉，啜飲咖啡，看岩壁上毛利人的石雕和空濛的群山，俱倒映於水波盪漾間，恍然覺得倒映的群山都有著靈性和情感，美得好像不是眞的。秋風吹著彷彿吹進骨髓裡去了，不知何故，我總覺得我其實是在觀看一幅山水畫，湖光山色中有一艘小遊艇劃過寧靜如藍玻璃的湖面，悄然晃盪，我看著看著竟跌入畫中，在遊艇上垂釣。從前我不相信姜太公在渭水邊約魚直鉤不設餌的傳說，疑惑那尾蠢魚願意無端上鉤呢？如今在陶波湖空鉤垂釣，才明白姜太公厲害之處僅在於直鉤而已。我親手拉起一尾肥肥的彩虹鱒(Rainbow Trout)，在澄澈的湖裡，那魚的腹部兩側閃顯著霓虹般的色澤，被我的魚線逐漸拉近，躍起，在一陣歡呼中落網。

船家隨即備妥芥茉、醬油，在甲板上料理生魚片。那尾野生彩虹鱒果然不俗，船家的刀工雖差，提供的醬油和芥茉也不怎麼樣，卻無損於肉質鮮美，尤其泛舟於大規模的風景間，鮮紅的刺身，分布精細的脂肪紋路，溫順地躺在盤子裡，引誘唇舌，那滋味，美如戀人的吻，後來經常回到我的記憶中。可惜紐西蘭人還不懂得吃魚，船家片下魚背的肉排，即隨手將魚頭、下巴、划水，以及猶帶著肉的魚骨丟進垃圾桶，我來不及搶救，心裡暗罵這個蠻夷「討債！」烤箱裡還有餘火，若將那魚頭、下巴和划水抹鹽上烤架，再把盞品嚐，會是多麼幸福啊。

還有什麼地方更適合品嚐鮮魚？我曾經在花蓮「海傳文化空間」吃一客魚排飯，面對著太平洋，越過陽台上的鮮花，近處的中央山脈，遠方湧動的波浪，輪船；那魚排雖則蒸得平庸，遼闊的視野卻提昇了它的美感。海明威筆下的山第耶戈獨自在墨西哥灣中和大魚搏鬥則太悲壯了，生吃的小鮪魚自然新鮮，美味則未必。那老人那有閒情逸致享受呢？孤單，寂寞，他的手和魚纏鬥太久，抽筋了，腳後跟的雞眼又痛得要命，心裡還老惦著洋基隊的賽事，和狄馬喬的全壘打。可見面對美味要專注、深情，才能有享受的福份。

小津安二郎可能太喜歡吃秋刀魚了，他最後一部電影「秋刀魚之味」描寫深秋，色調依然淡雅，氣氛卻濃郁逼人。開拍時，小津最親愛的母親去世，自己的生命也悄然步入盡頭，他喻最後的歲月爲「獨對秋刀魚之味」，並在日記上說，「春花呀，紛如憂絮；酒腸啊，苦似黃連」，帶著苦澀的心情獨自品嚐鍾愛的美味，是生命的無奈，我越來越覺得，美好的事物如鮮魚，感動人心，卻非常敏感、脆弱。

——原載二〇〇一年五月十七、十八日《中國時報》人間副刊

劉克襄作品

劉克襄

台灣台中人，1957年生。文化大學新聞系畢業，現任《中國時報》人間副刊副主任。長期從事自然觀察旅行、拍攝、繪畫、歷史旅行與舊路探勘，著有散文集《自然旅情》、《快樂綠背包》、《綠色童年》、《安靜的遊蕩》、《迷路一天，在小鎮》、《劉克襄精選集》等十餘部，並有詩、報導文學及長篇動物小說等文學創作。曾獲吳三連文藝獎、中國時報新詩推薦獎、自然保育獎、小太陽獎等。

海東青

海東青，古時中國人稱呼某種猛禽類的鳥名。然而，牠到底是現在的哪一種鷹隼呢？

前幾日掛電話，請教幾位觀鳥多年的朋友。結果，沒有人敢給予肯定的答案。有的懷疑是展翅如鵬的海雕，也有的猜想是飛行迅速的隼科，莫衷一是。雕者，鷙鷹中最大型的猛禽；隼科體型反而最小。兩者差異如此極端，一時間，我竟有點茫然。中國歷代自然科學的分類又不發達，只會徒然增加更多類別，但求助無門下，只得去翻查《辭源》。

果然未出所料，《辭源》上說：

海東青，鷙鳥名。雕的一種，也叫海青。產於黑龍江下游及附近海島。唐人稱決雲兒。遼金元皆極重海東青，金代特置鷹防，掌調鷹鶻海東青之類。……又莊季裕〈雞肋篇〉下：「鷙來自海東，唯青鵶最佳，故號海東青。」

雖說沒有明確證據，不過，它至少提供了海東青取名的緣由與地點等線索。接著，我又到中央圖書館蒐集資料。幸運地，從清初乾隆時代《熱河志》找到下列的敘述，我遂縮小了鑑定的範圍：

海青，雕之最俊者，身小而捷，俊異絕倫，一飛千里。

《熱河志》中還登載有乾隆這位十全老人吟詠「白海青」的七言長句：

東海翻飛下海西，
變青爲白斯更奇；
東木西金五配行，
各從其色非人爲。……

「身小而捷」，我直接聯想到隼科，斷然放棄了體型碩大的海雕。但「變青爲白」似乎另有古人未知的科學知識。面對現代生物知識，今人可不能昧於迷信或傳說，摒棄科學查證之必要。我個人猜想，這種情形恐怕與基因變種有所關聯。心中雖有狐疑，還是迫不及待的翻查東北亞鳥類圖鑑。未料到，棲息在「黑龍江下游及附近海島」旳隼科，竟然高達七種！

毫無頭緒下，整個下午，我只好沮喪地躺在床上，反覆咀嚼古人記錄的「海東青」詞句；也不知爲何，突然靈機一動，想起清初大畫家郎世寧。

郎世寧是義大利人，二十五歲（一七一五年）時由歐洲耶穌教會派來中國；因擅長繪畫，迅即成爲宮廷畫家，創作了許多以當時重大事件爲題材的歷史畫，還有人物、肖像、花卉與鳥獸的寫實畫流傳後世。最有名的代表作，就是以馬爲題材的「百駿圖」。

印象中，我記得他也畫過好幾種鷹隼。乾隆既然吟詠過「白海青」，郎世寧又頗受乾隆喜愛，想必應該也畫過這種珍禽吧？於是，我借調出郎世寧的畫冊，果然順利找到兩張「白海青圖」。最吸引我的一幅，繪有一座獨角獸、伏獅木架。架上有織錦掛飾。停棲在架上絛韁的白海青，回首反顧，雄姿英發，盛氣凌人。

這幅畫上留有御題行書〈白海青歌〉：

> 鷙鳥飛來自海東，以青得名青率同。……雙睛火齊懸爲珠，一身梨花飛作雪。鷹房板柙付飼養，支粟支肉有職掌。……

有了郎世寧「白海青」的寫實圖，與今日鳥類圖鑑一比對，海東青的身世遂眞相大白。

原來，牠就是現今稱呼的矛隼（Gyrfalcon），拉丁學名（Falco rosticolous），是隼科中最大型的一種。棲息範圍在極圈凍土草原，冬天時才南下西伯利亞、中國東北或日本北海道。日本人也喜愛這種珍禽，特別在鳥書說明，牠是昔時王侯貴族狩獵時最喜歡用的獵隼。矛隼也不止在亞洲棲息，阿拉斯加、格陵蘭、北歐等地都能發現，算是相當普遍的世界性猛禽。

然而，是何原因使牠特別受到垂愛呢？我想，除了牠是最大的隼科外，可能因爲有一種矛隼全身都是白羽，分佈偏北的緣故吧！白色或白變種的動物原本就較爲稀奇，加上在極圈之外的地區又不易被人發現，牠們遂變得彌足珍貴。而放眼今日世界各地鳥類，也很少鳥種像牠們一樣幸運，受到近代好幾位鳥繪大師的青睞，成爲這些巨匠畫筆下的主角。前幾日，我隨便翻查、統計，就找到下面幾位：奥杜邦（J. Audubon）、古德（J. Gould）、傅提斯（L. Foertes）、雷夫（J. Wolf）與彼得遜（R. T. Peterson）。

矛隼除白色一種，尚有灰、暗、黑等羽色的種類。並非如古人揣想，誤以爲有些海東青會「變青爲白」。矛隼有如此多種羽色，爲何都屬於同一鳥種？鳥類學家們研究到今天，也仍未找到合理滿意的解釋。基因變種問題是相當繁複的，我們何妨留給生物學者傷腦筋，還是進入大家有興趣的習性範疇來了解吧！

一般人提及隼科的特性，最讓人著迷的一幕，大概是牠們極少拍翅，而能夠輕易地在高空翱翔，或停留在高空中快速地原位鼓翼。甚而，更常像風箏般，寂然不動地藉著風力飄浮。但一尋獲獵物，隨即快速俯衝而下。

我們因而也能想像，昔時王公貴族勁裝騎馬，雄姿煥發行獵於大草原的場景。而其中一位，從掛籠中請出訓練有素的海東青，取下頭巾，往空中揚手。海東青順勢掠出，振翅高飛，鼓羽翬翬然。然後，從高空中用視野寬闊而銳利之鷹眼鳥瞰。發現獵物時，隨即鎖定目標，殺氣騰騰地急撲而下，準確地搏噬、攫取獵物。

矛隼追捕的主食獵物多半棲息在空曠的地區，如極地松雞、旅鼠、雪兔、野兔、貂、鼬鼠與水禽。可是，矛隼並非如一般人想像中的英勇無敵，或擁有燕子般的快速與高超的攫捕技巧。不少人都見證過，牠的速度可能還不及一隻鴿子。更令人驚異的，矛隼不像其他隼科，具備燕子似的飛行。矛隼如果狩獵成功，絕不是靠敏捷地飛行，而是更端賴於自己本身「堅忍執著」的習性。

一八四〇年代，美國繪鳥大師奧杜邦，對矛隼的飛行與獵捕就有非常準確而生動的形容：

牠們的飛行類似花梨隼（註：中國北地常見），卻更加高尚、威嚴、迅快。往不同方向飛行時，牠們很少輕快地翱翔、滑行，而是不斷拍翅。當接近善知鳥（Puffin）時，牠們會全然無聲地盤旋在高空，似乎在等候適當的時機到來。然後，收起雙翼，近乎垂直地降下，撲攫那些未料到的犧牲者。

牠們的叫聲也類似花梨隼，高昂、尖銳又刺耳。在海岸，一如沿海岸航行的漁夫，必須藉助燈塔的指引；牠們隨時會站在高大且可以鳥瞰的位置，駐足好幾分鐘。但牠們的立姿不像其他鷹一般豎直挺立，而是像燕鷗一般斜傾著身子。

駐足觀察一段時間後，牠們馬上恢復娛樂，撲向其中的一隻善知鳥。通常，這些可憐的善知鳥都正站在洞穴入口旁的石子地面上，顯然完全沒有察覺矛隼的迫近。面對矛隼的攻擊，善知鳥也毫無招架之力。

矛隼捉起牠們飛上天空，只輕提幾下，彷彿是在整理自己的羽毛。整個過程輕易如魚鷹用爪從水中捉起魚一般。

隼科的頭在身體比例上，向來比其他鷹鷲科大許多。有人即以此爲由，認爲隼科智商最高，當然這完全沒有科學根據。不過，我們可以確信，矛隼有時候捕捉獵物，並不是爲了吃，而是牠的一種「休閒娛樂」。

一九三〇年代，有一位鳥類學家就查證到這種「覓食」行爲：

我正駕車經過一條小而草叢茂密的小溪，小溪兩岸是開闊的鄉野。這時，有人開槍顯然失敗了，驚起一隻雌野鴨，倉皇飛出，奔向前方的大湖。一隻大型的隼（註：即矛隼、海東青）突然冒出，在此野鴨之後，保持同樣的高度，迅速追上。就在那一剎間，野鴨突地脫離原本合理的直線飛行，這隻大隼快速掠空。野鴨盤旋，下降到一座冰層覆蓋的小池塘上駐足。

這隻大隼又輕巧地飛來，接近野鴨；接著幾分鐘內，牠一再地飛下來突襲，每一次飛撲，至少都用一隻腳爪朝野鴨身上掠過一回。飛撲結束後，牠也飛降水面，離野鴨幾尺遠。持續幾分鐘，寂然不動。野鴨嘎嘎大叫，但未移動位置。大隼趁機再一次飛起，由上往下攻擊。

這時，我和同伴走近池塘，各自站在一端。當我們接近時，野鴨迅速飛起，又朝大湖飛去。這隻大隼也跟著飛出，卻被我的朋友射中。

在大隼的嗉囊中，約有兩盎司的胸肉，是一隻雄野鴨，因爲這些肉殘留有栗色的胸羽。

這位鳥類學者判斷，很可能，這隻矛隼正在誘使雌野鴨飛行；因爲大型的隼傾向於在空中將獵物擊倒，而不選擇在地面。不過，從嗉囊中的食物分析，牠的肚子已經塡飽；此外，大型隼每天獵食很少超過一次。極有可能，牠只是在戲弄那隻野鴨。

矛隼雖然是隼科中最碩大者，但也非沒有天敵；很多情況下，比牠小型的鳥類也會反擊，如果同伴多了，更會欺侮勢單力薄的矛隼。

有位鳥類觀察者就有以下精采的親身經歷：

一隻矛隼被兩隻烏鴉猛烈地攻擊。這群互鬥的鳥群，在高空飛行一陣後，彼此發出高昂生氣叫喊。緊接著，兩隻烏鴉飛降地面，在一塊岩石上挨肩並坐，岩石下顯然有洞穴，附近棲息著許多旅鼠。矛隼則停降於五十公尺外，在另一塊岩石上凝視。

我向牠們接近。牠們又飛上天空繼續纏鬥。未幾，矛隼擺出要飛走的姿勢，準備逃避烏鴉的粗暴攻擊。

這場戰鬥正巧在我頭頂上空，爲了讓牠們公平競爭，我射中一隻烏鴉。

結果，不遠之處，有兩隻矛隼也被驚起，與原先的矛隼和烏鴉在海岸方向不期而遇。原先的矛隼獲得這兩隻矛隼的幫助，這回換烏鴉困窘地落荒而逃了。三隻矛隼回到岩石頂上駐足。

我也見過賊鷗追逐矛隼。八月末，幼小的賊鷗初次站在岩石上徜徉，仍然由雙親照顧、守衛；預防矛隼的攻擊。賊鷗的飛行能力遠勝過矛隼，矛隼往往要避開賊鷗的追逐。每次發生這種戰爭，都有三四隻賊鷗加入戰鬥，往往在非常高的天空一決勝負。

這位鳥類觀察者並未告訴我們，最後到底誰贏了。若按我過去獲知的資訊判斷，鷹隼科最怕被善飛的小型鳥類圍攻，往往在不堪其擾下，自行狼狽飛離。我自己就在台灣的大甲溪親眼目睹紅隼被烏鶖追逐過。

但矛隼畢竟不同凡響，這種被中國人稱爲海東青的猛禽，擁有鷹隼科最頑強的意志，就像上述被烏鴉欺負了，依然駐足在不遠的石塊上，堅持不肯離去。其個性所顯現的態勢，正如奧杜邦所云：「高尚、威嚴」；彷彿早已擁有更大的決心要去完成既定的任務。

——一九九一年・選自晨星版《自然旅情》

小綠山之歌

1 發現池塘

秋末，一個晴朗而微風徐徐的早晨，從住家後面的窗口望出去，山坡上五節芒紅褐的花穗已全然盛開。前幾日，這塊荒原來了一隻紅尾伯勞亞成鳥，讓我興奮了好一陣子，每天早上都會朝那兒搜尋，仔細地瞧這隻紅尾伯勞的一舉一動。但我已經有兩天未看到，心裡頗感納悶，於是決定翻過公寓旁的相思林小山，到更內山的地方去找牠。

我曾背孩子攀登不少近郊的大山，這座小山卻始終未帶他們來爬，因爲它的林相較隱祕，山徑又窄，蚊蟲非常多。

小山入口有一棵一人抱的香楠，從許多野桐、水金京與白匏子中赫然冒出，十分搶眼。孩子看到它時，都會想起「龍貓」裡那棵大楠樹。它當然沒有那麼巨大。不過，像這樣高壯的樹，目前在台北市區已不容易找到了。

山徑裡也有附近山區少見的蓊鬱森林與密不見天日的景象。上個月，在林子的外圍，我曾看到一隻鳳頭蒼鷹被烏秋追擊。所以特別注意林空中的任何動靜。唯只聽到一兩聲綠繡眼的鳴啼，連鶇科都沒有，這樣的結果是頗讓人失望的。

很快抵達山頂。沿著山的稜線，小山路岔分成兩三條。只有一條較爲明顯。我試著走那些快被荒草覆沒的，準備直接切到小山另一邊的山腳。相信那隻紅尾伯勞很可能棲息在那兒。然而，我很快就遇到蜘蛛網與飛蚊的困擾，不一會就放棄這個冒失而莽撞的計畫。

我乖乖地走回那條明顯沿著稜線的小山路，沒多久，再遇一岔路。朝下坡的一條路走下去，突然看到腳前不遠處有一巨大的黑色水管。敏感地止步細看，赫然是一條兩公尺以上的臭青公，身子最粗的部分有我的手腕大。

正待取出望遠鏡觀察，牠開始吐蛇信，緩緩地爬離小路，鑽入旁邊基部焦黑的刺竹林裡。刺竹林大概是枯乾甚久，也可能是這條臭青公太重，爬過時竟咯咯作響。

這麼大的臭青公，吃什麼才能果腹呢？以牠的身材，吞下一隻珠頸鳩絕對是沒有問題的。突然間，有東西落在頭上，從地上撿起，是成熟的水同木（豬母乳）果實。放入口袋準備帶回去給孩子辨識。

大兒子奉一應該還記得，上一次和我去福山植物園時，曾經在林子裡摘過一些刺莓，吃得滿手都是紅漬。

水同木是中藥的上材，就不知是否可食？我嚐過一顆，成熟的，有點甜。

走出山路，眼前豁然開朗。越過數畝小菜畦後，正是想要抵達的目的。不過，開展在眼前的居然是一座百來平方公尺，四周碧綠如畫境的池塘。

它的左邊，林立著濃密而高大的闊葉樹群，香楠、白匏子、血桐與相思樹為主。右邊，越過數層高大的五節芒草叢與台灣葛藤後，就是車輛熙攘往來的公路。

來此一年，許多種今天才第一次看見的蝴蝶和蜻蜓，熱鬧地集聚在這這一方小小的世外桃源，在花草灌叢間穿梭，到處迎風飛舞。

池塘好靜，好靜。一隻小白鷺忽然被我驚起，從草叢掠出，飛到對岸。這才驚覺到已正午時分，該回去了。

五節芒隨風搖曳，新穗如麥浪沙沙作響。在秋陽溫煦地烘曬下，池邊又傳來一陣一陣地野薑花的香味，我突然覺得今天是這個城市最幸福的人。

——一九九二年十一月二日

2 小綠山林相

清晨，我穿著像一位剛準備初學採集生物的學生，背包裡有望遠鏡、防蚊藥、筆記本、相機、瑞士刀、塑膠袋；全身則著一套灰綠色的長袖衣褲，頭戴迷彩帽。將這座山取名小綠山，因為它實在很小，不過三百平方公尺，海拔也只有五十公尺左右；被公寓大樓包圍，像個孤獨的綠色小島。

先去門口前的菜圃，探望那隻叫阿宋的紅尾伯勞。這一回看到牠，不禁懷疑起過去的觀察是否有錯誤，因爲牠的嘴喙並沒有上回的灰黑，反而淡了許多，而且頭部後面的尾羽，有點白斑。這是陽光照射角度不同所造成的視覺誤差。此次的觀察讓我羞愧有加，它提醒我對鳥類的細部觀察仍馬虎不得。

抵達小綠山入口，鑑定入口那棵高大的喬木，再度確定是葉片較暗的香楠。找不到葉片搓揉，聞味道，我一度信心動搖，還懷疑是紅楠。林子裡面的樹種，上層主要是相思樹、白匏子、血桐、錫蘭饅頭果。中層爲鵝掌柴、水同木、水金京和綠竹、刺竹的混合林。下層最多樹種，常見的有軟毛柿、台灣桫欏、燈稱花、黃肉楠、九節木、山紅柿、山刈葉等。

上了稜線後，抵達離上次遇見臭青公阿比的鞍部不遠處，草叢裡有響亮而急促的窸窣聲，先從右邊的竹籔移向左去，當我尋著聲音的方向，向前挪動腳步時，那聲音愈發急速。眼前的草叢成排不停地波動，窸窣的聲音隨著草浪遠走。是阿比!牠又在這兒出現了。

天氣感覺像孩子紅了臉頰的熱度，有種春天的氣息。終於首次聽到繡眼畫眉的叫聲了。接著是小彎嘴，也是第一回記錄，眞是一次豐收!

出了林子，抵達小波池（以社區之名稱呼）。有一個人在對岸釣魚，用望遠鏡細看，那隻小白鷺也在。上一回，牠也是在那個位置落腳。姑且叫牠阿英。

靠池畔垂下來的樹藤上，有一隻魚狗佇立。我走下池塘。牠不安地發出一連串急促叫聲。當我穿出芒草叢，已消失無蹤。

繞到釣魚者附近，觀察他所釣的魚。他跟我說每次都只能釣到小魚。正說著，魚竿抖動了，拉上來，果然是一尾兩根手指大的吳郭魚。

但這樣的尺寸對魚狗或小白鷺都挺適合的。不知道那隻魚狗現在去哪裡了。遠方，小彎嘴的叫聲再次傳來。

「可歸」，這樣嘹亮而飽滿的山音，頗引人遐思的。三〇年代時，博物學家鹿野忠雄訪問卑亞南（南山村）時，泰雅族人就給了這種熟悉的占卜鳥，一個美麗的名字：「摸蛙客的」。

——一九九二年十一月八日　晴

3　尖尾文鳥、鼎脈蜻虰

寒流過後，天氣又悶熱起來。山區的五節芒多半已完成抽穗的任務，紫紅的花穗漸漸轉成黃褐色澤。到菜圃找紅尾伯勞未獲，那兒也有一棵杜虹花，一群黃色的蛾類幼蟲正努力地啃食嫩葉。

轉到小綠山去，在稜線並未遇到錦蛇阿比。迅速抵達小坡池，陽光強烈，早上未吃飯，又睡眠不足，被曬得有點暈旋，但仍強忍著，蹲在那兒觀察了近一個小時。不遠處有五色鳥與灰頭鷦鶯的叫聲。後者類似貓聲的叫法，還是首次在附近山區聽到。

紅色和黃色的蜻蜓不見了。只剩下黑色中腹灰白鮮明的鼎脈蜻虰，四、五隻，仍然在半公尺平方的小水塘裡飛舞。

小水塘裡有不少澤蛙。野薑花謝了，白波紋小灰蝶也少了許多。只有一種常見的大琉璃紋鳳蝶，仍在菜畦上飛舞。牠的翅膀在陽光下變化萬端。在野外，始終拿捏不住正確的顏色。

有兩隻褐頭鷦鶯在身邊逗留了十來分鐘——稍嫌長了點。牠們不斷在五節芒上覓食，同時有撕咬葉脈的動作。這種動作在春天營巢時較爲頻繁。不知爲何，我總會想起史努比裡那隻叫Woodstock的小鳥。這樣說，孩子們對褐頭鷦鶯的長相就應該有個粗淺的認識了。

褐頭鷦鶯專注覓食時，有兩隻尖尾文鳥飛來湊熱鬧。牠們比鷦鶯離我更近，頭一回能如此細瞧。牠們酷似毛筆頭的尾羽，不成比例地突出於尾部後。這兩種小鳥同樣停棲於五節芒。覓食時，尖尾文鳥會飛到菜畦的地面啄食東西。

那隻魚狗取名魯魯，仍然站在靠山邊的枯樹藤上，而小白鷺阿英也駐足在水湄旁。牠們都是領域性很強的鳥種。阿英常繞著小坡池散步，接近魚狗好幾回。食性不同，魯魯並不在意阿英的接近。

山上又傳來小彎嘴的聲音。啊！好久沒有看到小彎嘴了，只聞其聲，不見其影。眞渴望有朝一日，牠也能飛到這兒。孩子們如果看到牠，應該會喜歡的，因爲牠的長相像一個很聰明的蒙面強盜。

——一九九二年十一月十八日　晴

——一九九五年八月．選自時報文化版《小綠山之歌》

綠色童年

——埋了一顆種子

透過自然觀察發現其他新的事物，最大的目的並非成爲一位自然觀察者。或者，訓練孩子成爲一個昆蟲學者、博物學家。

主要還是希望孩子受到自然的薰陶，從那兒獲得成長的經驗，或是生活的啓蒙。

所以，在教自然觀察時，不妨找一些青少年適合閱讀的書籍。這些書不盡然是科學讀物。我經常推薦的是《小王子》、《牧羊少年奇幻之旅》這類帶有啓蒙和成長性質的書籍；或是包涵有生態和鄉土知識的動物小說，諸如我自己的《風鳥皮諾查》、《座頭鯨赫連麼麼》。

我喜歡借用小說裡的內容去談自然環境的種種。譬如《牧羊少年奇幻之旅》裡，最後結尾有一段話提到，就在男孩淚水剛剛滴落的地方，有一隻聖甲蟲倉皇地爬過沙土。

聖甲蟲就是孩子熟悉的糞金龜。男孩覺得這是預兆，開始挖聖甲蟲爬過的沙土，尋找他的「寶藏」。當然，裡面沒有寶物，眞正的寶物在他的心裡，以及他的旅行過程。

我經常以此爲例，對孩子們說，當我們在森林裡遇到一隻大型甲蟲，諸如鍬形蟲、獨角仙時，其實我們也有了預兆。

森林裡有大型甲蟲出現，經常意味著，這兒還是一個豐盛的森林。一個沒有被破壞的森林。

我帶孩子到淡水河口時，就以《風鳥皮諾查》做爲背景，因爲這裡是這種水鳥成長的家園。我介紹海風如何吹刮沙洲，形成獨特的沙岸環境。風鳥們又如何在這樣險惡的環境裡築巢、成長。

孩子們閱讀過小說，再身歷其境，目睹這種孤絕的小水鳥，對這個環境一定會有更深的感情和啓示。

而這些啓示都不在當下的了解，我們更期望的是一個生命的開悟，那是將來性，在成長過程裡的某一個點，隨時會爆發或浮現的。年少時的自然觀察，有時只是埋下一顆更容易萌芽的種子。

鍊金術士和博物學者

最近帶孩子進行自然觀察時，我常思考，到底自己要朝一位博物學家的角色努力呢？還是學習扮演一位鍊金術士？

博物學者總讓孩子感覺自己是無所不知的。舉凡昆蟲、鳥類、植物、地質和人文歷史等都有基礎的了解，甚至深入涉獵。教學者還能從熟悉的知識，淺易地轉化爲孩子聽懂的語言。

對一般家長來說，他們可能害怕充當這個角色，或者說吧，根本上就否定自己有這個能力。

我自己倒是信心十足，因為要尋求這些知識，並不像一般家長想像的那般困難。坊間的書店、報章雜誌和網路，其實都提供了相當充裕的資訊。

所以，每當我要帶孩子到一個地點之前，有時比帶他們出去時，還有更多的事要準備和忙碌。譬如蒐集前往地點的資料，以及如何轉化成孩子有興趣的內容。

當我有心去做時，這些地方性資料都會給我一些新的啓發和樂趣。

然而，最近《牧羊少年奇幻之旅》一書裡鍊金術士的角色，卻引發了我另一個開悟。它的啓示，讓我試著在自然教學時放入一個抽象的字眼：「愛」。

這個熟悉而難以具體的名詞，多半時候是很空洞的。

當我和孩子們一起聽到大冠鷲在天空鳴叫的聲音時，我興奮地跟他們說：「我感覺到生命的力量。」

或者，看著一顆顆河邊的鵝卵石，我會感動地說：「每一顆石頭都是有生命，而且偉大的。因為它們都花了百萬年的時間才來到這裡。石頭的線條，告訴我們這個石頭生命的艱辛歷程。」

這樣的語言，孩子們或許很難體會，但是應該可以感受到我的喜悅和虔誠；而且慢慢地走向另一層次自然觀察的精神（也可能一輩子找不到方向）。而這層次的體驗，我想就是「愛」的模索吧！

數學天才如是說

數學天才理查費曼在自傳裡曾提到，小時印象最深刻的事，大概是跟父親到野外，父親告訴他許多野外動植物的知識。

理查覺得，遇見這些動植物時，最大的意義並不在於認識了牠們的眞正名字，而是和父親在觀察時的對話過程。

譬如，當一隻鳥站在樹枝上梳理羽毛時，這個動作代表了什麼意思？爲什麼牠會飛到那裡？他的父親都會設法去研判、解說。

理查還在自傳裡回憶，後來回想起來，他的父親解釋錯了許多動物的行爲。但理查並不在意，重要的是父親教了他如何思考事情，去理解看到的生態行爲。

這種如何思考、解釋，對他一生的教育與成長幫助很大。

其實，我在戶外教學時，有時事後回想起來，有許多動植物也常講錯名字。但是，無論如何，我都提醒自己，在講解時，盡量不要只是注意告訴孩子名字，在名字以外，還有許多事。除了葉子的形狀、果實的滋味，或者是花朵的色澤，應該還有它和常民、產業的關係等等。我總會嘗試給孩子更多名字以外的有趣內容。或者，請孩子們回答一些問題。

身爲一個父親，或者是自然老師，我比較在意的是，自己仍經常忘了引導小朋友，還是不自覺地，只是告訴他一些生硬的動植物名字。所以，在事前準備的講義裡，我通常會把要去的地方、重要的主題，用較活潑而生動的方式解說一遍。譬如，要去一條小溪，先講一條溪流的小小食物鏈；要去一個山中湖泊，先解說森林湖泊的生態環境；甚至，講一個和它們相關的有趣傳說。

不管小朋友認識與否，先讓孩子有一種理解的過程和完整的概念。接下來，就要孩子自我去摸索了。

出發前，先寫一封信

每次出發到一個地點之前，我會先寫一封信給小朋友。

在信裡，我會告訴他們，下一次要前往的地點。或者是，在前往的路上，發一些當地的資料讓他們先了解。

通常，在這裡，我往往會誇大要前往地點的特色，譬如描述那兒可能會遇見某一種可怕的情況，發現某一類美麗的植物，或是找到一種即將絕種的動物。

同時，我會附上一張圖文並茂，親自製作的，繪有當地各種具有代表性特色的簡易地圖，讓孩子們對當地的情況更爲了解。

譬如前往八斗子漁港，我會畫出即將消失的老鷹、砧硓石、石板菜的老屋、掟旗魚的漁船和飛行笨重的大笨蝶等等獨特的生態。

到菁桐小鎮時，地圖畫的是廢棄的煤礦坑、經過許多山洞的支線火車、基隆河的水眼和瀑布等等代表性景觀。

前往坪頂水圳時，地圖上的水圳旁就會出現雙座土地公廟、吃甲蟲的蝙蝠、愛學小鳥叫的小鳥蛙、台灣最大的無霸勾蜓等等動物。

當然，我最大的目的是鼓勵孩子，自己找地圖來看，或者到網路裡找資料，閱讀要前往地點的相關資料。

有許多孩子喜歡戶外活動，但要他們找資料或者看書都不太願意。如果，用有趣的信件和活潑的地圖表達，他們就顯得非常有興趣，吸收的知識也就多了。

孩子的野外背包要裝什麼

出去外面登山時，小朋友的背包裡面要裝什麼東西才好呢？

許多家長往往只讓孩子們背一個水壺，或者是空手爬山；重的、吃的東西都自己來。以前，我也是這樣，生怕孩子視登山爲畏途。後來，爬了幾回後，態度才逐漸改變。我發現，多數孩子的耐力遠超過家長的預估。

有一回，和布農族的朋友爬山，刺激更深。那天他帶了孩子一起去，我們走了近八公里的路。他的小孩不過六歲，身上已經扛了一個小小的包裹，裡面有件衣服。他在整段路上嘻嘻哈哈，一點也不覺得苦。

此後，我就改變了自然觀察的態度。每一回出野外，都要孩子們自己先準備東西。

六歲的小兒子在背包裡經常會記得放一個玩具。然後，才是一只昆蟲盒，說要去那兒捉蚱蜢和鍬形蟲。

大兒子較懂事，背包裡往往會放入昆蟲盒、放大鏡、望遠鏡；當然最重要的是鉛筆和筆記本。他知道，我喜歡鼓勵小朋友出去時，一路要做記錄。

出發那天清晨，我才分配食物。

通常，他們會獲得一個三明治、一個滷蛋，以及一壺水；水壺裡面裝的水有六分滿。我會半帶警告地提醒孩子們，「一路上山就只有這些水和食物了。你想提前喝多少、吃多少，我不管。但是，就只有這些，沒有人會分給你，你要懂得珍惜。」

起初爬山，他們口渴或肚子餓就會亂吃亂喝，後來，發現我真的限制時，就學乖了。

此外，我還會在他們的背包裡塞一件雨衣和毛巾、帽子，讓他們的背包看來鼓鼓的。這樣適量的背包，不重，但也不會太輕。只是讓他們小小的肩上，一定要扛著一些重量。並且，在抵達終點休息時，讓他們享受自己背負的成果。

保留一個模糊的空間

夏天時，有一次，幾名孩子在路邊的枯木捉到一隻攀木蜥蜴。他們很興奮，因爲這種爬蟲長相跟酷斯拉很相近。

孩子們把牠放到手臂、臉頰玩。最後，讓牠在自己身上爬來爬去。

我在旁邊靜靜地觀察，一邊思考著如何跟孩子溝通。有很多生態專家在自然觀察時，相當反對干擾動物的棲息，遑論這樣的捕捉動物。

再者，像攀木蜥蜴這樣的爬蟲數量畢竟有限，遠不如昆蟲眾多，如此捕捉其實是相當不當的行爲。

可是，從另一個角度看，我卻有不同的思考面向。

在野外，孩子們如果能夠用手接觸一隻陌生的，甚至長相看來凶惡的爬蟲，這種自然經驗才是最直接的，最具有撞擊力的。而這種感覺，恐怕和接觸外星人一樣新鮮吧！

所以，我就未加干涉，只在旁注意他們的行動。假如，他們不做出過份的傷害動作。我就不會阻止，儘量讓他們自由地發揮。

這些行爲包括了，捉住牠的尾巴倒吊，或者是用樹枝威嚇牠之類。

當天現場，我覺得，自己選擇了一個有利的位置，在自然環境、孩子和我之間，保留了一個是非比較模糊的空間，讓他們自己去摸索。

我只點醒孩子，這是一隻公的攀木蜥蜴，背脊有兩條黃斑。這裡是牠的領域，牠的家。牠最熟悉這裡。每一隻動物都有牠的家。

不久，孩子們把蜥蜴放走了，除了新奇，似乎也未從這個遭遇裡發掘到什麼新的體驗。不過，日後再遇見其他蜥蜴時，一種老朋友再度相逢的心境，總會在他們的心頭浮升。

——二〇〇〇年四月，選自玉山社版《綠色童年》

尋找毛蟹的家園

秋末時，友人出版社開張，第一本書是食譜。當天，特別舉辦了一場午宴，邀請一群老饕集聚，以示慶祝。我雖不是這方面的名嘴，卻沾了熟識的關係，得以榮幸地和著名的美食大師們共進午餐。

酒席開始，我自知嘴上無毛，不敢隨便張揚。不意，上第一道菜時，竟是最早敞開話題的人。原來，第一道端上桌的名菜是大閘蟹。但我未細看食譜，眼看露出一對對毛絨絨的大螯，率先就驚呼道，「啊，毛蟹！」

害得一桌大師面面相覷，不知我這土包子從何方冒出，自以爲有什麼新的發現。

虧得友人眼尖，在旁邊幫忙打圓場，「我們劉兄雖是自然觀察者，但螃蟹煮熟了，難免認錯品種。眼前這可不是什麼台灣的毛蟹，而是鼎鼎有名的大閘蟹啊！」

這時，另一位美食家卻提出不同的看法，「其實，大閘蟹和台灣的毛蟹都是同一屬。最近，品種較好的大閘蟹身價可以高達八九百元。但台灣的毛蟹現在的價錢，恐怕還比大閘蟹身價高呢！」

我看到有人回應，不免興致昂揚，「上一星期，我在雙溪街上，看到有人在賣毛蟹。一斤居然高達一千元。」

「劉兄是否知道毛蟹的生態？聽說牠和大閘蟹一樣都要乾淨的水源？」有人對毛蟹好奇起來了。

「以前，到處都有在賣。現在只有東北角、雙溪、頭城附近才可能買到乾淨的，而且比較肥美、身大的毛蟹。」這時另一名老饕也暢談自己的經驗，還滿附和我的。

緊接著，我又聽到，「現在毛蟹愈來愈少，搞不好明年的價錢更高了。」

「為什麼會少？」

「還不是因為到處都是污染，乾淨的溪流不多了。」

「聽說關渡還有漁民在捉呢！」

「淡水河下游的，你敢吃嗎？」

「淡水河的蟳很不錯啊。你們知道如何煮蟳較好吃嗎？」

「我都用針筒注射高粱……」

果然是美食家的對話，沒閒聊幾句，就從毛蟹身上，扯到如何吃蟹的經驗了。然而，我的心思卻遠揚，回到了捕毛蟹的奇遇。

近幾年，我的旅行幾乎集中在雙溪附近的溪流。北台灣大河中，雙溪是唯一上游沒有設立工廠的河流。它的上游匯集了許多小溪流。小溪流都從蓊鬱的森林蜿蜒而出，挾帶著豐沛的水量，集聚到上游的牡丹、雙溪；再流經貢寮，繞個大彎，循低窪的福隆，磅礴出海。

若是開車子沿著溪邊旅行，一路上，寬闊的河面幾乎都是深綠的綺麗色澤。在台北旅行，難得一見如此美麗之河。我也喜歡在這樣的溪流環境健行，尤其是沿著不知名的小溪流，帶家人深入山區，享受周末的休閒假日。

不過，不同的時節有不同的旅行目標。初夏時，我沿著溪流徒步，主要是拜訪野薑花，想知道台灣最大的野薑花林會落腳何方？同時，我也想拜訪當地挖桂竹筍的農夫。他們因爲挖筍，非常熟悉附近的山路。透過他們的經驗，我得以探訪更多的有趣景點。

夏末時，遇見一位捕蟹老人後，我的旅行才轉變，開始注意這些捕蟹人的行徑。他們多半是附近的老人，平時靠打零工維生。裝扮十分尋常，但大致上都會著一雙長統雨鞋，身邊帶著一堆橢圓形的捕魚籠。早晨，若在溪邊小徑遊逛時，往往會遇上一二位。

跟他們結伴而行，彷彿進入一個不曾涉足過的網路視窗，整個世界有了新的開啓。

他們佈籠捕蟹的位置，都要在乾淨而偏僻的隱祕溪流處。我必須跟他們一樣，遠離小徑，溯溪而上，深入一些登山地圖可能還未測繪到的山徑；或者，根本沒有小徑。只有蟹徑。

在蟹徑前行，他們也常帶著一把鐮刀，溯溪開路，去除阻擋在前面的枝幹和藤條。我則在後頭尾隨，享受前人開路，後人消受的福氣。當然，有時也得幫忙從溪石取魚籠，捉毛蟹。

最後一次的捕蟹旅行，在卯澳火炎山南邊的小山溪。這條小山溪單獨地流入東北角的大海。那天，在卯澳鎮遇見一位捕蟹人後，我就跟隨他進入一條小山徑。

小山徑旁邊就有小溪，但兩相不並行，不到半公里就分道了。我們棄徑取溪，又走了半公里後，進入一個意想不到世外桃源。那是濱海公路上往來的遊客難以想像的美麗小世界。

我看到了不少廢棄的梯田、石厝和土地公廟。過了這些產業之地，隨即進入隱祕的原始森林。小溪旁的森林可不像雙溪蓊鬱、蒼翠。或許緊臨著東北角，長年必須面對海風的吹襲，它形成乾爽的林相。林下縱有小溪汩汩，林間卻顯露稀疏而清朗的空間，看不見北部森林貫有的茂密、濃綠，以及高大。

這種臨場感來自樹種的組成族群。小溪邊多是九芎，因爲海風，多半不高。它們沿溪佇立，彷彿人工刻意栽植般的行道樹。秋末時，那白淨夾雜著黃褐的斑駁樹身，以及稀疏的葉子，讓整個景觀充滿淺白而明亮之視覺；彷彿，東北角海岸，那些隱祕小溪森林的秋末，就是如此小品。

走在其間，我格外地享受著。意外地，意忘了來此觀察毛蟹之捕捉。好幾次，發現捕蟹人已經走遠了，才慌張地跟過去。後來，確定只有一條溪徑時，我便放慢腳步。後來，也就落單了。反正，捕毛蟹就是那麼一回事。一個魚籠裡放一塊魚肉，吸引毛蟹來覓食，沒什麼深奧學問。我所貪圖的也非牠們。

走著，走著。捕蟹人要回頭了，我還捨不得，決心繼續上溯，探個究竟。看看到底最上游的地方，九芎是否也這麼多。而早年在此生活的住民，又如何和這些森林互動。

費了一番功夫，走到山窮水盡處，九芎如舊，卻無人跡之文明。眼看前方山勢不高，我不免好奇，越過嶺之後，下一條小溪是否也如此秀麗？

等站上山頭一看，赫然發現，周遭是一片荒涼的平坦草地。這時，我才猛然醒悟，自己來到核四廠的後院。突然間，被核四的環境包圍，我的背脊頓時一陣寒涼。在開闊的荒涼裡，明亮陽光下，竟是充滿肅殺之氣。什麼廢墟、世界末日的情景都湧上心頭。

以前知道鹽寮要興建核電廠，就不想到這兒旅行。我總生怕日後緬懷時，落得噓唏不已。於是，每次都是匆匆經過，連鹽寮海邊都過門而不入，一個眼神都不想留給它。

偏偏，現在這樣不期而遇，凸顯一種尷尬，進而浮升成龐大的生氣。像是看到不想看到的人，在自己生命快樂的時候。不，或許應該更嚴肅地說，那是自己的生活尊嚴，突然間被踐踏了般。

我不愉快地掉頭，忘了溪的美麗，也忘了毛蟹。不知爲什麼，我隱然感覺整條溪正在瓦解、正在被一種龐然的陰影籠罩著，隨時會乾涸、消失，而我卻只能驚恐、無助地離開。在山裡旅行，我從未如此驚恐和不快。

直到下山，遠離溪，回到卯澳鎭上，我那歇斯底里的情緒才稍微平息。爲什麼這樣神經質呢？自己也不知如何解釋。走到大廟前，兀自坐在廟前的石階發楞。看到一些老人拖著傴僂之身，優閒地緩慢來去。他們的動作一如攪拌的木樁，竟更深沉地撥翻著這件讓我最想躲避的事物。

當同桌的美食家開始細啖大閘蟹的美味時，那難受的攪動也繼續發生。我竟是坐立難安。而一根根毛絨絨的大螯，愈看愈是像毛蟹的，在溪上游，伸出蒼白地手，向我無力而掙扎地揮舞著。

但我束手無策，只能眼睜睜地望著。最後，看著桌前的餐盤，一根根破碎的大螯和其他部位的空殼，堆疊成小山般的殘骸。

——二〇〇二年四月

方梓作品

李潼／攝影

方　梓

本名林麗貞，台灣花蓮人，1957年生。中國文化大學大眾傳播系、東華大學創作與英文文學研究所畢業。曾任消基會《消費者報導》雜誌總編輯，全國文化總會學術研究組企劃。現任《自由時報》副刊副主編。著有散文集《第四個房間》、《采采卷耳》，報導文學以及兒童文學等作品。

南方嘉蔬

小時候一直不能體會父親告訴我這個故事的意義，以為，只是說說，一個單純的告知，一則知識。從故事中，我也沒體會到任何的啓示，究竟當時年紀太小，只覺得父親博聞，不單是個農夫而已。

年長之後，我知道這個故事出自《封神榜》，一段血腥的野史、小說。

我惴想當時父親是要我們重視自己的姓氏。父親一直認為「林」姓，難有重要人物；歷代的皇帝，沒有姓林的，勉強稱得上「領袖」的大概只有林森，民初臨時政府主席，也不過是「榮譽職」，重量不足，份量更是不夠，甚至我還懷疑有多少人知道他？雖然有個燒了鴉片煙的林則徐，可惜擋了洋人財路，官運因此黯淡。現今每年六月三日總會抬出他來做為禁煙的代表人物，卻也像個圖騰，一年就露這麼一次臉。

父親對於林姓在歷代中的出仕、商賈如數家珍，因為實在也沒幾個，而且很勉強稱得上是個人物。

對於不顯赫的姓氏，父親反而津津樂道地向我們述說有關林姓的由來。

故事中，紂王的叔父比干，被挖了心，一路奔逃求救，卻因爲賣空心菜婦人的一句：「人無心都可活，菜爲什麼非得有心？」父親說，比干聽了，落馬而死，中了妲己的奸計。比干的遺孀逃到森林中產下一子，取名林堅。父親說，這就是林姓的由來。

在《封神演義》裡，我沒有找到林堅這號人物，比干的兒子叫微子德，不叫林堅。諸橋轍次的《大漢和辭典》關於林姓由來的解釋：「《通志．氏族略》林姓，姬姓：王子干爲紂所戮，其子堅逃於長林之山……。」王子干就是比干，他的兒子的確是林姓的由來。

不過，比干被剮心在《封神演義》裡倒有這麼一段：妲己計害比干，說是要吃玲瓏心治病，被挖了心的比干有姜子牙的符咒鎭住，暫時保住性命。「且說比干走馬如飛，只聞得風聲之響，約走五七里之遙，只聽得路旁有一婦，手提筐籃，叫賣無心菜。」生死關頭，比干還有心好奇追問婦人「人若無心如何？」婦人曰：「人若無心即死。」不問便罷，比干一聽大叫一聲，摔落馬，「一腔熱血濺塵埃」，這一句看得教人驚心動魄。如果照父親的說法，是妲己幻化爲賣菜婦人，而書上並未明示或暗示，不知是賣菜婦人的有心或無心，即使神算如姜子牙，也難算準會冒出個賣無心菜的婦人挑起比干的好奇心。

對於稗官野史的欣賞是年長後的事，小時候聽故事留下印象的卻是空心菜，那個菜園裡隨時看得到，餐桌上幾乎餐餐有的菜，竟然是故事中的重要關鍵，從此，我再也不敢小覷空心菜。

《封神演義》中並未提到空心菜，賣菜婦人籃中的無心菜是否就是空心菜，恐怕也很難證實，很有可能只是作者爲了強調情節所創造出來「虛幻」蔬菜；父親的「封神榜」是來自布袋戲、說書，經過劇作者改編、添加、刪減，或是父親個人的喜好皆有之，無心菜可能便是這樣成了空心菜，父親也篤信賣菜婦人叫賣的一定是空心菜。讀《封神演義》，能體會作者的「無心菜」是有心編造出來，做為一種玄虛。然而，玄虛到了後世竟然有其菜，這大概是作者陸西星始料不及。

空心菜原名蕹菜。關於蕹菜，一般資料的記載十分的簡單，「葉似菠菜，莖細長，中空，花白色。」《植物名實圖考》裡，蕹菜屬於南方草木。《嘉祐本草始著錄》「解治葛毒……南方種為蔬，北地則野生。麥田中徒供豚豕耳。心空中，嶺南夏秋間疑有蛭藏於內，多不敢食，種法如番藷，掐蔓插之即活……在嶺南則為嘉蔬。」

在諸多的文獻中，除了現今的介紹有關台灣的蔬菜有空心菜之名外，其餘都沒有「空心菜」這個別名，並且，南北的口味差距頗大，南方是嘉蔬，北方竟是供豚豕食用。

空心菜如果只是供豚豕食用，大概絕大多數的台灣人都會認為「討債」，在台灣人的命脈中空心菜有著非常重要的地位。嚴肅的說，空心菜在台灣經濟成長的過程中和番藷一樣，有著重要的地位，說是「南方奇蔬」絕不過分。五、六〇年代，空心菜是貧窮的象徵之一，也是窮人家唯一吃得起的菜蔬；瓊瑤的小說《幾度夕陽紅》中，貧困的女主角家中，三餐的主菜便是空心菜，因為它夠便宜。

雖然文獻上記載空心菜和菠菜相似，然就特質上，空心菜和番藷才是十分接近；在台灣人眼中，空心菜和番藷都是「落莖生根」，也就是「掐蔓插之即活」，容易種植，又不太需要農藥及細心的照顧，更貼切的說法是它們很「韌性、賤命」，能在艱苦的環境中快速根衍葉生。因此，在貧困的年代，番藷和空心菜曾經是台灣人的救命食物。然，隨著台灣經濟起飛，番藷和空心菜並未因其「賤命」而被淘汰，反而隨著經濟起飛翻身成爲宴客菜餚中時髦的青菜，或許，一則是中壯輩的懷舊心理，一則可能是基於攝取蔬菜的健康考量。

或許，是飲食習慣的養成，童年餐餐空心菜並未讓我膩煩，反而吃出滋味。母親善於炊煮，即使青菜也炒得脆綠可口，尤其母親巧於變化，空心菜在母親的手上便有炒、煮湯和川燙等不同做法，而我最愛加入小魚干的空心菜湯。

因爲莖中空，所以，空心菜要吃其「脆」，不管爆炒蝦醬或川燙、煮湯，都要講究「脆綠」，煮老了、疲軟了，就不脆。空心菜還要趁熱吃，放久了會褪色，不好吃也不好看。因此，母親總是等到我們上桌才下鍋炒空心菜；對母親而言，空心菜也總會勾起當媳婦時的心酸。在不寬裕的大家庭當媳婦，伯母和母親不管哪一餐總是最後吃飯的人，通常只能冷飯就著涼了的菜湯汁和幾根黯色的空心菜梗下飯。因此，母親說，能吃到熱騰騰、脆綠的炒空心菜是幸福的人。

黯色的空心菜梗，對我卻是一種想念。

一九八五年隨向陽到美國愛荷華參加「國際寫作計畫」，認識呂嘉行和譚嘉夫婦，譚嘉很會做菜，經常讓我們一群人叨擾，吃飽喝足還讓我們帶些吃的，有時是香蕉蛋糕，有時是小菜，其中印象最深刻的是醃製的空心菜梗，切成小小段，有點像醃豇豆，只是顏色再黯沉些，看來不起眼，沒有「吃相」，嚼起來卻像爆炒剛起鍋，脆而有嚼勁。空心菜是譚嘉在自家後院種的，到了秋、冬天，氣候過冷，空心菜種不起來，醃製品多少可解饞，以清炒或加豆豉、加辣椒，都十分下飯。可惜，當時沒有學起來，回台灣後也從未見過類似的做法，也許台灣太富足了，青蔬水果四季樣樣不缺，尤其是空心菜天天都買得到，誰會去醃漬？因而，每當嚼食脆綠的空心菜時，總會懷念譚嘉所醃製黯色的空心菜梗。

台灣諺語中比喻女人如油麻菜，指農業時代的婦女，完全不能掌控自己的命運和未來，也暗示早期台灣女人的命賤、不受重視。然而在母親輩的身上，我卻有一種感覺，台灣的女人一如空心菜，不管怎樣的環境，她們都能活出自己的風格，卑賤也好、時髦也罷，主角或者配角，都韌性十足；台灣，從貧窮走到富裕，表面看來她們也許不是光環所在，卻是光環背後的光源。

蕹菜，台語念「應菜」，我還是喜歡它叫空心菜；空心是以虛體去擔受時代的悲苦，或者，去承納豐盈的世界。從商末比干的無心菜至現今的空心菜，翠綠的身姿亙古如一，虛實，不過人間相。

——二〇〇一年四月・選自麥田版《采采卷耳》

嫁茄子

有很長一段時間，紫色對我是妖媚、是迷惑，同時，也是禁忌與情欲的表徵。最初的迷惑是來自那件紫色衫褲，以及穿那件衫褲的人。

也許是體質的關係，從小我經常皮膚過敏，母親不許我多吃茄子，她說茄子有毒對我不好，她卻愛吃，而且常吃。我不解爲什麼，我吃的茄子會變成有毒？

母親稱紫色爲茄仔色，我以爲茄子有毒是因爲紫色。

從有記憶以來，紫色是禁忌，也是溪邊洗衣婦人的話題。

我隨母親來到溪邊，已有幾個洗衣婦人，原本輕細的交談聲，突然噤口，母親繞到她們的對岸蹲下來低著頭，用力刷洗衣服，拍打衣服的聲音彷彿帶著一股怒氣。洗衣婦人都是鄰居，在母親啪啪的洗衣聲中又開始交談起來。每天來溪邊玩水，我知道她們在說什麼，其實她們也不避著母親，有時還刻意讓母親聽到。我也知道再過一會兒，阿姆晾好衣服，一定會騎著腳踏車經過這裡，到隔壁村去。只要阿姆經過後，她們的笑談聲會更放肆，深怕別人不知她們咬耳朵的快樂，然而，母親的臉色卻沉了下來，洗衣的力勁卻如水閘乍開，力道十分嚇人，整個溪邊就只聽到她一個人洗衣服的聲響。

阿姆一家人和我們是同宗親戚，就住在隔壁，她的公公我們叫伯公，和祖父情同手足。

母親正用力的刷著弟弟的卡其褲時，阿姆騎著腳踏車經過，和洗衣婦人以及母親打個招呼：來去替阮阿清拿藥。這幾乎是阿姆每隔兩三天的工作。中藥店只有隔壁村才有，隔壁村是個大村，有診所、戲院，還有西藥房。阿姆有時拿中藥，有時拿西藥，因爲大伯父身體從小就不好，有半天的時間是躺在床上，半天是坐在門口的籐椅。廚房裡隨時都瀰漫著濃濃的中藥味。我不知道今天阿姆拿的是中藥，還是西藥？依照溪邊洗衣婦人的說法，阿姆不管拿中藥或西藥，最後一定會去診所，林醫生仔的診所。洗衣婦人都說阿姆不該去那間診所的，尤其更不應該穿那件紫色的長褲。

茄子有胖、有瘦，顏色有深，有淺；那時我總認爲阿姆是胖茄子，小姑姑是瘦茄子，因爲，她們都有一件紫色的長褲，只是小姑姑的顏色很淺，像剛長出來，顏色還沒有變深的小茄子。小姑姑也騎腳踏車，像兩隻細長的小茄子踩著腳踏車；紫色的長褲緊裹著阿姆豐腴的大腿，像兩條胖胖的茄子。

當阿姆穿著深紫色的長褲去診所後，小姑姑也騎著腳踏車去學裁縫，她朝母親說：二嫂，我去學裁縫了。然後，洗衣婦人會對母親說：你小姑仔越來越標致。這時，母親臉上的烏雲才逐漸散去。

有時，在阿姆經過後，洗衣婦人會說，伊的後生就親像林醫生，那模仔印的。她們說的後生是長我兩歲的大堂哥。我到過診所看病，看過林醫生，一個大人，一個小孩，我看不出來他們哪裡像。倒是長大後的大堂哥和阿姆一個模樣。我曾經問過母親，爲什麼有人說大堂哥會像林醫生？母親斥責我：囡仔人有耳無嘴，再亂說就不准到溪邊玩水！

聽多了，我明白那是禁忌，只能放在心底，不能問，也不能說。

伯公無法生育，大伯父是獨養子，阿姆是童養媳。年輕還未婚的阿姆是村裡少年家心中的「黑貓」，豐乳肥臀，又懂得打扮，當時在稱得上富裕的家庭，如女兒般被疼惜，是人人羨慕的媳婦仔。最後，黑貓嫁給破病清仔，著實讓村裡許多男人扼腕。在他們送做堆後一年，阿姆開始喜愛著穿紫色的長褲，然後經常去診所拿藥。再一年後，生下第一個小孩，大堂哥。少婦的阿姆越發嬌豔，和丈夫的清癯瘦削，成了強烈對比，卻也因此比出了幾年不散的流言。

然後，溪邊的婦人開始有了豐富的話題，一個傳一個，就連剛嫁入門的媳婦，在溪邊洗衣三天的光景，來龍去脈，全都清楚。

母親不喜歡紫色，她說，太野了。

我也不喜歡茄子，它有毒，也讓我想起那雙踩動腳踏車豐腴的雙腿。

後來，越來越少人在溪邊洗衣，我也讀國中，沒有機會在溪邊撿閒話。紫色的謠言繼而轉在屋子與屋子的巷弄間流動，濃烈得如屋旁那株盛開的含笑花香。然而，大伯父始終沒有聞到，他家裡的中藥味越來越重，待在屋外的時間也越來越短。

姆婆和伯公相繼過世，不事生產的大伯父開始變賣田產過日子，田產沒幾年便賣光了；家道中落，阿姆獨自辛苦地撐著家，還照顧身體虛弱的丈夫和四個子女，臉上盡是風霜。不過，紫色長褲還是阿姆的最愛。

負笈北上，我帶了兩個禁忌，茄子和紫色。

我說紫色太野了，同學說紫色是高貴的；膚色白皙的同學穿著紫色的窄裙，我十分不解爲什麼她把紫色變高貴了。

紫色是妖媚，說變就變，就像茄子；《紅樓夢》裡茄子不是茄子，是富貴的象徵。

《紅樓夢》四十一回裡，劉姥姥在大觀園裡用膳，賈母要王熙鳳挾「茄胙」給劉姥姥嚐嚐看，和鄉下的茄子有何不同。吃不出茄味兒的劉姥姥問起茄胙的做法，王熙鳳說「不難」，只要把五月的新茄去皮去瓤子，留下淨肉切成頭髮般的細絲，曬乾後用老母雞燉熬的湯汁入味，再拿出來曬乾，「如此九蒸九曬，必定曬脆了，盛在瓷罐子裡封嚴了，要吃時拿出一碟子來，用炒的雞瓜一拌就是了。」這麼繁複的過程，王熙鳳竟然說是「不難」，不難想像侯門豪宅的講究排場，也難怪賈妃歸寧省親一入大觀園要默默嘆息「奢華過費」；曬個茄胙要用掉九隻老母雞，比熬魚翅、燉鮑魚還麻煩，不只是劉姥姥要說：「我的佛祖！」我告訴母親，茄子也可以做成茄胙時，母親說，有錢人家沒事做，她寧可吃雞省事。茄子在母親的做法的確簡單，最複雜的也不過是用醬油煎煮，簡單的則是開水燙熟沾醬油，有時煮味噌湯。母親總以爲我拿書來哄她，她說：茄子就是茄子，哪來那麼複雜，騙人沒讀過書。

來台北念書後，我開始對茄子不會過敏，母親說是成人了，所以體質也改變了。紫色和茄子的禁忌逐漸解除。

我決定一窺茄子的奧秘。

茄子，五代《貽子錄》中說「其味如酥酪」。究竟是要如《紅樓夢》中的「茄胙」做法才能有「酥酪」味道，或是，像周作人〈賣糖〉文中的「茄脯」（用砂糖煮茄子，略晾乾。）嚐了像酥酪？我沒嚐過酥酪，不知其味。但我相信茄子在母親的煮法下絕不會像是酥酪，即使後來嚐到魚香茄子，客家的九層塔炒茄子、日本人的醃漬茄子，也都應該不會是酥酪的味道。茄子的主要成份是醣類以及豐富的鐵和鈣，這樣的成份還是無法讓我去想像「酥酪」的滋味。我想，也許只有義大利式的乳酪烤茄子會像酥酪吧。

寒暑假回家，我喜歡坐在院子的麵包樹下看書，或是乘涼，每日也總會和路過的阿姆打個招呼，有時閒聊兩句；阿姆有個和我同年紀的兒子，高中畢業那年的暑假在海邊淹死，看到我大概會讓她想起那個早逝的兒子吧。望著她因爲困苦、家庭變故而急速衰老的臉滿佈著墨斑，像是剖開茄子裡的瓤子，完全尋不出當年黑貓的影子。那件褪了色還起毛球的紫色長褲，彷若斑剝的朱門，隱約可窺出當年的風華。

我不知道阿姆愛穿紫色長褲的緣由，然而，我總是要聯想到茄子；也許是因爲紫色，以及茄腹中數之不盡的瓤子緣故吧；茄子也有多子的象徵。《西陽雜俎》中記載「欲其子繁，待其花開時，取葉布於過路，以灰規之，人踐之，子必繫也，俗稱之嫁茄子。」台灣的習俗裡沒有「嫁茄子」，然而，阿姆的紫色長褲，卻讓我聯想起嫁茄子；四個子女，對體弱多病的大伯父，也應算是

「子繫」吧。

弟弟結婚那年，第一次當婆婆的母親特別訂做一襲紫色的旗袍，皮膚白皙的她穿來確實好看。我說：紫色眞漂亮，穿起來一點都不野。母親略有慍色的說：紫色很高貴，誰說它野。

從我這兒學會了做魚香茄子之後，母親偶爾也會做做看。每次她都會向鄰居說：雖然麻煩些，不過茄子得這麼做才稱得上料理。其實大部份時間，她都是燙熟沾鹽水，據說可以去除黑斑。我看不出有什麼成效，因爲母親的臉上本來就沒什麼斑點。

茄子對我不是料理上的意義，是象徵。我喜歡嫁茄子的習俗，彷彿映照在一個女人的執著與堅持。

——二〇〇一年四月·選自麥田版《釆釆卷耳》

夏曼・藍波安作品

散文卷

夏曼・藍波安

台灣台東蘭嶼達悟族人，1957年生。淡江大學法文系、清華大學人類學研究所畢業。曾任國小、國中代課老師、台北市原民會委員、公視原住民新聞諮詢委員、「驅除惡靈」運動總指揮、行政院「蘭嶼社區總體營造委員會」委員。目前專事寫作。著有散文集《八代灣的神話故事》、《冷海情深》、《黑色的翅膀》、《海浪的記憶》。曾獲吳濁流文學獎、中國時報文學獎推薦獎。

一個有希望的夢

八十一歲的夏本・心浪頂著頭頂上正午的陽光，從我目擊到的海平線雙槳划船的返航，划船的雄姿是優雅的，達悟話的意思是：殘餘力道的極限。我走向部落的灘頭幫他把船推上岸，他喘口氣的說：「老了，被鬼頭刀魚瞧不起的年歲。」

「但，你是被全島的族人尊重的人啊！」我說。

說完，夏本・心浪因爲沒有釣到鬼頭刀魚臉部神情瞬間回歸到如海底沙灘靜止般的沉靜。這是今年五月六日時的事情。

達悟族出海釣鬼頭刀魚，是藉著自己建造的拼板船出海作業，出海的目的無他，只是履行我們傳統達悟男人與海神建立的契約，煞是我們的天職。

對於一般的人，尤其是生活在都會的人，一切生產的目的皆建基在貨幣經濟的利潤上概念，簡直是不可思議的另一世界，更是無法領會的生活經驗。游泳已經是很恐怖的事了，更何況是獨自一人在汪洋中划船釣大魚？

那天傍晚，我跟夏本・心浪說：「叔叔，我可以划你的船出海捕飛魚嗎？」

「去划吧，孩子。船原來就是讓人在海上划的啊！」他說。

有月亮的晚上，在海上的感覺特別的明媚，天空的眼睛也特別的令人心曠神怡，一切寧靜的空間，就是讓我全神貫注在期待聆聽飛魚衝魚網的聲音。此時，我一面捕飛魚，一面享受大自然原來的寧靜世界，月亮照明的海面，在午夜過後，即望不見一條船舟，彼時在海面上的孤獨，讓我回想自己在十六歲的夢想：趕緊離開這個島嶼，到台北追逐我未來美麗的夢。四十歲過後的我，原來要實現我的夢想的，其實就是要靜靜的享受這一刻的寧靜，重新擁抱人與大海的平等關係。在這世上有多少人可以很自主的爲自己闢出類似這種空間呢？尤其在海上。

獵戶星座，達悟的話，說是三兄弟星星，他們就在我頭頂，因爲有他們的照明與庇佑，使我有膽識划向離部落灘頭一海里的外海釣大魚，嘗試在午夜把海洋視爲我的床，在部落裡當清晨返航的男人。好孤獨的人，好孤獨的船，其實釣飛魚季節洄游大魚說來是我的次要目的，清晨返航的男人是次次要的儀式，最重要的就是要靜靜的享受這一夜的寧靜，洗滌我十六歲時迷惘的夢想。

午夜過後，我國中時期的老師，陳其南先生可能是喝了咖啡睡不著吧！我的手機突然音響。我右手抓魚線，左手握手機，說：「哪位啊？」

「我是陳老師。」

「老師好，有事嗎？老師。」我說。

「老師有些事情想請你幫個忙，請你拿筆記些事。」

「老師，我右手抓魚線，左手握手機，我現在正在海上捕飛魚，也正在思考我們達悟民族未來『希望的夢』，不過手上沒有筆，當然也正在醞釀《中年人與海》的小說故事，老師。」

「老師，你該來蘭嶼與我在海上捕飛魚，並在海上對話。」我說。

「哈哈哈……」老師的笑聲像是我們三十年前說笑話給他聽時的笑聲樣。

也許，老師在那一刻正在回想三十年前的蘭嶼夜空、蘭嶼飛魚吧！我想。

一小時後，手機又再次的音響，說：「男人啊！還不返航嗎？」孩子們的母親宛如微微的浪頭拍船的溫柔說。

「飛魚不多，不過天空的眼睛很多，我在等飛魚群。」

「有早餐的食物即可啊！回來吧！孩子們的父親。」孩子們的母親說。

我明瞭，孩子們的母親很累，白天在田裡頂著大太陽工作，晚上如部落的婦女一樣，等待捕飛魚的先生回來。

回航的途中，我想了許多的事。我的每一槳都是希望延續父親的記憶，這一本書是獻給他的，以及身處在兩地的家人：新鮮的飛魚獻給八十來歲的雙親，魚乾是侍奉生活在台北的孩子們。

凌晨兩點多，回到部落的灘頭，三十多尾銀白色的飛魚放在海水退潮後的鵝卵石上，舀一掌的海水灑在飛魚群上，祝福牠們飛到我們陸地上的島嶼。我獨自地在灘頭刮魚鱗，無數的微浪在潮間帶拍打我的雙腳，魚鱗的銀光此時業已失去生命的光澤，此景此刻，讓我想起我青少年最尊敬的好友吉吉米特的話，他說：「我在遠洋船的海上生活，我最痛苦的事情是——我不會寫中文字，所以我寫給我母親的信就是每一波的浪頭，是我永恆不間斷的祝福。」三十年後的今天，我在午夜的海上漂，但我不知道吉吉米特漂到何處？

此刻，我願以我的好友吉吉米特的話感謝關心我們的朋友們，無論我們是否認識。如果我們是認識的好朋友，讓海平線維繫我們的友誼。

大海是我的教堂，也是我的教室，創作的神殿，而海裡的一切生物是我這一生永遠的指導教授。

清晨之後，八十一歲的夏本·心浪又出海了，只是爲了實現「有希望的夢」。

——醞釀於捕飛魚的時候——蘭嶼八代灣

——二〇〇二年七月·選自聯合文學版《海浪的記憶》

千禧年的浪濤聲

二〇〇〇年零時的鐘聲，我的心像一般人一樣，燃起對未來的幻想，如一波即將形成的波浪逐漸逼近心坎。我拉著兒子的手，走向清大鴻齋頂樓，風，時強時弱地吹，涼意甚濃，我抱著他的肩，父子倆面向太陽昇起的地方準備用我們的語言祈禱，我知道，我的祈禱是爲了迎接千禧年與爲全家人祈福而爲。我靜靜地等待校鐘的響聲，敲響一個世紀最後一年的結束和邁向一個世紀的開始。兒子的肉軀在顫抖，我的心臟在戰鬥，兒子的腦紋在幻想，我的腦海在回憶，此刻，我的心彷彿盪在海上的船，遙遠地看見有個形單影隻的人坐在部落港澳岸邊的沙灘上。

記得小時候的飛魚季節，父親經常越過黑夜的門檻，在清晨返航。睡在沙灘上的我始終被父親溫暖的語氣喚醒，說：「兒子，我們的飛魚在這兒，我們回家吧！天已經亮了。」我走在父親的前面扛著一網袋的飛魚，彼時部落的人都在看我們父子倆，我感到非常地驕傲，因爲父親是個很會捕魚的人，又時常漂在海上過夜，我是羨慕極了。將來我也要用同樣的勞動方法，同樣的船在海上過夜，體驗被海浪洗禮，被星辰天宇熱擁的感覺，我那時的想法。

十年前，當父親爲我的回家定居做了一條船當禮物給我之後，我開始實踐兒時的願望「在海上捕飛魚、釣大魚過夜」。前兩年實習，熟悉海的律動、脾氣及觀測天候。當我進入狀況，可獨當一面的時候，在三年前飛魚季期間的某夜，我在清晨返航，近八十高齡的父親在海邊等了我一夜，他默默地守著夜的浪濤、夜的海風與天空的眼睛，然而，我的豐收並未燃起他一絲絲的亢奮。父子倆坐在鵝卵石上，父親邊刮魚鱗，邊看潮間帶宣洩的微浪，過了一會兒後，在我耳朵能聽到最低分貝的音度說：「夏曼，從我膝蓋出生的兒子，海，還不認識你很深，你還不了解她很多，你還無法體會海流與天候的個性，你在台灣太久了，孩子。在我仍活在世上的最後的兩、三年，渴望你不要燃燒老人恐懼惡靈的心。」這般的話，雖然我聽起來心有不服，藐視我在海上的機制，但比起父親，部落的老人，我絕對遜色很多。

尤其是我，這個戰後出生的中年人，曾經在台灣虛度十六年的光陰，父親藐視我在海上的機制弱化是理所當然的。從那個時候，深夜凌晨上下便是我返航的時候，不能再燃燒父親恐懼惡靈的心了。但此一時，彼一時，歲月的痕跡鐵一般地烙印在父親深深的面頰皺紋及被抹平的與海浪搏鬥的鬥志，也暴露在他無助的眼神。當時氣宇非凡的走姿如今早已轉換成踉蹌的背影，蹣跚的步履，枯瘦的身子如蘆葦般地隨風飄動。年輕時的自信，勞動塡滿的氣魄，也被太陽和月亮啃蝕得一無是處。

那一夜，父親走在我前頭，眼睛看著路小心翼翼地移動雙腳，我的感觸宛如汪洋般的深邃，難於斗量。父親眞的老了，不僅如此，時代變遷的迅速，令他失去了老人該有的尊嚴在部落，我想。

校鐘終於響了，正式宣告二十世紀最後一年的倒數計時，時鐘將慢慢地帶領人類走向這個世紀結束的盡頭。這一刻，千千萬萬的人用數不清的語言，數不清的信仰在祈福；高漲而複雜的祈福情緒又如波浪般的奇妙，起起又落落，落落又起起，波峰與波谷不停地輪替，正反應著千千萬萬人複雜的心思禱聲。世紀末最後一年的第一秒到第一道光的乍現，是上帝、阿拉、菩薩及所有的神祇百年來最忙碌、最傷腦筋的時段，但願祂們有比人類更先進的科技過濾人類最複雜的祈禱。

然而，也有很多的人不知如何祈禱，因爲他們不知道何謂二〇〇〇年？不知道是否有上帝、阿拉、菩薩？只明白日落和日出，月圓和月缺，潮起潮落大自然不變的定理，而父親就是其中之一，他是有信仰的，只是沒有人信的教派——崇拜海洋。此刻的我，在太陽升起的東邊抱著兒子，在夕陽的西邊用心抱著父親，我誠懇地向天上的神祈禱；我喜悅的心如我身邊的兒子出世時的那一秒，腦海塞滿了所有祈福的、祝福的詞語；我凝聚精神，平靜心思，全心全意投入禱聲的漩渦。

然而，巧妙的事發生了，在我潛入祈禱的漩渦，約走三步的時間，我的手機響了，遠在故鄉的兩個女兒來了電話說：

「爸爸，二〇〇〇年快樂。」

「妳們在二〇〇〇年快樂。」我說。接著大女兒音量放小的又說：

「阿公在門外哭呢！爸爸。」

「爲什麼呢?」我說。
「不知道呢,爸爸。阿公一面哭一面叫你和哥哥的名字呢!」
「Matnaw,妳把電話聽筒放在門縫,給爸爸聽阿公在說什麼?」
「就給阿公聽嘛。」小女兒說。
「可是阿公重聽啊。」大女兒說。
「就給阿公聽啊。」小女兒又說。
「可是阿公重聽啊。」大女兒又說。
「妳們把電話筒貼在門縫。」我說。
孱弱的聲音宛如來自遙遠的海平線,隨著海浪一波一波地飄進我的耳膜,闖入我的腦海。哽咽的聲音說:

從我膝蓋出生的兒子呀!
我唯一的兒子啊!
你很輕了在我心中,
家似是沒有根的樹林,
我以爲那一片雲不再飄失了。
你知道嗎?兒子,

我的身體很靠近鬼的家，
惡靈不斷地在我眼前顯影，
雖然我的靈魂很悍。
從我膝蓋出生的兒子呀！
你和孫子何時回來啊？
每天的雲沒有一片停留，
當我每天起來的時候，
我眼前的海是一片片掉落的葉子，
我坐在你天天看海的椅子上，
我是個夕陽的人了，
你要我等你到何時的太陽呢？
月亮在我眼裡很清澈，
夜就快要變成我的白天了，
夜……

「阿公一直在哭呢，爸爸。」女兒們又說。
「就讓他哭吧，哭到他忘了說思念我們的話。」我告訴孩子們，也告訴我自己。

爸爸在哽咽，起伏震盪的哭泣聲，逐漸嵌入我的胸膛，挖出我企圖遺忘的對他思念的情愫。海像一張張無情的黑影日日淹沒感情的足跡，又像一波波的浪不歇息地翻開每天的思念在腦海。

「爸，我們下去吧，我很冷。」兒子說。

「爸，你很冷嗎？」我說，在心裡。

「爸，阿公說什麼？」

「阿公說：『很冷。』」我說。

「你就回去射魚給阿公吃啊！」兒子說。

三個月了，父親沒看見我，想來該回去探望他老人家。

二〇〇〇年的一月二日，我回到了家，自己親手建立的家，心中是倍感溫暖。女兒們尚未放學，孩子們的母親也不在。父親的門半開，柴房緊閉，父親上山工作嘛，我想。我於是往二樓走，赫然發現父親正坐在水泥地上，他脫去上身算得上是衣服的布，讓冬天午後的陽光直接照射背脊。

父親彎著身子，雙手抱著雙膝，臉部貼著，正在小睡享受陽光的溫暖。背部有些黑斑，肌肉表皮似是一張紙的薄，但擴背肌、二頭肌的肌肉線條顯著，可是後腦勺的頭髮雜亂，腰部著丁字帶，瘦瘦的臀部貼在水泥地上。讓陽光溫暖你吧！明天幫你理髮，我說在心裡。

我很快地脫去掩飾自己不結實的肌肉之外衣，換上潛水衣，備妥魚槍、潛具，靜悄悄地走出屋外。我輕聲柔語地說：「Yama，我去海裡玩一玩，等我回來。」

海，是否對我陌生？秋季的浪，我亂喜歡的，不溫不慍、柔柔的、灰灰的，像是沉著穩重的老舵手，表情貼著永無失敗的氣質；不規則的波紋強烈地藐視我就要弱化的徒手潛泳之鬥志，而父親極度渴求吃魚的細胞正在刺激我的孝心；海，是否對我陌生？抑或是我，對她是陌生？

我坐在微浪拍礁岸的上方抽菸，想著海平線上以外的世界，看著腳下的我深愛的海的世界，一切的一切在眼前盡是海的律動。想著、看著眼前所有的景致　都是在考驗自己的膽怯與隱埋自己退化的生產技能而遲遲不敢下海潛水，同時，也在編織美麗的謊言。畢竟，此刻的我，離開海已有四個多月了，沒有很大的信心能射到族人眼中高級的、聰明的魚，唯恐被部落的人說：「夏曼，你不行了，海，不認識了……」等等，很多不利於我的身分、能力的諷語。

父親曾經說過：「不規則的微浪有時是眾仙女的微笑，有時是眾惡靈帶有咒語的嫉妒眼神。可是，無論如何，達悟男人就是要在這樣的冥想背景下潛泳生產啊，否則就做陸地上女人圈裡的男人算了。」是的，我是男人，是海裡的男人，我說。

清澈的海是我洗滌我污穢肉體的聖地，「朋友，下海潛泳射魚吧。」我告訴我的靈魂。在海裡我開始選擇比較笨的老人魚爲首要目標，這是給爸爸吃的，一個鐘頭後有了五條老人魚，接著就是給媽媽、孩子們的母親與女兒們吃的女人魚了。太陽逐漸地往西移，逐漸地移往海平線上方日落的軌道上，我是在注意回家的時間，然而，奇怪的是，女人魚少了，也變得比以前機靈多，怎麼辦？我想，也許，海神正在考驗我；其次，女兒也交代要吃女人魚，當然她們的母親更想吃，只是不說出來而已，就像天空就要飄來厚實烏雲時，部落的族人自動收拾屋外的乾柴一樣，有許多事情是不說自明的，畢竟在海裡的徒手潛水生產有太多的事是不可預期的。三條小小的鸚哥魚聊表我孝敬家裡的女人的責任，況且在天黑前要煮魚給父親，給他一個驚喜。

父親睡的柴房的門半開，燒柴的煙霧從窗口冒出，很快地被風吹散。父親雙眼直盯著火苗，他正在煮他吃的與豬吃的地瓜。

「Yama，你要吃的魚在這兒，我先把魚殺好煮給你吃。」我全身溼溼的、溫柔的跟父親說。父親看到我，他慢慢地起身，同時淚水也緩緩地從眼角溢出，他說：「我眞的老了，孩子，所以才那樣地思念你和孩子，」

接著又說：「何時回來的？」

「中午回來的。」

父親抓著我的手臂不放且不停地流淚，宛如我小時候抓住他不放，抓住他不要去捕飛魚時的情景。此刻正視著父親模糊的雙眼即刻顯示出我遠離他老人家的罪惡感，於是心虛逃避地說：「爸，我先去煮你要吃的新鮮魚。」

父親不點頭也不示意，只是走進柴房擦掉淚水，調整火勢。之後，在柴房哼著古老的詩歌，好像是唱給自己聽似的，也好像在抱怨自己老而無用，活在世上只是徒增自己對兒孫的思念與依賴。

「爸，你的魚和魚湯。」我端給他說。

父親喝魚湯吃魚配兩個地瓜，我坐在他身邊。熱熱的魚湯蒸氣又再次地蒸騰著父親老邁的淚水與鼻水，同時也在蒸騰我離開他的罪惡感之眼淚，此刻他像是「孤兒」被人救濟的吃相。我看著父親喝魚湯吃魚令我想起小時候他經常在冬天的深夜爲我和小妹的早餐捉魚，說：「多喝熱湯就不會感冒。」此刻，我於是對他說：「爸，你慢慢吃把魚湯喝完，對身體的健康是有益處的。」他一直地在流淚，流的是很久沒吃新鮮魚的淚。我了解魚和魚湯是我唯一給父親身體健康的良藥與減少思念的秘方。

「兒子，謝謝你給我吃的魚。」父親稍有體力地說。

父親爲何要謝謝我呢？這是我應該給他的食物，我想。爲何要謝謝我呢？我陷入汪洋大海中思考父親的這句話。我的淚悄悄地從眼角流了，別謝謝我，我說在心中。

夜終究替代了白晝，父親坐在我天天看海的搖椅上，小女兒幫父親拔灰白的鬍鬚，他的「幸福」樣是短暫的。三天後的清晨，我說：「Yama，我要回台灣了。」

父親不說一句話，蹲坐在地上揮揮僵硬乾枯的手掌，說：「我走不到機場，對不起，從我膝蓋出生的兒子。」

我看不到父親的淚水，但我感覺到父親要過好長的時間才能吃新鮮魚、喝熱魚湯的痛苦正在加溫。曲折蜿蜒的沿海礁岸盡是浪濤拍岸之白色浪沫，正是父親日日夜夜的歌與哽咽的泣聲。當浪濤歸於平靜的時候，那是汪洋在調節他老人家思念兒孫的心情，這是無關於千禧年的來到。

——二〇〇二年七月·選自聯合文學版《海浪的記憶》

日本兵

時間如一把雙面銳利的刀鋒，循著時光的隧道，或者說是留在體內的血不斷地在循環、前進、轉動。又如部落裡的耆老說：「時間是分配人的情緒、分配食物的主宰者。」

說眞的，暫時離開家鄉親人一年，對我來說是滿長的，我並不在乎我的老，也不在乎徒手潛水的體能衰退，或是被徒弟超越漁獲數量，但我非常在乎耆老們的老，他們的老去是不可抗拒的，也是不可暫停的。

兒子從台北回來，他的背包尚未放下，輕輕地推開他的祖父二十幾年不曾換過的大門。

「祖父在睡覺，可是他的牙齒沒了，嘴唇塞進嘴裡好像很老了。」兒子如此向我敘述說。

「讓祖父睡覺，他會自動起來的。」我說。

回到部落，我總是像觀光客似的在部落裡的巷道走來走去，看看我記憶裡永遠是年輕力壯，永遠有說不完的過去的老人在海裡生產的故事。我把自己當作是這些老人唯一的聽眾，幾年以後就成了我例行的功課。聽故事，聽起來好像是很好的工作，但總是會被孩子們的母親說：「你是部落裡最無聊、最會浪費時間的壯年人。」

每次被她這樣說，我就多一次地記憶到那個老人所說的話，有時眞不知該如何解釋我內心的感受。在一個地方住久，尤其是在比較「落後」的地方，人的面孔看來看去都是這些人、那些人，說的話是那些事、這些事。人們說這個山、那個海都是無聊的事，說眞的看久了還眞有那種「無聊」感覺；然而，感覺的背後是另一種的思考，我走著看著，後來坐在當過日本兵的一位老朋友的涼台上，看著夕陽也看著他用乾柴生火煮地瓜。

他雙膝雙手地從柴房走出來，緩緩地伸直腰背，胸肌胳膊雖然像是被火燻得有種收縮的感覺，但那鮮明的血管、肌肉，還有那滿頭大汗的臉、露齒的微笑，對我來說，他在實踐眞實的生命語言。

「你究竟躲到那裡去囉？爲何都看不到你的影子？」他用食指擦掉額頭上的汗微笑地說。

「我的內心深處都在你家的周圍呀！兄弟。」我說。

「你變白了。」他說。

「我明天去潛水射魚，立刻變成你的膚色。」我說。

「哈哈哈……你在笑我這個豬皮嘛！」他說。

夏本·固旦已經是爲人的曾祖父了，他七十來歲的身心在長期勞動中淬煉出不斷向體能挑戰的氣質，這也是部落裡老人共通的特質。

他淺淺地微笑又問我說：「很想念你在飛魚季節釣鬼頭刀魚的時候，你究竟去了哪裡？」

夏本·固旦柴房的火很旺，不知不覺中的聊天，夕陽已經入海了，剩下的是餘暉從海平線下照射天邊的多彩雲層。

「夏曼，我已是七十來歲的人了，我不曾看過相同的夕陽景致，這一生。」

「當然，我們只能說是有相同的色澤與氣候。」我說。

「我的心臟停止跳動的時候，海可能會忘記我曾經是這個島上的人。」

「什麼意思？」我說。

「我們的島嶼，如果沒有漢人來困擾複雜我們的生活的話，我們永遠是在海的包圍下寧靜的、自主的生活，他們的來到，當然是讓我們有進步、有方便，但是這些進步的代價是讓我們的下一代蔑視了我們原來傳統習俗，當我這一代的老人去世之後，很可能我們的文化就消失了。」

也許夏本·固旦說得不太清楚，但我明白他內心深處想要說的語言，或者我可以解釋說，老人家們舉手投足皆是文化的表現、文化的內容，對於不可阻止的「現代化」的過程所衍生的矛盾、衝突與貨幣經濟帶來無限的消費及被消費是他們心中憂慮的事。

夏本·固旦端出熱得仍在冒蒸氣的地瓜與兩條蒸的飛魚乾到涼台，我望著夕陽心中蒸騰著無限的喜悅，就像要享受他熱情款待似的。有時突然的拜訪，朋友以最原始的食物一同與他共進晚餐時，達悟的朋友總會附帶一句話說：「這是我們僅有的食物。」

「我們是這樣長大的，朋友。」我說。

熱燙燙的地瓜、鹹鹹的飛魚乾吃在嘴裡，不僅僅是吃食物，同時也在吸收、消化傳統的文化。

夏本吃著地瓜吃著飛魚，而我也吃著地瓜吃著飛魚，是相同的動作、相同的吃相、相同的大海、相同的背景，相同的從土地勞動、從海洋勞動生產食物；不同的是，他的肉體已經很老了，動作慢了，妻子也在去年先離去。雖然處於同一個部落，我來看他，他的高興宛如眼前的大海不能斗量。

「盡量吃吧！夏曼。我是老人了吃不多。」他笑著說。

我用微笑回答他的話。也許有很多的事不能用太多的話說，就像平靜的大海不用說話，人就會主動潛水抓魚。

夏本靜靜地看著我吃飯，他就在我眼前，然而，他想些什麼？我可能永遠不知道。

「叔叔，謝謝你的晚餐。」我說。

「客氣是不好的事，這些飛魚是捕回來給我的。」他說。

喜悅的心是來自於老人的語言，這些語言來自於他常年的勞動。我深埋在心中，畢竟他的話都帶些哲理的意涵。我默默地反思他的話，誠如細細地思考父親的語言，他們說：「你不去與土地直接勞動，與海洋接觸的話，你是不會珍惜生命與尊敬生態的。」

我慢慢地走回家，深深地思考他的話，也許知識來自於談天，來自於勞動，來自於不斷的實踐，我想。

——二○○二年七月‧選自聯合文學版《海浪的記憶》

楊錦郁作品

楊錦郁

台灣彰化人，1958年生。文化大學中文系畢業，曾任職出版社，現為《聯合報》副刊組文字編輯召集人。曾長期從事藝文人物報導，近年致力散文創作，著有散文集《記憶雪花》等，並兼及報導文學。曾獲中興文藝獎章及中山文藝獎。

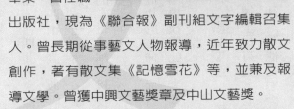

流離歲月

將近四年的時間未曾和哥哥一家人見面，這期間，家裡在走了爸爸、二伯及七叔後，又辦了大伯母及一位堂哥的喪事，堂哥走的時候才四十一歲，他因兩次腦中風，驟然離世。生長在大家庭，每個人從出生到死亡都有著密切的情感，悲喜與共，參與一次又一次的喪禮，那慘澹腐敗的氣息，常在夢魘裡盤桓。要面對和我同齡的堂哥遺孀，以及一雙幼子，我幾度提不起勇氣，我在自責和歉疚的心情下，選擇逃避，託辭沒有回去。

祖父、爸爸、堂哥都因腦中風結束了壯年的生命，而我早在二十幾歲，就被醫生宣布患有原發性的高血壓。就像遭到命運的譴責，這個根枝盤虬的大家族，不論老少，身上都流著致命的血脈，是無從怨尤，也擺脫不掉的宿命。

當死亡像瘟疫一樣，在家族裡漫開，縱然根基再穩，也難逃枝葉零落的命運。最令人痛心蝕骨的是甫屆不惑之年的七叔，竟然在老宅子裡上吊自盡。七叔和我輩年齡相近，在我讀大學後，更在一起共同生活數年，我嫌他單身邋遢，卻陪著他走過破碎的婚姻，又陪他追求過小明星，看他大起大落，唯有溫厚的性情如一，當我成熟得足以去探究他的內心的寂寞與蕭索時，他卻輕易結束自己的生命。他的死，令我足足有一年的時間，常不由自主的隱約感到一種氣絕的痛苦，想像那種對生命的徹底絕望，如墜深淵般無助的心情。

七叔的喪禮，敲出了許多穿鑿附會的流言，旁人對老宅子望而卻步，加上分產，家人以及哥哥都分別搬出去自立門戶，這佔地百坪的一片家園，突然之間變得陰森破落。

偶爾想來，在這百年老屋裡生活的一大家族人，除了共同血統外，其實是各自發展，不太懂得彼此之間情感的交流，七叔的遺書寫道：「各位嫂嫂，我對不起你們！」那麼，眾多哥哥在他的心中又是如何？是怨歎？還是遺憾？他終究沒有明白說出，讓生者免去了自責的難堪。

老宅子的荒廢，使我宛如被連根刨起般無依，從出生、成長、出嫁，生命中的每件大事，都在其中發生，甚至在其中感受死亡、災難的慘痛經驗，而生命中的最初印象至今仍經常重複浮在眼前，我和一群人躲在宅子的閣樓，樓底洪水滾滾，有人從水中被接駁到閣樓，後來才知道，那正是凶猛的八七水災，而我猶在襁褓之中，卻留下了生命的第一個記憶。

哥哥搬離了老宅，自立門戶後，我再也沒有回去過，一晃就是四年，心裡的遺憾，就像墨汁落紙，逐層地暈開。我未曾提及此事，怕傷了媽媽。

回溯起來，爸爸突然之間的過世，是造成兄妹疏離的直接導因。爸爸在世時，家裡開名車、穿華衣，來客川流不息。以爸爸獨力爲人管理財務的收入，卻撐起了宛如大戶人家的排場，幾度夜闌人靜，爸爸對我低訴，他感覺非常的疲憊。

爸爸走得太快，沒有遭到過多折磨，他的疲憊終究還是結束，然而他一走，家裡立刻面臨到沒有積蓄的困境，一向被護翼慣了的家人，突然發現要靠自己過日子的不易。

喪期滿後，我和姊姊各自回到自己的家庭，哥哥因爲是家裡的獨子，直接承受了最大的生活壓力，他在處理完爸爸的身後事後，開始爲生計打算。辭了傭人，賣了車子，家人要學習由奢入儉的日子。

之後，爲了媽媽的處境，兄妹間有過幾次的齟齬，而後愈走愈遠，終於形同陌路。

當聽到失業一陣子的哥哥，要擺攤賣肉圓時，媽媽幾度泣不成聲，想到這個在家中最受驕寵的獨子，從小到大，連碗也沒洗過幾次，而今爲生活計，卻選擇爲人端盤送碗，媽媽頻頻拭淚，而我除了不捨，也很難想像長得一表人才的哥哥，要如何捨下身段。

這件事終日縈迴在我和媽媽的心中，隱隱作痛。

肉圓店開張一周，每天門口冷清，到晚上猶剩一堆，只好分送給左鄰右舍，在憂心之下，哥哥整整瘦了一圈。我身在外地，除了暗自神傷外，也不知如何是好。

幾天後，移居國外的姊姊帶著孩子回來度假，一見面，我迫不及待的將此事轉告她。姊姊小哥哥一歲，從小打打鬧鬧，兩人之間親暱的感情遠甚於我，但姊姊生性堅烈，也因此，在爸爸過世後，和哥哥決裂得更徹底。

當我囁嚅完家中的現況時，長途飛行之後的姊姊只疲憊的表示她要想一想，而我多日來暗自的焦慮卻因而釋懷一些。多年來，由於姊妹之間一強一弱的個性，使我偶爾會在越洋電話裡，對著身在國外的她低泣，失去了慣有的自制力，特別是在提起生活中不足爲外人道的壓力時。而在我發洩完情緒後，我的問題便成為她要去收拾的殘局。

隔天，她從中部打電話來告訴我，她今天回家去幫忙賣肉圓，並且和哥哥一家有初步的交談，同時提及家族的人問起，從哥哥搬家後，未曾看到我回去走動，她催促我儘快返家一趟，幫哥哥打打氣。

接下來，姊姊幾乎天天偷空回家去，然後打電話來向我報告生意的起落。據她的了解，隱約得知股票狂飆時，哥哥受到朋友鼓動，也參與買賣，結果一入場就逢崩盤，他和大多數的小買家一樣，慘遭套牢，無從翻身。

拗不過姊姊一再催促，我終於勉強答應回家一趟，四年不見，不知重逢的尷尬要如何排解，我心中不斷翻湧著，近鄉情怯成為心情的眞正寫照。

我進門時，哥哥正忙著做肉圓，他埋著頭，臉上帶著笑意，招呼著說：「這裡熱，帶孩子們到樓上坐。」我打發孩子後，不假思索的洗淨手，立即加入製作行列，藉由餡料、外皮的厚薄，自然地交談起來，我鬆了一口氣，為自己先前的不安感到多餘。

哥哥始終不多話，獨自張羅攤上的火候、清洗，幾年不見，除了消瘦一些，他那俊美的面龐，英挺的個子一點沒變，我無從想像從富裕的子弟到為人洗碗端盤，要經過多大的磨難與掙扎。

面對一波一波的人潮，卻無人上門的窘狀，我忍不住挺身站到街上，怯怯地吆喝一聲「裡面坐」。那聲音極度的生澀，彷彿從被箍緊的喉嚨裡硬迸出來，脫口後，只覺得頭皮發麻，視線不敢迎人，彷彿跟自己的尊嚴經過一番痛苦的搏鬥。好不容易招呼了四個客人進門，一人點一粒肉圓，四粒賺二十元，我哈腰敬禮的送他們出門後，心裡又高興又辛酸，這生意要如何發展？

是夜，姊姊也回來，彷彿童年時代，我們三兄妹一起吃著媽媽做的菜，那感覺非常遙遠，畫面卻又異常清晰，我們談孩子，此刻孩子成爲共同的話題，也令我們又有了熟悉的感覺。

餐後，媽媽把童年的相本拿出來，要我們分別帶回家保管，我翻開分給自己的一本，看到幼稚時期，和姊姊做雙生的打扮，逐頁翻過，看到哥哥扮西部牛仔的獨影，然後是一張兩個神氣小牛仔的合照，正是讀小學的七叔和堂哥，看他倆端正的品貌，稚氣未脫，令人疼愛，怎麼也想不到甫四十歲，便雙雙早逝。

四十歲，不就是我們兄妹如今將屆的年齡，仔細想來，在四年的空白之前，兄妹之間又何曾眞正的進入彼此的內心世界，彼此關愛，既爲兄妹，一切似乎都視爲理所當然。行至中年，才恍然了悟一點點人生的道理，不免令人欷歔。

在經過一番跌跌撞撞，重聚首，雖不免看穿無常，卻仍爲它牽絆，在浮世中打轉。然而，我們總算學會彼此關懷，懂得攜手，共同面對今天的現實，以及不可預期的未來。

——一九九九年四月·選自九歌版《記憶雪花》

曾經，在遙遠的國度

最先，是坐在台下，聆聽著西塔琴大師拉維香卓輕撚淺撥，藉著時急時緩的琴聲訴說著他母國的故事。

然後，是在獅城不經意地闖入那色澤繽紛的廟宇，困惑於溼婆神的多面化身。

當拉維香卓帶著亭亭玉立的女兒再次現身舞台，出神地合奏依然古老滄桑的西塔琴音，時間已經過了二十年。

二十年之後，我知道了恆河畔那印度教朝聖者及往生者的聖城瓦拉那西(Varanasi)。我知道自己一定要去那裡，但誠如二十年前一樣，我對印度這個文明古國依然陌生。我到了首都德里，因為陌生，我並不知道德里和瓦拉那西其實距離十萬八千里，我甚至無法精準的在地圖上找出位於恆河彎道的瓦拉那西位置。

在錯愕間，我又要面對一個陌生的室友，她是印度裔南非籍的美麗女子，祖父當年隨著甘地一起出走到南非，直到父母那一代都還說得一口流利印度話，守著嚴謹的家規。父母過世之後，她和母國的臍帶斷了。她不在意此行是否能去瓦拉那西，她在意的是踏上了印度這塊土地。

我和美麗的印度女子夏莉同時抵達德里機場。日後我方才明白，那一刻起，二十年來，這個國家對我莫名的牽引，已悄悄現出解答。

行程從舊德里的紅城堡(Red Fort)開始，蒙兀兒王朝的第五位國王沙傑汗(Shah Jahan)，也就是泰姬・瑪哈的丈夫在印度境內共蓋了三座以紅沙築成的巍峨城堡，其中一座在舊德里市區；另一座在阿格拉(Agra)，隔著亞木納河與泰姬瑪哈陵相對。

德里雖被喻爲精靈之城，但是舊德里卻蝟集著雜亂的店肆及爲數龐大的印度人，間也有圍著頭巾的回教婦女。街上，傾洩一地，看起來不新鮮的魚貨。

賣銅器的、賣佛像的、賣炸「沙孟薩」餅的小鋪，鋪上堆著層層金黃的洋芋餅、咖哩餅。各種食物及人群的氣味似乎悶在一個高溫的蒸籠裡，混濁難耐。

必得穿透這些街道，方才看得到聳立在護城河裡的紅城堡，氣勢不凡，像一個王者。

我吃力地聽著印度粗獷的導遊半生不熟的中文，意圖了解更多的資訊，坐在前方的夏莉則全然放棄聽解，她嚼著口香糖，用自己的方式四處張望，去認識她的祖國。

夜裡，當我臥床，繼續翻閱書本的資料，夏莉則不知去向，她的印度背景加上西方洋派作風，美麗高䠷的外貌，所到之處常成爲群眾注目的焦點。

漂亮的女人是不會寂寞的，而我和她畢竟只是在旅途上同房之緣，談不上任何交情。我獨自度過在荒漠中的夜晚，近午夜，夏莉回來，我們簡單的交談著。我闔上書本，酣然眠去，隱隱間卻也感覺到她輾轉反側。

印度不但人多，地方也大，加上公路狹小，每天必須花許多時間在車程上，粗獷而男性荷爾蒙分泌過旺的導遊將太多的眼神放在夏莉身上，說話就像一部跳針留聲機，凝滯不清，不免令多數旅客昏昏欲眠。

而我，卻在一段又一段漫長的車程中，清醒地觀注鄉下單調的景致，曬著牛糞的土壟，只容廁身的狹窄雜貨店面，或者突然現身的熊影，那是已被禁的雜耍，但捕熊人仍然在鄉間進行這項活動，向遊客要賞，行經之處在在是庶民生活縮影。

除了到瓦拉那西，不論到粉紅之城齊蒲爾(Jai Pur)，或到絲路之途的沙漠綠洲孟達瓦，對我來講，都是一樣陌生。正因爲在全然陌生的環境中，我反而可以孤獨地清理自己內心澎湃的情感，以及在現實環境中的混亂，步調反倒安於孤獨的心靈旅程。細思，這面巨大的網似已結牢，尋不到出路。

在阿格拉的夜晚，我再也無法自制地趨進一位占星師，那位狀似理性的占星師，身上穿著傳統紗麗，雖在工作，仍掩不住全身一種成熟女人的風韻。我坐在她的攤前，她翻過我的手掌，仔細檢視掌中紋路，然後定定地注視我，說：「你的情感非常濃烈……。」我問她，要如何面對？她溫柔地說，「戴上水晶，它能令你安定下來。」說完，她撩開紗麗上衣，露出雪白的胸口及乳溝，盤據的是成串成串各種不同色澤、晶瑩的水晶項鍊。

次日，我們到了沙傑汗位於阿格拉的另一座紅城堡，堡裡，有一方寬廣的四合庭院。據說，當年，每到假日，國王允許外面的攤子到庭院趕集，蒙著面紗的蒙兀兒王朝的妃子們，便在樓上的長廊裡選購日常用品，將錢及交易品用著籃子上下傳送。少女泰姬・瑪哈因爲是貴族之後，得以進入市集，沒想到引起沙傑汗王子的注意，一見鍾情，娶她爲后。

泰姬皇后和沙傑汗結婚的十幾年間，爲他生了十四個孩子，後來更因難產而香消玉殞。悲痛的沙傑汗花了無數的人力及二十年的時間，爲她蓋出一座白色的世界奇蹟，做爲陵寢。由於工程浩大，幾乎耗盡國庫。沙傑汗在旁鶩下，被兒子篡位，兒子將他軟禁在這座紅城堡後方的一間小角樓，晚年眼睛幾近瞎的沙傑汗，每天在這個小角樓，拿著小鏡子，反映出泰姬瑪哈陵，淚水幾乎未曾止過。

角樓位在紅城堡的邊緣，貼著城牆，牆下是寬闊的亞木納河城，雨季已過，河域只有幾脈細小的水流，霧氣升起，白色的泰姬瑪哈陵宛如童話中的睡美人城堡，若隱若現，如夢如幻，我站在城牆上，面對歷史場景、生死茫茫的愛情神話，面對自己不安定的感情，眼淚霎時湧出，串串滴落。背後傳來一陣話語，「夏莉哭了。」我瞥了她一眼，見她哭得傷心欲絕，她喃喃自語，「這世界上，竟會有一個男人對女人如此的眞愛？」

從那一刻開始，我和夏莉變成知心朋友，雖然她每天依然活潑亮麗，強顏歡笑，但我知道她用了更多的粉來遮掩黑眼圈，一趟印度之旅，她幾乎都處在失眠的狀況中，因爲她被丈夫背叛。一段尋常的辦公室戀情，一對幾近分手的異國夫妻。出身保守的印度家庭，本身是一位虔誠的基督信徒，面對複雜的中國大家庭，東西文化的差異，她不知何去何從。

也許印度之行並沒有讓她找到答案，也沒讓我尋到出口，但我們從彼此身上找到了支援的力量。

從印度回來之後，我依然混亂，幾度徘徊在水晶店前，判識各種水晶的功效，我挑起了主感情安定的黃水晶。但隨即又將它放下。如果混亂是我人生的一部分，那麼我願意細細地去體會，去煎熬，去自虐，我要知道生命眞正的況味，而不要外力來改變原有的一切，我要自己去感覺，無論是苦、是痛。

當我感覺撐不下去時，我找到夏莉。從印度回來，我們各自受許多事務羈絆，見面變成一種奢侈。在非見不可時，我們各自從南、北搭乘著地下鐵，在台北車站相會。

我迫切地告訴她，我遭遇到許多障礙，我覺得阿格拉那個女占星師的預言也許成眞，我將撐不下去，除非……。她打斷我的話，嚴肅地說：「Listen to me，從在印度時，你便時常提到占星師講的話，如果你一直要聽她的話，那麼，你的思考一定會跟著她走，受到她指示的影響。將她說的話忘掉，靠自己的力量去解決事情。」

她轉移話題，遞給我一份遲到的聖誕禮物，她說：「我把這個禮物擺在聖誕樹下好久，但你一直沒時間來拿。」

我拆開來，裡面是一面勵志的英文箴言牌，主題是：「Don't quit」，夏莉用她字正腔圓的英國腔將箴文念一遍，鄭重的告訴我，不管處境多糟糕，「Don't quit」。

我若有所悟地接過來，反問她，「那你呢？」她苦笑：「事情沒好轉，很想帶孩子回南非。」

我握住她的手，給了一些叮嚀。

片刻，我們起身擁別，然後反向而行，她要搭南向的地下鐵，我要搭北向的返家。

夏莉高眺，她走遠了，我還能看到她回首向我揮別，她的臉上始終掛著微笑。我想起我們在孟達瓦的沙漠旅館，在星空下婀娜地跳著印度舞，樂不可支，然後，她舊態復萌，棄我一個人回房，再在深夜裝鬼戲弄我。

我想起了每天晚上我獨自在旅館閱讀中文資料，待她進門後，再講解給她聽。每晨，我倆總是啞著嗓子，但仍裝扮得漂漂亮亮，姍姍出現在眾人面前，招來些羨慕的眼光，然後彼此心照不宣，相視一笑。

我和這個印度女子只有短短幾天的相聚，但我彷彿爲了這個相聚準備了幾十年。我們無能解決彼此的情感遭遇，但她幫我從沉鬱的性格中釋放出來。

我的案頭堆滿了更多和印度相關的書籍，我用香料煮阿薩姆奶茶，配上印度現代風的曲子，我依然十分仔細地在閱讀關於瓦拉那西的歷史背景和宗教事跡，我仍不能忘情這個聖地。

也許有一天，我眞的能到瓦拉那西去。

也許，有一天，夏莉眞的會回南非。

但，曾經，在遙遠的國度裡，我們一起歡笑暢舞，一起啕然大哭。

——原載二〇〇二年八月二十九日《中國時報》人間副刊

韓良露作品

韓良露

江蘇東台人，1958年生於台灣高雄。在學習史，後從事電視編劇及新聞節目製作工作，興趣廣泛，寫作範圍從影評、美食、旅遊至占星學不等，曾旅居倫敦五年，並遊歷世界五十餘國，返國後從事網路技術工作，目前為「網路基因科技公司」總經理。著有散文集《美味之戀》、《微醺之戀》、《狗日子、貓時間——韓良露倫敦旅札》、《食在有意思》。曾獲新聞局優良劇本獎、金鐘獎最佳新聞節目獎。

泥鰍的命運

從我七歲起，周媽媽就在我家幫忙，一直幫忙到我十七歲，我家從北投搬到東門町時才結束。

周媽媽做的是管家的工作，整理房子，準備三餐，加上照顧小弟。但周媽媽一到黃昏就得回家，因爲她有自己的家要照顧。

爸爸雖然常下廚，但他做的都不是家常菜，而是各種中西大菜，或蛋糕、冰淇淋、豆漿、包子等比較好玩的飲食花樣。

負責我家基本家常飯菜的是周媽媽，譬如說炒個青菜、煎條魚、燉個湯之類的。

周媽媽身世很淒涼，這是小孩私下都知道的，但卻不知是哪個大人講出來的。據說她原來是大戶人家，嫁給了一位將軍，過著挺不錯的生活，但後來卻愛上了一個小警察。和警察私奔的她，卻開始過起十分悲慘的生活。

兩個人從南部躲到了北部，託了朋友幫忙，小警察才到育幼院去當臨時工友，但做沒多久事的他，卻發現自己得了帕金森症。

我印象中的周伯伯，永遠躺在床上，全身發著抖顫。童年時每次跟周媽媽回家，我都會盡量不進周伯伯的房間，深怕看到他那雙哀傷的眼神。

也許因爲周媽媽長年心情不佳，因此做菜時總是蹙著眉，一臉心情不佳，再加上她工作繁重，又要顧我家，又要顧周伯伯及孩子，因此她做起菜來總快手快腳，匆匆忙忙。有時，我放學回家，晚飯已經擺在桌上了，用一個紗布網蓋著防蒼蠅，而周媽媽早已回家了。

爸爸媽媽跟周媽媽感情很好，早把她當一家人了，因此很體諒她的苦處。平日也常叫我們別煩她，而總愛下廚的爸爸，每次進廚房，周媽媽就成了他的副手，但我常覺得周媽媽一定覺得幫忙我爸做菜，比她自己弄要麻煩太多了。

我一直不把周媽媽看成美食的化身，因爲我從小就看多了我的阿嬤及老爸對飲食烹調的講究。但我後來才知道，周媽媽有許多過去是我不了解的，其實，她不是不懂、不愛美食，只是生活變了，心境也變了。

我第一次發現周媽媽和美食其實也大有關聯，是因爲我和鄰居男生去北投復興崗旁的稻田抓泥鰍，捉了一桶泥鰍回家，放在後院的水缸中來玩。

房中後院的大水缸，平日是專門讓講究魚鮮之道的爸爸，從市場或溪流、河邊買了活魚回來後，專供活魚吐沙的，那個水缸中養過甲魚、鯉魚、草魚、河鰻不等。而剛好我帶泥鰍回來時，池中無他物，於是便成了我的放生池。

放了兩天，周媽媽問我要如何處置這批泥鰍時，我早已忘了還有泥鰍養在缸裡。但我眞不知如何處置，難道再把牠們放回稻田中？

周媽媽問我知不知道泥鰍也可以吃，我說不知道，泥鰍長得奇形怪狀，並不像可吃的東西，接著周媽媽說起她老家廣東潮汕一帶，有一名菜即「泥鰍鑽豆腐」，她問我想不想吃。

我一向好奇，便不管敢不敢吃，先點頭爲上，於是，周媽媽開始準備做菜，在此之前，我從未看到她做菜時如此慢條斯理、全神貫注，臉上還帶著一抹飄忽的微笑。

我看著周媽媽先把池中已吐盡腹內穢物的泥鰍盛起，沖洗後，放在一深碗中，泥鰍在碗中糾成一團，接著周媽媽用另一碗打蛋，把打好的雞蛋倒入深碗中，一時之間，只見放在池中兩天，腹空飢餓的泥鰍片刻之間便將蛋漿吃喝盡了。我在一旁看愣了眼，更知生物飢餓時的力量了，但泥鰍不知道牠們吃的是最後一餐了。

接著，周媽媽在一長鍋中，放置一大塊豆腐及水，再把泥鰍倒入鍋中後，立即開猛火燒鍋。過了不久，我便聽到鍋內傳出轟隆聲。周媽媽拿著濕布用力蓋緊了鍋蓋，但鍋內仍有極大的力道推擠鍋蓋，而周媽媽死命按住蓋子。

慢慢地，聲音平靜了，鍋蓋也不必按住了，周媽媽在一旁準備薑、蔥、醬油等佐料。等鍋子冒出大煙時，我也聞到了河鮮的香味。周媽媽打開鍋蓋，把佐料倒入，再燜一會，便起鍋了。

盛入盤中的景象實在恐怖，一隻隻泥鰍的頭都埋在豆腐內，只有身軀在外，但都已經泛成灰白色了。

周媽媽告訴我，由於豆腐熱得慢，當火燒開了水，遇熱逃生的泥鰍便會往比較冷的豆腐內鑽，但躲不了多久，豆腐也一樣變得火熱時，泥鰍也就熟透了。

我和周媽媽在廚房中吃這道「泥鰍鑽豆腐」時，周媽媽告訴了我她童年的故事，說她以前也是千金小姐（像我當時），家裡是不吃這種鄉野食物的，但帶她的奶媽就很愛吃這道菜，因爲泥鰍便宜，泥田裡有的是，就成了懷念河鮮但吃不到河鮮的人的解饞之物了。周媽媽說，她常看奶媽做這道菜，也跟著吃，久而久之，就愛上了泥鰍的滋味。

我很少看到周媽媽笑，但那一天，當她談起童年的她，是如何的千金小姐及受寵愛時，我在她滿是皺紋的臉上看到一種彷彿是青春的光影。

但這段歡樂的時光維持得並不久，吃完了泥鰍後，周媽媽又變得心情沉重了。在她一邊洗碗洗鍋子時，背對著我的她，彷彿自言自語地說起話來，她說她從沒想到她的人生會變成像在熱鍋中的泥鰍，拚命想逃，卻逃不了，只有找塊冷一點的豆腐鑽，但豆腐根本承受不了牠的重量，這就是進入熱鍋中的泥鰍的命運。

周媽媽的話，當時的我並未完全明白，但還是記住了，而那個晚上，吃泥鰍的事變成了惡夢，夢中有許多泥鰍從我身體裡往外鑽。長大後，我才明白這個夢是佛洛伊德說的潛意識中的罪惡感在作祟，害得我直到今天都不敢吃泥鰍，而也許我更怕的是周媽媽說的泥鰍般的命運。

——二〇〇一年六月・選自方智版《美味之戀》

上海吃小、吃鮮、吃刁

這幾年常去上海，鎮天吃東吃西，有一天突然領悟出所謂上海的滋味，絕不只是本幫菜館中的濃油赤醬之味，那本是發跡於路邊攤，應付一般販夫走卒、小老百姓出外營生的方便之味，但世故、挑剔的上海人眞正喜歡的滋味，卻反應在日常飲食中的吃小吃鮮吃刁，這些精巧細膩卻又家常的滋味，才能眞正滿足上海人特別微妙的味覺。

說起吃小，上海人一定有很靈敏的舌頭，像食品行中賣的各色小松子、小瓜子、小胡桃，纖小得有如小蝌蚪，放入口中，隨時會滑走，但老派的上海人喜歡的就是這種，只要輕輕一咬後用舌尖最上方略一使力跳彈而出的丁點瓜仁，這樣訓練出來的舌尖，當然適合說那一口精巧刻薄的上海話了。

老菜市場中賣有各種小貝，少說也有十幾種，做成的菜樣，像醉銀蚶、醃黃泥螺、醉響螺、清蒸竹蟶等等，吃的都是細微纖巧的口感，不似好海鮮的廣東人特愛超大的象拔蚌、大龍蝦、大螃蟹，上海人愛吃的蟹，大閘蟹宜小不宜大，太大的蟹，肉味會粗，而平常上海人家愛吃的嗆毛蟹、嗆河蝦，也都是個兒小小的，才有那股嫩生軟滑的味。

上海小籠包、生煎包和山東大饅頭相比，當然是一南一北兩樣情，南人纖巧北人豪放，小籠包、生煎包的設計，本是一口一個，做大了吃相不好看，不像大饅頭，就是要大口大咬才有勁。

上海人不喜歡養得大大的土雞

上海人也不喜歡養得大大的土雞，喜歡的是小小的三黃雞，肉質鮮嫩，宜吃醉雞、白雞，但不宜久燉，不似廣佬的煲雞湯或台灣的醉酒雞。

上海人也好吃小鱔魚，菜市場中總有好幾攤生劏小鱔魚的攤子，用的是小巧的竹籤，將細若蚯蚓的小鱔去污穢，手藝靈活地只見手指在跳舞。

市場中賣的豆干、豆腐，也都小小的，太大的沒賣相，讓上海人看了覺得粗魯，時令的蔬菜，也都長得小，細蔥、米莧、草頭、馬蘭頭、毛毛菜、小塘菜、空心菜、薺菜都長得小小的，原因是上海人覺得小而鮮是一體的。

像我常去的一家寧波館瑞福園，有一年二月底，吃了剛上市不久的草頭，還是剛冒出尖兒的青芽，鮮嫩清香極了，到了三月底，再叫草頭時，熟識的女侍就指點我說這會兒草頭長大了，不那麼鮮嫩了，還不如換正當令的米莧或空心菜吧！我叫了脆嫩的空心菜，發現空心菜不是青綠色的，而是碧翠色，色澤正如眼下上海街上剛發的梧桐新芽般，但等到了四、五月交頭，空心菜也綠了，也老了。

上海街上有不少挑擔賣鮮果的小販，似乎都不是專業的，而是各地農家兼差的工作，在不同的季節，挑著不同的時令風味上市。

有一年初夏，在上海小住，常常和一老嫗買新鮮的蓮蓬，她提著一個竹籃，籃中不過三十多個蓮蓬，都像還沾著露水似的，她總在住處附近襄陽北路的鐘點早市出現，識貨的人一會就買光了她的貨。

她賣的蓮蓬，最宜生吃，水嫩清甜的蓮子滋味，完全不帶一絲苦味，但這樣的蓮蓬，只要放置一下午，就泛著微苦了，再放置一夜，蓮心中就會長起一小絲的綠芽，這時蓮子不僅略苦也略硬，就宜曬了做乾貨。

盛夏時，是上海近郊松江水蜜桃上市的時候，不少農家男女挑擔在大街小巷賣皮粉肉薄水汪的白桃，這些鮮嫩欲滴的桃子，頗有上海女人的風味，盛夏時，上海女人流行穿嫩色的無袖連身洋裙，光著粉白的雙肩和臉上現著的白裡透紅，其實是精心保養了一年才能有的嬌貴，就如同水蜜桃般。

上海人好吃鮮，河鮮中的河鰻、甲魚，菜市場中都一水缸一水缸活賣著，還高掛著牌子寫上蘇北野生甲魚、寧波野生河鰻，但上海的鮮味有許多不同種，像春天清早剛崛出的，還包裹著土泥的新筍的鮮甜或冬天食品行中熱炒的銀杏的鮮苦，正是春天、冬天不同的季節的鮮味。而南貨店中賣的小鴨肫，吃的是鹹鮮味，至於講究的東陽火腿，賣家會用一竹枝，往紅豔豔的腿肉中一刺，拿出來給客人聞，識貨的上海人這時聞的是醃鮮味，所以才有那道醃篤鮮的名菜。

受寧波、紹興本家影響不小的上海人，愛吃的臭冬瓜、臭莧菜、臭豆腐，自然有股臭鮮味，這吃不慣的人可聞不出來，奇的是明明是腐霉的霉乾菜，也說有股霉鮮味。

還有醉蝦、醉蟹、醉蜆的醉鮮味，或雪裡紅的生鮮味或糟毛豆、糟田螺的糟鮮味，這許許多多的鮮味，正是上海人一種特別的味覺；鮮味也，味之極者；上海人處事圓滑，但味蕾卻講究幽微的極端。

常說上海人的刁是棉花堆裡的針，表面上是看不出來的，不像廣東的南蠻刁，只是一股猛勁，並不太棘手的，但上海人是細裡來，有人被刺到了還不知怎麼回事。

上海人吃刁也是有名的，平常百姓人家，自小就吃的蔥㸆小鯽魚，在如針刺般的小骨上挑魚肉吃，是上海三、五歲小孩就會的活，可美國佬七老八十都學不會的。更絕的是吃那清明前的刀魚，渾身上下佈滿嚴密如網的細刺，但又配上天下少有的、會讓吃者舌尖一驚的沖鮮味，大大地滿足上海食客的刁嘴，吃刀魚，是眾裡尋肉千百回，吐盡細刺才入口啊！

清明過了一陣子後，上海人就不尚吃刀魚了

但清明過了一陣子後，上海人就不尚吃刀魚了，說是那時魚刺如刀般扎口，肉也粗了，沖鮮味也退了，就不願意花貴錢吃刀魚了。反正，在上海，刁吃的東西還有著呢！

清明一過，胡適之題字的程裕新茶號就貼上寫著雨前龍井上市的字聯，許多老字號、新字號的茶莊都應景搬出炒茶青的鍋爐，中年師傅赤手空拳地焙著剛採摘的新葉，一般清香味飄散在空氣之中，讓行人忍不住停步嗅聞著這春天的氣息。

有一年，我在杭州尋兩葉一心的雨前龍井，卻聽杭州人說，極品的茶不少都被上海商家早訂了去，因爲上海人有錢、嘴又刁，懂得賞識淡裡尋味的新茶之味。

上海人也喜吃石榴，夏天石榴紅時，小販挑著擔賣，並不便宜，人民幣十元一個，要說石榴吃什麼勁呢！全是刁吃著那一小粒又一小粒的紅水晶球兒，微酸微甜又微澀的滋味，在舌尖上打著滾的口感。這樣一顆石榴，無聊又有閒的少婦，可以一下午慢慢剝著吃，吃得嘴角沾染上那一抹隱約的豔紅，鏡裡一照，心情也蕩漾起來了。

上海人跟京都人一樣，都跟千年前的杭州人學吃豆腐衣，薄如羽翼的豆皮，上海人用來和杭州毛毛菜一起同炒，眞是刁嘴之樂，還有上海人嗜吃的韭黃，硬是把廣東人愛吃的生脆鮮蠻的韭菜，變成了軟嫩細柔的韭黃了。

愛吃刁，自然要有手巧之人，一九八九年我去上海時，上海街頭買賣的食文化還沒恢復，卻在一老醫生家中，吃到家裡自製的小餛飩和寧波小湯圓，小小的餛飩是薺菜肉餡的，包得可細緻，在熱湯中煮著好似靈動的小魚，而那包著芝麻粉的小指尖大的小湯圓，糯米皮薄得很，煮滾了卻還粒粒結實。

這幾年，上海冷前菜中，流行一款蜜紅棗包糖蓮子和切得如細末般的馬蘭頭豆干，吃的也都是刁味啊！

上海人吃小吃鮮吃刁，當然和落籍上海的蘇州、杭州、揚州、寧波、紹興本家有著文化的牽連，這些地方可都是比上海歷史悠久的老城，自然保有古都人才有的精巧的吃食習慣，但曾經做過國際大都會的上海，卻又有另一種大城市人才會有的世故，使得他們不必吃最貴的食材，如鮑參翅燕之流，卻依然能展現吃家講究的世面。就從最平常的蔬果魚禽種種，懂得吃小吃鮮吃刁的上海人，現的可是心思和眼光。

——原載二〇〇二年九月十日《中國時報》人間副刊

莊裕安作品

散文卷

莊裕安

台灣彰化人，1959年生。中國醫藥學院醫學系畢業，後入長庚醫院習內科。現自行執業內兒科。1989年展開有關生活時事、古典音樂、電影、旅遊等題材專欄寫作，著有《一隻叫浮士德的魚》、《巴爾札克在家嗎》、《愛電影不愛普拿疼》、《巴哈溫泉》、《喬伊斯偷走我的除夕》等十七本小品文創作。曾獲1994年吳魯芹散文獎。

魔術師的藥包

梅爾魁德斯也許該有個中文名字，讓我想想，二十幾年前，母親是怎麼稱呼他的，好像是林桑，要不然就是阿發哥，或者是小林仔。

梅爾魁德斯在小說《百年孤寂》裡，是一個鬍子硬綳綳、雙手像痲雀的胖吉普賽人，為馬康多村子帶來磁鐵、放大鏡、航海用具、煉金術和恢復記憶的藥水。而我回想起自己童年的梅爾魁德斯，一定要應了馬奎斯開宗明義的那句話，「萬物自有生命，只要喚醒它們的靈魂就行了。」現在，我急著讓梅爾魁德斯頭一次踏進我們村子的那個下午醒來。

多年來，當我沉浸在診所的酒精氛圍時，總會想起梅爾魁德斯渾身薄荷香的那個下午。梅爾魁德斯第一次來到我們的村子，為家家戶戶帶來一個塑膠袋子，比我們帆布書包的體積略小一些，帶耳的，用來吊在牆壁上。當他右手拎著西裝，左手提著袋子走進客廳時，我以為家裡來了一個穿吊帶褲的日本客人。梅爾魁德斯禮貌地摘下紳士帽子，邊和母親寒暄之間，逕自在牆角釘上釘子，那種權威和自信，只有鄉公所或派出所的公務員身上才看得到。有好無歹啦，無佔多大位，用了再收錢，梅爾魁德斯向母親鞠個深躬後優雅離去。

梅爾魁德斯來得像政令宣導員，母親微笑著跟厝邊說，「放藥仔」裝做「官廳的」，不過大家的口吻，還都當他善類一個。梅爾魁德斯的袋子，就釘在客廳神龕旁邊，宛如保家平安的另一副神主牌子，那袋子說穿了不過是只藥葫蘆，打開後有很濃的薄荷味，是一盒盒濟眾水、紅花油、八卦丹和強胃散，可是後來它變出來的把戲，可不只是一個保健箱而已了。

我們醫界流行一則有意思的笑話，說生命統計報表顯示，醫生休診的時候，病人的死亡率特別低，難不成行醫是一項公害了。多年後，我每喝到黑松沙士的時候，都會想起童年發燒的下午，而且肯定母親在裡面加兩匙鹽巴，是多麼睿智的事。有了梅爾魁德斯的藥袋子，就更容易擺脫生命中的小災小難，我還記得腮腺炎流行期，每個小朋友自動自發在腮幫子貼塊撒隆巴斯的樣子。

個把月後，梅爾魁德斯回來收帳，可掀起一陣旋風了。梅爾魁德斯的帳目一清二楚，他的袋子裡有張硬紙板，上面標明童叟不欺的價碼，村子裡的人用起藥來滿有安全感，方便得像自家客廳開著西藥房。尤其是雨天和夜半頭燒耳熱的應急，顯得格外經濟實惠。而最叫人吃驚的，還是梅爾魁德斯的小禮物。

依照各家的消費額，嘴甜的梅爾魁德斯收款時，會塞給小朋友免削鉛筆或香水橡皮擦，二十多年前還算摩登的小文具。有一戶根本沒有拆半包藥的，也分到一小包牛奶糖，而付帳最多的那一家，梅爾魁德斯大方送了一個帶磁鐵的鉛筆盒，外殼還佈滿玫瑰印花。這個磁鐵鉛筆盒引起的話題，僅次於不久前某個小朋友進城，在百貨公司搭了十幾趟扶手電梯。

梅爾魁德斯一走，整個村子的小孩，好像全都傳染一場瘟病，他們千方百計讓自己嘔吐、發燒或腹瀉。人人全都知道，梅爾魁德斯的袋子會變把戲，小孩一下全不怕藥苦，嚼保濟丸如烏梅蜜餞。多年後我在侯孝賢的電影裡，就看到一個夭壽囝仔，沒事專愛偷吃胃散，說不定他就是個梅爾魁德斯的小孩。我再也忘不了梅爾魁德斯走後的那一個月，整個國民小學的操場，就像一張攤開的撒隆巴斯藥布，上面的小麻雀全沉浸在薄荷味道的歡樂氣氛中。所有的男生和女生，口袋裡一定藏著紅花油或白花油，以至於那個月的廁所裡，也飄散梅爾魁德斯香水味。胃散很快就取代甘草粉，用來沾芭樂或番茄吃，有幾個特別粗心的，竟然吃了調經和治白帶的膠囊。

小朋友互相炫耀他們的梅爾魁德斯魔術禮物：魔術杯子，可以摺疊三層而不會漏水的；魔術墊板，輕輕晃動時漫畫小人兒會眨眼睛的；魔術湯匙，遇水會從紅色變成藍色的。一樣樣巧妙玩具，成爲小朋友相互炫耀和鬥嘴的話題，整個校園散佈著耳語，只要把梅爾魁德斯的藥袋子吃光，就可以憑空藥盒換神秘禮物，諸如會放屁的猩猩、永遠不必充塡墨水的鋼筆、只要吃一粒就可以取代整個便當的健素糖。家教鬆的，梅爾魁德斯的藥包，三兩天就只剩空殼子，留下管教嚴的三天兩頭詐病，大人們議論紛紛這年頭是什麼流年風水。

愈接近梅爾魁德斯重返村子的月底，梅爾魁德斯的禮物，愈成爲吹牛唬人的東西，梅爾魁德斯迅速取代布袋戲的頭號英雄人物，彷彿他來的時候會騎一頭大白象，成爲眾家小孩膜拜的人物。我那時候只得到一把可以更換刀片的小刀，因爲第一個月，家裡才拆了一包征露丸和一罐雙氧水。經過無數次抬槓後，每個小朋友終於選定自己的神秘禮物，倘若沒有記錯，我希望得到一盒可以吃的水彩，擠紅色入茶杯時就是酸梅湯，白的是檸檬汁，紫的是葡萄汁。假如我能夠回憶所有小朋友光怪陸離的願望，那一定比《馬克白》的巫婆鍋子還豐富，「水蜥的眼睛、鹽海餓鯊的胃、猶太人的肝、長在墳上的水松枝和一根死嬰的指頭」。

梅爾魁德斯終於在禮拜天下午來到村子，結果當然是四處追打小孩的叫罵聲，有些母親乾脆把咒語落在梅爾魁德斯身上。梅爾魁德斯一臉無辜，天曉得他一車藥竟然被整個村子的小孩嗑光。梅爾魁德斯根本沒帶什麼新玩意兒，依舊是茶杯、墊板、湯匙、鉛筆和橡皮擦，這回所有小朋友都分到再也不稀罕的玫瑰磁鐵筆盒。而在村長主持公道下，梅爾魁德斯陪笑臉送小禮物，七折八扣索回藥錢。梅爾魁德斯以他當初權威和自信的口吻，再次宣導他的藥包是多麼經濟、實惠、便利和速效，才贏回半數人家的信賴，答應繼續放在神龕旁邊。當然，我們小朋友是被狠狠教訓過了。

從此，梅爾魁德斯的袋子，漸漸失去它的魔性。但嘴甜的梅爾魁德斯依然討人喜愛，甚至變成無所不通的郎中，指導村人如何對症下藥，確切運用他的藥包，偶爾額外奉送奇妙偏方。多年來，當我沉浸在診所的酒精氛圍時，每每想起我是吃羼了鹽的沙士和梅爾魁德斯的袋子長大的。沒有藥政登記，沒有製造和有效日期，沒有成份藥量標示，所有內服外敷藥唯一相同的成份是薄荷。萬無一失的薄荷，用來鬆弛太陽穴和背肌，溫潤調理腸胃蠕動，跌打或蚊蚋傷口消腫止痛，甚至迷幻了整個村子的小孩。在二十幾年前的某個月裡，喚醒他們魔術的靈魂，連梅爾魁德斯自己都嚇了一大跳。

多年後，當我沉浸在診所的酒精氛圍時，將會想起梅爾魁德斯渾身薄荷香的那個下午。而現在，我和當年的梅爾魁德斯一樣爲人治頭痛、背痛和腹痛，並且偷偷冀望，意外喚醒一些小孩魔術的靈魂。現在，我要在書本裡尋人，有誰認識那個二十幾年前，右手拎著西裝，左手提著藥袋，穿吊帶褲、戴紳士帽，來我們樓厝村放藥的，名叫林什麼發的男人呢？

——一九九二年・選自大呂版《我和我倒立的村子》

埃及風

看見阿依達

看哪，阿依達，這不正是我們家錄影帶裡的阿依達嗎？原來義大利維洛那露天劇場那個凱旋場景，竟然完完全全仿自路克索神廟的入口，把拉姆斯二世的坐像、塔門和方尖碑，活生生移植過去。現在，我們從觀眾席跑上舞臺了，但別怕碰倒道具，整個古埃及就是這些紙草花、棕櫚葉和蓮花的大柱子撐起來的。也別太喧嚷，免得驚醒沉睡中的法老王。

路克索神廟眞的沉睡三千年，它建於西元前一千四百年阿曼侯泰三世在位時，但故事要從那顆小美人痣說起。在這二六〇公尺長、五十公尺寬的大神廟裡，怎麼會在屋頂鑲嵌明珠，蓋起一間色澤風味都不搭配的清眞寺呢？原來中世紀回教徒入侵時，整座路克索神廟埋在沙土和垃圾裡，回教徒找到山丘平台來蓋座小清眞寺，沒想到竟相準神廟的天棚。路克索那時荒涼極了，誰也不記得荷馬的《伊利亞德》，曾描述過這個「百門之城」，華宇裡盡是珠寶珍藏，它的舊名叫底比斯。

西元一八八五年，舊墟正式開始遷村和挖掘，那個原本建在古蹟上的小村消失了，升起的是堂皇耀眼的大神廟。剛好疊架在屋頂一隅的清眞寺，就留下來當作時間的紀念品，所以我們可以看到阿拉貝斯克式的回教建築，海市蜃樓般懸在半空中。據考古家探測說，整座神廟還沒完全曝光，沙堆岩層裡一定還會有秘密古跡，但拮据的當局得先保住國庫的元氣。況且，保存古物的上上之策，還是讓它們長埋地下，不要出來「見光死」比較好。

在赫托何魯的畫冊裡，我看見有七八個人高的拉姆斯二世坐像，胸部以下還全埋在砂礫裡。這位出生於一八〇一年，愛旅行的法國建築師，在上個世紀兩度長征尼羅河，於一八四一年出版了埃及見聞的畫冊。那時路克索還是人口僅八百的小城，跟《伊利亞德》第九卷的通都大邑，以及今日的旅館林立，都不能相提並論。據說當時村落的人生活頗優渥，米蔬牲畜自給自足，每個禮拜有次市集盛會，物價也比開羅低。

在擺飾講求對稱的埃及建築風格，細心的遊客也許會發現形單影隻的方尖碑，原來高達二十公尺、重達二十五萬公斤的另一座方尖碑，被法國人擄去立在協和廣場。雖然塔門上的壁畫，騎在戰車上的拉姆斯二世，還是驍悍拉著滿弓，而整座神廟四處是他和西臺族在敘利亞征戰的寫眞，但遊客不再爲之亢奮。說不定在壁畫的某個角落裡，我們還可以找到，淪落爲俘虜的衣索比亞公主阿依達呢！現在也不適合談這些，今年埃及觀光業因波斯灣風雲跌至谷底，千萬別提戰爭這個字眼。

沉沒的神廟

路克索神廟埋進沙裡，這還不稀奇，伊西絲神廟整個沉到水底去了。據說費拉島還沒喬遷時，如果你在尼羅河游泳，可以穿梭過伊西絲神廟的廊柱，看見波光裡幽微的壁畫，這不正是德布西「前奏曲」第一集裡，編號第十的那首「沉沒的教堂」嗎？

出遊前，國內討論十三行遺址的話題紛紛，亞斯文水壩和費拉島古蹟也曾引起新舊之爭。一九〇二年亞斯文舊壩竣工，有「尼羅珍珠」美譽的費拉島陷入水中，伊西絲神廟只露出塔門高頂。在防洪與援古中，必有兩極意見，據說代表殖民政府的邱吉爾，也曾激進說道，放棄亞斯文水壩而保留伊西絲神廟，將成為虛偽宗教祭壇上最愚蠢的祭品。隨著水壩加高和增建，眼見神廟就要滅頂了。一九八〇年聯合國文教組織終於推行「奴比亞遺跡救濟運動」，在費拉島外圍先築一長堤，再將堤內的水抽乾，神廟的石頭一塊塊拆下，移至附近的阿吉奇亞島，照神廟原狀恢復舊觀。所以亞斯文水庫造壩工程，加上費拉島水底遷徙，據聞將有取代金字塔，成為全世界七大奇蹟之說。

如今去費拉島，其實應該說是阿吉奇亞島，只是一時改不了口，因為眞正的費拉島已沉到水底了。就像埃及古蹟到處都可見的「聲光秀」，我們也乘坐渡船去看了一回。傍晚的尼羅河特別清爽，可能是沙漠氣候溫差很大，河水在熱與冷的驟變裡，竟也格外慧黠，這推論馬上得到反證，因為那船夫卻是慵懶散慢的。但這魯鈍的船夫，在回程時又贏得我的敬意，因為岸上七點鐘聲一嗚，他馬上面對麥加聖地，五體投地膜拜一番，又是虔誠性靈極了。

雲龍在天邊窺伺水色，彩霞像征塵前蓄勢待發的戰車，極投契看戲前的心情與氣氛。我們都以爲戲是人扮的，這回卻全是神來軋腳，至於神，那當然是仙風道骨，既不見首復不見尾。原來，在從水底撈起的神廟裡，當局設下隱祕的擴音喇叭和各種層次色澤的探照燈，當黃昏日落那刻，好戲開鑼。首席紅伶正是伊西絲女神，以現實利益而言，那遷廟花費的三千萬美金，也理當由她償還，況且不拋頭又不露面，無損神威。

故事就從伊西絲和奧西利斯說起，如果你對莫札特還算熟悉，自然也不會對這兩個名字陌生。《魔笛》編碼第十號的詠歎調，大祭司薩拉斯妥所唱的，不正是「伊西絲與奧西利斯神啊，請賜給他們智慧」，眞是人生何處不相逢呢！莫札特的「魔笛」，就設在一個不明的假想年代，古埃及的傳奇故事。往後的好幾天，說不定我們還會遇上理查史特勞斯「埃及的海倫」或韓德爾「朱利亞斯凱撒」，歌劇世界的埃及人。

這「聲光秀」並不俗氣，不同色澤的燈光打在壁畫上，果然引起懷古遐思。擴音喇叭像摩登電影的多聲軌，除了嚮導一般的主述者交代故事來龍去脈，還有劇中各角色的台詞，分別傳自神廟屋頂不同方位。所以約莫十丈高的巨廟中，觀眾像矮小的玩偶，不斷追隨四方八達的聲音燈光，如果伊西絲天上有知，亦可驕傲威風，保有祂神格的睥睨了。整個聲光劇設計出六七個場景，觀眾在看戲時也瀏覽廟中每個角落。愁慘的藍、殺戮的紅、豐收的綠，劇情進展得頗緊湊，音樂的安排也很匠心，靜謐處是古埃及絲竹，激動處像約翰威廉斯「星際大戰」的交響詩。有一處生人勿近的藏寶室，打的是黃金色光束，像極了「法櫃奇兵」，不管看門道的還是瞧熱鬧的，全都逗樂了。最後，大夥到廣場一角坐下乘涼，拉遠距離看十四根石柱撐起來的圖拉眞享殿。在黑暗中，那群明明滅滅的幽光，像皇族亡靈變成的螢火蟲。如果今晚，我們沉沒尼羅河底，通過水的折射，我眞不敢想像那會有多美，聰明的德布西。

法老王的復仇

你知道什麼叫「法老王的復仇」嗎？是在皇陵的牆壁或靈柩塗上劇毒懲罰盜墓者，還是哪個死不瞑目的法老於石棺銘文施展咒語？都不是的，法老王的復仇是針對觀光客而來，所有旅行者在埃及吃到難以下嚥的食物，通常是還沒成熟的水果或奇怪的生菜，這才叫「法老王的復仇」。

我是個好胃口的觀光客，我只認脂肪和蛋白質，管它牛羊豬雞魚蝦，凡是端上桌的，無不好整以暇。就在離開開羅的前一晚，我被五星級飯店的廚師報了一仇。那晚據說要吃中國料理，旅行社已從臺北傳眞一張食譜過洋，想必是被某位法老王中途攔截施了小咒。清湯無甚可觀，缺的是碎芹梗，炒飯也很乏味，少了蔥爆的熱油功夫。主菜是在番茄醬游泳的一隻大雞腿，不滷不烤不炸，好像一隻雞活生生被番茄醬給淹死了，就剁下大腿上桌。說不定埃及番茄醬像咱們漿糊，黏搭搭纏上雞皮，又酸又甜又嗆，好端端毀了一隻雞的名譽。總之，我羞愧死了，這樣的食物冠上「中國」兩字，只有深仇大恨的敵人才幹得出來。不過，當五星廚師看見二十幾隻雞腿，幾乎原封不動端回廚房，我可以想像的是，他趴在爐邊哭了一整夜。

我確信埃及有好東西吃，他們的五千年文化可以保證。林語堂曾說，中國最貴重的食品，本身都同樣具有三種特質，即無色、無臭和無味，如魚翅、燕窩、銀耳即屬於這一類。這三種食物都是含膠質的東西，色臭味均無，其所以成佳餚，全在用好湯去配味。要是埃及廚子曉得這番道理，定不會用大缸番茄醬燜熟一隻雞腿。當然，我也不相信，埃及人要是花九天旅程，其實有三天在機上，五萬旅費，至少有三萬給航空公司，在臺北會品嚐到魚翅燕窩的好處。

埃及水果可能是地處沙漠，生成甜而不汁的個性。有一種鴿蛋樣子的椰棗，咬嚼起來竟然像咱們的甘蔗，葡萄粒小，貌寢卻以如蜜驚人。因為水果生性高糖，舉凡蛋糕、布丁或果凍，甜到麻痺味蕾。有一種在油裡炸過的糖丸子，吃畢一顆，其膩其脹，效果等同飽餐一頓。乳酪不香也不羶，也許取自羊奶或駝奶，淋上楓漿卻很可口。檸檬是水果的異教徒，汁而不甜，乾皺一小枚，怎麼都擠不完。

旅遊指南裡，對金字塔和博物館非常慷慨，洋洋灑灑長篇又附圖。輪到飲食的篇幅，小氣又苛刻，除了切勿、嚴禁、提防種種警告字眼以外，幾乎找不到積極的建議內容。埃及是個咖啡屋城市，據說開羅有三萬座之多，那天下午在路克索行程比較鬆閒，找個窗明几淨的地方坐下。咖啡還沒上桌，欺生的蒼蠅就來兩隻，我練就的幾個單字：薩阿達（不加糖）、厄瑞哈（一點點）、馬滋巴（普通多）、濟雅達（很甜），也變得沒什麼興致露一手了。路上到處有賣現擠石榴汁，想到「魂斷威尼斯」、「愛在瘟疫蔓延時」，遂澆息嚐鮮的念頭。

酒醉後坐在河岸上

吃飯買水，這眞是破題第一回，咱們跑堂，菜單還沒來，一壺茶就先上桌。埃及侍者可能有他們堂皇的理由，古埃及象形文字據說不造「雨」這個字，你們當然沒水喝了，好一個理直氣壯。所以我們三餐買水，一口氣買三瓶，一瓶當場喝，兩瓶帶走，提著兩公升水觀光，我開始羡慕駱駝了。

據說，喝過一公升尼羅河水的旅客，這輩子必有重返埃及的福分，但我們猛灌好幾升的礦泉水，不知道是不是隸屬河神管轄。亞斯文五星旅館的自來水是可以生飲的，而領隊和書本都勸我們別貿然一試。但在往阿加汗國王陵寢的船上，我看見隨船的埃及男孩，大大方方舀起一杯尼羅河水，咕嚕暢快喝光，還對我露齒一笑，使我也有飲的衝動。

梭巡在艾爾芬島、象島、齊清諾島的船，有一個更好聽的名字叫「浮盧客」，就像威尼斯的船也不叫船，而叫「貢多拉」。浮盧客是一種三桅小船，張帆在河上時，非常像張著單隻翅膀的天鵝。阿加汗陵寢所在的半山腰，有一座王妃的行宮，是眺望尼羅河最佳的地方。如果有一壺當地的芙蓉茶和一把附遮陽的躺椅，任何人都願意在那兒坐上整個下午，看十幾隻白天鵝在茵碧的河上優游，說不定能領悟什麼人生幸福的奧義。西元一世紀末，曾有個羅馬諷喻詩人朱文納，就放逐在亞斯文，活到八十歲才去世，恐怕眞悟出了人生幸福的奧義。

如果你想搭乘三天兩夜的浮盧客，沿著尼羅河從亞斯文到伊德夫，也許你可以去找一個叫諾利的小男生。他有一艘叫「阿姆斯持丹」的浮盧客，另外正在建造的那艘，預備命名「奧瑞崗」。諾利是個害羞卻熱心的好奴比亞人，假使你的同伴不多也不喧嚷，他可能願意帶你去他住的吉貝爾塔庫克小村落見識見識，但又怕變成被騷擾的觀光點。要不然你們也可以去阿布莎拉市集，去買阿拉伯棉袍、棕櫚葉編的籃子、黑檀木雕或是一千零一夜的香料。那些騷鬍子和杏仁眼的埃及佬，每一個都有可能是大騙子，但也不乏像諾利這般好心腸的小男生。

浮盧客雖風雅，其實是很簡陋，你也許可以考慮在開羅搭豪華輪船，有五星到三星等級，不乏知名如希爾頓、喜來登的連鎖企業。除了酷熱的六到九月，終年有六十幾艘豪華輪船巡弋漫遊，埃及的旅遊點也全在尼羅河畔，從亞歷山卓、開羅、路克索、亞斯文、阿布辛貝爾，沿路靠岸。知名的英國小說家阿嘉莎克麗絲蒂，就覺得尼羅之旅，除了絕佳風光水色，也是一場謀殺案的最好場景。

再沒有任何一條河的「兩岸情結」，會比尼羅河更糾葛了，因爲它幾乎隔開陰陽兩界。東岸是日升之城，曾有繁華的孟斐斯及底比斯王朝，西岸是日落之城，是埋葬死者的金字塔和帝王谷。古埃及人多鬮集肥沃的東岸，相信死亡伴隨夕沉，西岸沙漠是靈魂歸屬的地方。據說，古埃及人對死亡所表現的濃厚興趣，主要是因爲他們對生活的熱愛，對埃及這塊土地的眷戀。除了木乃伊文化外，寢陵中的各種體貼的裝備，不外乎要讓帝侯返陽一刹那，可以很快找到回家的路途。

雖然擺盪在尼羅河和恆河上的感覺是如此相像，但埃及和印度的生死觀卻截然不同，至於像我置身度外的旅客，是弗能體會這樣的情愫。只有在傍晚的好風吹過來時，像幾千幾萬首埃及詩。一個句子拂過我的臉頰，「死亡今天就在我面前，像荷花的芬芳，像酒醉後坐在河岸上」，我既然不了解死，就要好好掌握生。

——一九九三年三月·選自大呂版《巴爾札克在家嗎》

巴爾札克在家嗎

1

如果照「米其林」的說法，我們根本甭去「巴爾札克之家」了。米其林是一本旅遊指南，相當於唱片評介的「企鵝」，它們都以最高三顆星來給等第。巴爾札克小屋眞可憐，連半顆星都得不到，它不是爲觀光客開放的，除了像我這種書呆子，誰去看那幢發霉的舊房子？

出了市立現代美術館，沿著塞納河岸往西行，就是巴爾札克住的帕西區。原本我們在巴黎遊走，全靠晝伏夜也不出的地下鐵，如此便不必一天到晚跟鐵塔打照面，但現在還是得穿過這個大魔怪的陰影。難怪小說家莫泊桑說，巴黎唯一看不到鐵塔的地方，是坐在鐵塔餐廳的窗邊。

沿著紐約路、甘迺迪路走，原來巴黎也有台北一般的羅斯福路。紐約路上一點也不紐約。因爲風大，房子都繃著臉。繃著臉的房子更像老紳士，有些看起來恐怕從巴爾札克還在散步以來，都不曾翻修過。我們路過一家「拉赫曼尼諾夫音樂學院」，就走過去摸摸招牌，踏踏院子裡的泥土，好像眞跟作曲家親密接觸過。但不像歌劇院旁邊，那間戴亞義烈夫的房子，說不定這只是個流亡的俄國音樂教授開的，作曲家根本不曾光臨過，只有愛樂人自作多情一番。

我們在路上走走停停，想多看一些好看的法國人。海明威住巴黎的時候，在聖邁可的一家咖啡店，看到一個女孩子，「臉頰清新有如新鑄的銅錢，頭髮黝黑好似烏鴉的翅膀」，海明威恐怕喝醉了，有什麼標致的女孩會像銅板和烏鴉？波特萊爾也有一首「致一位過路的女人」，說她靈巧高貴，露出雕像般小腿。而這位穿著喪服，哀思莊嚴的不知名女子，竟讓他有觸電痙攣的致命快樂。巴黎女人，果眞有這種鎖魂魅力？但沿著塞納河的路上，只有那個送麵包的工人，回答我異國的微笑，一個依莎貝雨蓓也看不到。

地圖上三根指頭寬的距離，我們走了快半個鐘頭。要不是太崇拜大文豪，這中間我們隨時可以開小差，去看一間以高棉吳哥窟文化爲號召的吉梅美術館、莫內遺族曾捐出「日出」和「印象」的馬蒙丹美術館、不醉不歸的酒的博物館，還有阿瑪橋左岸入口的巴黎下水道。你不要懷疑下水道有什麼好看的，據說「雨果迷」看完聖母院的鐘樓，接著就是《孤星淚》裡男主角沿此逃走的下水道，還收門票和設導遊呢！

2

完整的「巴爾札克之旅」，應該從杜爾遊起。巴爾札克出生於杜爾市義大利軍街沙杜南地段二十五號，一七九九年五月二十一日上午十一時，據說這分戶口註冊資料還保存在市政府檔案。我們去杜爾，並不爲訪巴爾札克誕生地，而是以此爲夜宿，白天去羅瓦河谷的城堡區、葡萄酒廠和製鵝肝醬農場。巴爾札克在此度過不愉快的童年，甚至他還說過這樣的話，我從來不曾有過母親。巴爾札克的父母相差三十二歲，人們無法理解這位壞脾氣又多禁忌的年輕母親，爲何會拒絕孩子們的示愛。巴爾札克八歲在班多姆市中心，臨小羅瓦爾河的歐瑞多教會學校就讀，在住校期間養成「吞食神學、歷史、哲學、科學書籍果腹」的習慣。

巴爾札克十四歲從歐瑞多學校畢業後，才算第一次住到父母的家庭，寄讀之前，一直住在奶媽家。十五歲那年舉家遷往巴黎，他又進了寄宿學校，兩年後入巴黎大學法學系。巴黎萊斯底居耶爾街九號的房子已拆除了，那是十九歲的巴爾札克不顧家裡激烈反對，棄法學投文學，一個值得紀念的淒涼頂樓。所有有志寫作的青年，不妨一讀褚威格的《巴爾札克傳》，看被家裡切斷經濟來源的創作者，爲了省下寒冬燃料錢，好幾天不敢下床，成天擔心燈油開支，因爲三點鐘天就黑了。他常站在咖啡店和餐館的玻璃窗外，照照自己飢餓的窘相，什麼好吃的東西都與他無緣。但他寫得很勤快，法蘭西文壇要在十年後才發現這個天才。

土爾農街二號是巴爾札克二十八到三十一歲住的地方，作家被投資印刷廠的事，搞得灰頭土臉。巴爾札克一輩子都沒有經商運，他那股創作時的樂觀和幻想力，永遠讓他在投資時傾家蕩產。大賠一場以後，他又過著苦行僧一般的生活。據說他在三十一、二歲兩年的產量，文學史上無人能比，每天至少要寫十六頁稿紙，巴黎沒有一種期刊或報紙，不曾出現過巴爾札克的名字，兩年內有一百四十五篇作品付印，包括這樣的文章：烹調生理學、聖西門的門徒與聖西門主義者、引起鬥毆的方法、一瓶香檳酒的道德。

3

如果你也是小說迷，並且熟讀過巴爾札克的傳記，或許你會贊許我的選擇，放棄羅浮與凡爾賽宮的二度重遊，到雷那亞爾街四十七號巴爾札克紀念館。巴爾札克於四十一歲到四十八歲時住在此處，後來搬到現已改名為巴爾札克街的幸福街，大文豪並沒有更幸福，健康情況每下愈況，三年後逝於新居。

堆滿珍貴瓷器、名畫、燭台、壁氈，幸福街的保莊樓，只能象徵作家迴光返照，當個千萬富豪的臨終心願，隨著一筆龐大的債務交由夫人繼承。巴爾札克當初是以結束一場大災難的心情，搬進現今已改為雷那亞爾的巴市街，他投資開採的薩丁尼亞銀礦，又讓他嚐到幻滅的滋味。現在他又重新開始，一年寫五部小說以償還六位數債務的日子，除此之外，他還想完成整部《人間喜劇》。

雷那亞爾街的房子雖不闊綽，但對寫作的人卻足夠舒適了。這棟房子是建在斜坡上的，從雷那亞爾街的大門看過去，整個屋頂都低於街平面，而且只露出一層樓。實際上，這棟房子有三層樓，從後院看是兩層，外加一層地下室。巴爾札克住在最上面一層，但從大門進去，還要往下走一層樓面的階梯，穿過一個花園院子。

巴爾札克為了躲避債主，以化名向有錢的豬肉商，租了整個樓面。房子共有五個房間，加起來約莫五十坪大。巴爾札克住得還算舒適，餐廳、臥房、起居室、廚房、會客室一應俱全，巴爾札克唯一困惱的是，底層房客的小孩太吵，會妨礙他寫作的靈思。巴爾札克搬走後，文獻上記載，這棟房子曾住上十五個大小房客，所幸他溜得快。

偶爾來串門子的納爾瓦先生曾回憶說，站在巴爾札克家門外，除了綠色的大門和門鈴之外，什麼也看不到，因爲整個房子藏在圍牆下面兩三公尺。每次門一打開，他總聞到花園裡一股小青蘋果的味道。現在，花園裡依舊草木扶疏，還多了一座大文豪的胸像。我們跟納爾瓦先生不同的是，要付八十塊台幣的門票。

展覽區只開放上面的兩層樓面，據說地下室有個値得一顧的秘密通道。兩層樓面各有一間闢爲票務室和紀念品販賣部，其餘八間用來擺設油畫、雕像、手稿，以及當時劇院海報、節目單和報紙。我們最熟悉的是羅丹爲巴爾札克塑的大理石像，和他將右手平撫左胸口的照片。除此之外，林林總總的父母親、各個年代的戀人、顯赫知交的油畫像掛滿牆壁。我們遇到兩位老太太看展覽品大聲爆笑，也許是報上辛辣詼諧的諷刺短文逗樂她們，但我們只能看似懂非懂的誇張漫畫。

4

有兩件小東西，還拍成明信片賣給觀光客，咖啡壺和手稿，參觀者應該曉得有趣的典故。

據有心人統計，巴爾札克一生喝了五萬杯咖啡，如果以三十年寫作生命粗略計算，每天至少五杯。咖啡是這架耐磨寫作機器的黑色機油，比吃飯睡覺都重要，他愛極咖啡卻痛恨紙菸。巴爾札克寫過一首咖啡的讚美詩，說咖啡一進入他胃裡，有如一隊振奮的輕騎兵，一列排開疾馳過稿紙。巴爾札克不要助手或僕役幫他沖咖啡，他有一套「拜物式」的特殊配方。除了布爾崩、馬爾丁尼克和摩沙三種豆子其餘他都不喝，他要到三家不同的店舖購買，花老半天時間穿過巴黎市區。

在巴爾札克之家的這個咖啡壺，洗得雪亮，一點也不像一百五十年前的骨董。它的造型像咱們煎中藥的壺子，象牙白鑲赭紅色的邊，滿滿一壺少說四五百西西。有一個跟壺身等高的壺托架子，同樣的色澤和質地。當然，這樣一個相貌平平，家居造型的咖啡壺，是沒什麼稀奇，還要搭配巴爾札克把咖啡當水般牛飲的傳奇才震撼。以及，他在二十幾載歲月，靠它完成一百多部作品，創造了兩千個有血有肉的小說人物。

有一個奇妙的比方說，巴爾札克的手稿，第一次寫得得像撲克牌的「A」，只有中間一點點字跡，四周是大量留白，最後交給印刷廠卻是個「K」，整張紙滿滿的塗鴉。幫巴爾札克排版，能夠多得兩三倍鐘點費，工人卻莫不視爲畏途，沒有人可以忍受超過一個小時的工作量。

巴爾札克除了在原稿上更改，還在鉛字稿上訂正，有時離譜到幾乎是整篇重寫。一篇小說，重改十來次，一點也不算稀奇。出版商曉得他的毛病，要他自己擔負改稿後的排版費用，使巴爾札克寫作利潤大幅降低，但他一點也不在乎，甚至變本加厲樂此不疲。

一八四一年十月二日，巴爾札克搬進帕西區新居一整年後，他和出版商簽約，要出版作品全集《人間喜劇》，書名靈感源自但丁的《神曲》（神聖喜劇）。這時他出版過的書目就有一百四十三部，竟然有五十部以上是只剩存目，作者自己身邊都沒有原書保留。他寫了十六頁的長序，花了比寫一本書多的力氣。現今展覽室裡，還有一部合集，收錄全世界各國譯本的序言，傅雷的妙筆亦以中文簡體字占一個篇幅。

巴爾札克在《人間喜劇》上，每一頁稿子要花上三個鐘頭，來回三次校讀書稿。每個月他分給這套書兩百個小時的工作量，當然，他還一面寫作新的小說。在印製成明信片的某張抽樣打字稿上，原稿只占紙面的三分之一空間，稀稀疏疏十四行字，總共八個句子。這八個句子，沒有一個不作刪改，而且刪與留的單字比例，約是三比一。除了把鉛字一行行畫掉以外，手寫的稿子也塗畫得很厲害，有的用粗體線蓋去，有的畫叉號，有的整團像失去彈性秩序的彈簧圈。你簡直無法想像，這一綹綹「劫後餘生」、「形單勢薄」的倖存文字，會是曠世不晦的傑作。

5

參觀巴爾札克的房子，只讀他的傳記還不夠，你得知道一八四〇年到一八四七年，巴黎文藝圈子發生什麼事。比方說，雨果在鎩羽四次後，終於當選法蘭西院士、史湯達爾死了、梅里美出版了《卡門》、白遼士首演了他的《浮士德的天譴》，甚至羅西尼紅遍巴黎。我在一張漫畫上，輕易認出這個義大利胖子。雖然不懂法文，但我隱隱約約可以從一方方剪報上，猜測到那是恩恩怨怨的文評與劇評。

這眞是個奇妙的房子，令你感動得無法名狀，又壓迫得萬分羞慚。你摸著空無一物的大桌子，卻一直惦記，坐在這張桌前的主人，每三天要重新裝滿一瓶墨水，以及寫壞一個筆頭。這裡住的，到底是駕馭了文字，還是反被文字操縱的作家呢？這個人曾經說過，他每天只留給「這個世界」一個小時，一輩子親密來往的知交朋友不超過十個。除了買咖啡，他幾乎懶得上街，只因爲他太疲乏了。在他不寫的時候，他就盤算下個寫作計畫；在他不寫也不盤算的時候，他改稿樣。他的腦子像著了火，他不寫不盤算也不改稿的時候，唯一的嗜好，就是躺在浴盆一整個鐘頭，但還澆不息他的腦子。

這就是巴爾札克，當我從屋子走到花園時，我還不敢靠近他的樹叢中的胸像，我眞怕那石像是熱的，燙得我大叫出聲。下午兩點，不知是否因爲誤了午餐，我餓得頭暈，不要告訴我，雅各路十四號是華格納寫《漂泊的荷蘭人》的地方，十八號是梅里美寫《卡門》的地方，史湯達爾也住過同一條街上的五十二號房子。我希望下一個碰到的，不是文學鬼或音樂鬼，出了雷那亞爾街四十七號，先給我一家糕餅店，和一個會笑的伊莎貝雨蓓。

——一九九三年三月・選自大呂版《巴爾札克在家嗎》

哈姆雷特父親與唐吉訶德母親

諾貝爾獎小說家葛蒂瑪的《我兒子的故事》，有一個時常讓我玩味的開頭。從前我不曾與我的父親複製過那樣的場景，而我也不能夸言將來，我和我的兒子。

高中生威爾藉口要去同學家一起溫習功課，卻溜到約翰尼斯堡白人郊區一家豪華電影院，偷看貝托魯齊的新片。這時南非白人區電影院開放給黑人觀賞，只不過是最近一年前的事。威爾竟然撞見父親桑尼挽著白人情婦漢娜，公然出現在散場的群眾裡。桑尼不只沒有閃躲的意思，還主動與蓄意避開的兒子打招呼，說這部片子值得一顧。威爾那時眞像一匹「帶了眼罩的馬」，一心只想快快回家，埋進書堆求個心安。這是他當小學老師的那個父親嗎？是那個經常出入法庭與監獄的人權鬥士嗎？他在電影院前的口吻，爲何能像往昔一樣「愼重、溫和、勸誡」？

正在讀這本小說時，我父親也幹了一件不光彩的事，是我母親首先聽到風聲的。她很平淡地告訴我這個傳聞，僅只簡潔扼要叮嚀，多給你爸一點零用錢。我實在聽不出，那語調是嘲諷多一些，還是正經多一些？鄰居來向母親搔耳根子，說父親去了老人茶室，那是父親還能夠騎腳踏車的最後一個夏天。這事如果早發生二十年，我看鐵定是椿悲劇，但這時父親已老到懶得每個禮拜還用染髮劑了，反而不知是喜劇或鬧劇。我母親大概跟我有同樣想法，除了嗑花生瓜子，他還能幹啥？但願他有闊綽的荷包，除了茶資還可打賞小費，顧一顧我們的面子。喜劇沒有持續太久，甚至想來是一場迴光返照，父親開始需要使用紙尿布。

父親向來不煙不酒不檳榔，連襪子內衣都由母親打理，零用極少。他年輕時嗜賭，日後可以戒到，除夕春節的呼么喝六都不爲所動，大概看不起小家子氣場面。余生也晚，我父親已從周潤發的豪氣，收斂成李天祿的蕭瑟。我們總是在逢年過節，或是他要隨廟進香遊覽時，奉上豐厚的一筆，不必他主動開口。父親老鈍後，有一日母親從舊櫥子隱祕角落，搜出二十幾萬紙幣，五十、一百、五百、一千各種面値都有，交給我拿去還銀行新屋貸款。那些鈔票令我想起一本很舊的章回小說，有一回翻倒整杯茶在書上，隨便拿到陽台曬乾，等到下次想看時，整本書硬得像沒解凍的牛排。父親那些紙幣，不知在櫃子裡窩藏了幾個梅雨與旱季，反反覆覆受潮又脫水。收銀員不敢放到點鈔機，生怕打散它們的肋骨，頓時灰飛煙滅，先生，你是哪裡挖來的木乃伊？父親目不識丁，從不與郵局銀行往來，這筆陳年積帳，眞是他留給我最最神祕的一筆有形感情。

我母親是個女唐吉訶德，電視台風靡「阿信」那一陣子，台灣仿冒劇沒有請她去當顧問，眞是「金鐘獎」的一大損失。七十幾年前要是她能上學，哪怕是初中畢業就好，以她的懸河口才，少說現在也能混個鄉民代表乃至縣議員。我父親偏偏是個悶葫蘆，活脫像個只想不說的哈姆雷特，兩人恰好站在天平兩端。比如說中秋節，父親拎著柚子與月餅回家後，他這部分情節，就隨著他晚飯後進入浴室而中斷。外人恐怕以爲父親在賭氣，但我們已習以爲常，他沒有鬧情緒。有時候他也悶悶跟大家坐在一起，像月亮一樣不發一語，有時他也笑，像讀秒的廣告一樣短。父親也有激躁的時候，麻煩的是會口吃，當哈姆雷特說不過唐吉訶德時，他就狠狠放出一句「三字經」，像一種自斷尾巴落荒而逃的美洲蜥蜴。

幸好父親與外人爭辯不時興這一套，在鄰居眼裡是個忠厚老實又沉默賣力的男人。父親攝護腺肥大接受手術時，我們以為有些溫馨的場景，沒想到成天和看護他的母親鬥嘴，兒女只忙著扮和事老。賭氣是相愛的一種方式，我只能含糊地如此解釋。直到有一天，他坐得像一盞檯燈那麼久，那麼安靜，他已經完全分不清「to be」與「not to be」。我父親失憶伊始，是他作「口述歷史」的最佳時期，他遺忘三兩天內的事，卻不斷惦記二三十年前，甚至更古早的天寶遺事。他從來沒有這麼多話過，偶爾也口吃，但不帶三字經，平心靜氣。我母親正好掌握「歷史解釋權」威柄，以「代言人」的圓融與體面，替父親那些支離破碎的隻字片語，善盡完滿的補充與拼貼。我父親一生，唯一可以跨過他矜持與羞赧的時刻，能夠無遮無修百無禁忌說點什麼，每個話柄又都被女唐吉訶德啣走。

父親進入迷茫忘我之境後，很多人來看他。依照訪客的親疏關係，與母親當下的心情，在憶舊的人生舞台上，父親一下子是浪人，等會兒又是聖徒。父親像是折成兩半的一個人，扮演兩種極端的角色。母親沒有撒謊，只是誇張，父親的確曾經拋家棄子放浪形骸，誰知道後來會變成那般守家顧業安分勤懇。母親似乎隱隱要將這樣的因果，歸諸於她的信仰與齋戒。她輪流詠唱著倫理喜歌劇與宗教清唱劇，一代花腔女高音找到名正言順的台柱腳燈，展開她怨婦與祭司雙挑大樑的長程走埠公演。「雙面亞當」淪為半邊側臉人，頓時失去抗辯的能力。

母親像個長期受統治，一夜翻身的在野黨，開始對父親恩威並施。有一回祭祖拜拜，父親那時尚算行有餘力，還能偷偷去供桌上拿了一截香腸，被母親狠狠打了一記手心，還罵他不受教。我們哪裡敢組織地下義勇軍，只能買一些黑珍珠蓮霧、應時肥枇杷或珍奇的紅毛丹、山竹果，安撫父親的饞嘴。母親準備的素什錦，依養生保健，當然是站在義無反顧的一邊，這年頭只要沾上「政治正確」，我們只能百口莫辯，眼睜睜看父親獨沽一味。像他那樣餐餐無肉不食的人，臨終竟要如此「阿彌陀佛」，到底該算苦業或正果？要不是我父親四十年來堅持反對忌口，說不定我們會是全素之家，眞是回首不堪。

我沒有撞上父親臨老入花叢的尷尬，父親也非正義凜然的人權鬥士，葛蒂瑪的情節離我甚遠。我比較相信，父親會是威利．羅門那樣的角色，亞瑟．米勒筆下那個不得志的推銷員。《推銷員之死》裡的父親，給兒子留下的最大信念，就是幹推銷員的不能沒有滿腦子的夢想，因為他別無寄託，等到夢想破滅，他的生命就完了。

到底這是一句雋語或咒語？管它的，只要父親好歹也跟我們說過這麼文謅謅的一句話。父親似乎也當過推銷員，是當街吆喝的那種，不像穿西裝拿手提箱的威利．羅門。父親斗字不認，潦倒的時候還在台北橋下的苦役市場，踩著人力三輪車。他的際遇比「駱駝祥子」好一些，對人生必有跟威利．羅門一樣深刻的感懷。

我猜想，父親如果意識清楚，來得及趕上時髦的地下電台扣應電話，他也許會背著我們滔滔漫漫，跟電台主持人抬槓聊天。父親當然是左傾的，他的大半輩子都自覺是被剝削者，他甚至是那種抓住話筒，一口氣要說上半個鐘頭的狂熱份子。可是暗地裡打完電話後，又懶得和顏悅色，跟妻子兒女說上三五分鐘。父親也不是單獨個案，我的舅舅跟姨丈，不也這副德行。他們肯定不是生下來就是只有頤指氣使的暴躁面，總有過幼嬰與童騃，感傷而溫柔的青春期吧！但那一部份是我們子女無緣參與的，我們出生後，父親就是一個容易疲憊的人，大聲喝湯，亂丟臭襪子，你要不就戰戰兢兢，要不就視若無人，盡量不要去惹毛他。

後來日子過得不那麼辛苦緊繃，但那種親子關係再也難以扭轉，變成一種疏離淡漠。你跟他有種像風箏與手臂一樣的關係，你知道他在牽住你，你的吃穿全要靠他，但他收不住線，只能看你在天上飛。你將來會有個兒子，就照這個模式「報答」你。威利・羅門好歹還跟他兒子打過橄欖球，但我們的父親似乎從來不。父親對我成長期養過的蠶、蒐集過的月餅標籤、種過的番茄、畫過的第一張塗鴉，難道眞像他表現出來的那般不感興趣嗎？他不曾參與我的這些童玩，後來，他更不可能進入我的文學啓蒙世界。他完全管不住，我可不可以看《羅麗泰》或《查泰萊夫人的情人》，這一點我稱得上是無君無父的草莽梟雄，我兒子將來絕沒這種福份。反倒是我，往後在書上，發現有些人跟他像同一個胚子印出來的怪胎兄弟。

葛蒂瑪的小說，透過一個革命家的兒子，看待他那不是表面那麼光彩而勇敢的父親。小說最後以哈姆雷特的一句台詞收束，「我心裡有非外表所能顯露的」，這句話多麼適合送給我的父親，乃至全天下沉默寡言型的父親。繞了一大番路，其實我對父親的情愫，一向那樣畏縮怯意，不正

「遺傳」著他的哈姆雷特氣質，永遠只停在臆想，缺乏實際行動力量。幸好我又中和到另一個「女唐吉訶德」的基因，所以能夠一五一十加油添醋，描述一個無產到中產之家的點滴縮影。幸好我太太是個沉默是金的務實女人，要不然我們的小孩可能是個騎著插翅天馬的小唐吉訶德。

我現在感興趣的是，難道當年母親嫁給父親，就是哈姆雷特金童配上唐吉訶德玉女？或是一甲子的長久相處，磨練出這麼奇特的互動模式？這好像「基因說」與「環境說」的兩派理論。但現在哈姆雷特完完全全繳械，當唐吉訶德十足握有歷史解釋權，你委實不能只採信夢幻女騎士的一家之言。

——一九九九年九月・選自大呂版《愛電影不愛普拿疼》

孫維民作品

孫維民

山東煙台人，1959年生。政治大學西洋語文系畢業，輔仁大學英國語文學碩士，現任教職。著有散文集《所羅門與百合花》，及詩集多部。曾獲中國時報散文獎及新詩獎、梁實秋文學獎散文獎、臺北文學獎新詩獎、中央日報新詩獎、藍星詩刊屈原詩獎、優秀詩人獎等。

誤認

1

七〇年代，一個初冬的下午，我走進街角的租書店裡，將看完的幾冊武俠小說還給老闆，隨即又租了另外幾本。老闆的年紀已經大了——我稍後更加確定他是——他像多數年紀大了的人一樣，掛上老花眼鏡，一筆一劃地（多像初學寫字的孩童）在破舊的記事本上登錄著。然後，他抬起頭——午後三點的陽光已經跨進敞開落漆的木門，再走幾步，它即將要碰觸坐在板凳上的兩名中學生。屋內嗡嗡作響，依稀不斷滲入的車聲，或是亢奮盤旋的蒼蠅——他抬起頭，把書遞給我。突然，他像發現什麼似的，指著我說：「你長得這麼高了！」顯然他已經從午夢般的慵睏氛圍裡醒轉。「以前——」他伸出手，在空氣中比畫一個高度。

我想我知道他的意思：上一次我看到你時，你只有這麼高吧。什麼時候……啊，歲月。我對他點頭笑笑，帶著小說離開他和他的小店。七〇年代的生活情調是有些鬱悶的，離家北上念書的日子有時也極為孤獨單調。我走完一小段紅磚路，向巷口的攤販買了一點水果，回到租屋。接下來的兩三天，我竟然因爲那位老闆的誤認，心底浮泛著一絲異鄉巧遇親戚長輩的暖意。

不過，大多數的時刻，我卻必須不斷地澄清。這項工作似乎永無止境，雖然我已經非常疲憊。

一名女子固執而絕望地要求解釋。爲了讓她明瞭她認錯人了，我放棄徒然無力的語言，以沉默及行動爲自己辯白。她終於茫然憤怒地承認，我已經不是她從前認識的那個人了。她甚至斷言我自始至終都在僞裝。一個男人在初次見到我時——正確地說，在見到我的最初的幾秒鐘裡——便已經完整地認識我了。他已經爲我找好職業、食物、書籍、運動項目；當然，他更爲我備妥了襪子與妻子。

不，你不使用打火機。縱然飲酒，也是充滿節慶氣味和笑語泡沫的香檳吧。你喜歡花間商籟甚於毫無道理的自由體。巴哈、莫札特、蕭邦，或許還有一點拉赫曼尼諾夫。至於查普曼和U2，噢不。你沉思的題材多半是藝術和宗教，那些蟲豸與元素無法朽壞的財寶。在鬧區的騎樓下不容易看到你的身影，那裡市聲如虎，況且沒有禽鳥與窸窣的落葉……。

他不停地對我說話，雖然大部分的時間他以眼睛和動作發聲。他這樣子對我說話，讓我猶豫著是否應該駁斥他。就讓他遊蕩在自己的意識半徑內，繼續將我當作另一個人吧。我沒有義務驚擾他。但是，我又不甘心，只因我仍然把他當成朋友。可是如果我反駁他呢，他也許就會變成敵人了。

不（我吐出一個煙圈），你認錯人了，先生。其實如果你仔細一些，你便會發現我與你所認識的那個人——無論他究竟是誰——之間的不同。我不喜歡貓狗，即使我很清楚牠們遠比人類善良。不要誤會我的無言和微笑了，我還能夠如何應對生命裡的憂傷怖懼？謝謝你，給我一籠花素蒸餃，請將蝸牛和奶油刀拿走。選擇一枝好筆是最重要的，但不要以為我會與任何一枝長相廝守。對我來說，夜是無盡的甬道，枕是鹽田，不過最辛勤的還是時鐘。啊，你看過哪些美麗或醜陋的窗景呢？我看到覆滿塵埃的葉片，樹枝無法承受重壓一一折斷，還有積雪下的墓穴，棺木旁一顆不能甦醒的種子……。

請原諒我，我無法更為精確地描述。

當我搭乘著電動扶梯，朝向機場的出口處移動時，大廳裡早已經聚集著一群等候的人了。其中一個男子高高地舉起一塊寫著姓名的牌子，而在另一邊，一個女人向我揮手。「好久不見。」她走向我。「你絲毫沒有改變。我一眼就認出是你了。」我們經過幾名正在調整表情準備拍照的日本旅客，走向停駐在街旁的黃色計程車。司機坐在雨刷來回擺盪的擋風玻璃後面，奇異的臉孔忽而溶蝕，忽而凝結。

然而，橫越在人們之間的無形曠野也沒有改變。在那一片廣袤的荒地上，在諸多岩塊和石南之間，我們重複地玩著捉迷藏。這一場遊戲已經足夠冗長，而且毫無結果。「我找到你了。現在，輪到你來找我。」可是我們始終未曾找到對方。

若干年後，當我正在寫信，或者拿起電話，按下一組號碼時，我有時仍會突然想起那個在機場出口高舉著牌子的男人。他最後接到正確的人了嗎？如果有人假冒呢？如果在眾多的旅客當中，有人的名字剛好和牌子上的名字相同，卻不是他被交代要找的人呢？他極可能接錯人的。或許他有對方的照片可以指認，或者他會禮貌地查驗對方的證件，那又如何？他把符合一切條件的客人送到某個地點，然後有人前來迎接會面。雙方久別重逢，或者仰慕多時。無論如何，他們依然可能都錯認了對方。

裸裎相見的情人們據說是最熟悉彼此的：氣味，隱匿的痣或胎記，只有對方才能理解的低微呼喚……。情人們熱中於爲彼此製造小名。除了他們自己，外人無法藉著那些秘密的暱稱相認。他們不太可能認錯人的。可是，依據《新約》的記載，有一次耶穌曾對門徒說道，末日來臨時，「兩個人在一張床上，要取去一個，撇下一個。」原來同床共枕的兩個人之間，相隔竟然如此地遙遠。那是天堂與地獄的距離。如果他們眞的認識對方——啊，原來對方屬於另一個君王，另一種對立的永恆——彼此還會輕易交換「愛」這個字，甚至激烈地纏綿嗎？

2

其實我是準時的，只是一陣突如其來的大雨，將我逼到了路邊的騎樓下。我把機車停放在廊柱旁邊，摘下潮溼的眼鏡，然後找到一隻公共電話。「我不知道它什麼時候停止。」由於雨聲，我必須放大音量。而在一場如此肆意淋漓且又雷電交纏的陣雨那端，對方彷彿也是焦急不安的。破碎的字語隨著雨水，流進街旁的排水溝裡。

站在灰白厚重的雨幕外面，原先的行程必須暫時中斷了，像停頓的鐘錶，傷病的肉體。

躲雨的人不是只我一個。平常光影忙亂的騎樓，此刻反倒安靜沉穩不少。左側的男人斜靠著牆壁抽煙，他的視線掉落在馬路黃線上，一輛濺著細小水珠的藍色汽車。右方的女人兩手交疊於胸前，像一隻收攏雙翅的雀鳥，棲止於隱祕的思緒，無聲地轉動著頭頸。紅磚道上幾株花木身軀搖顫，原本披覆灰塵市聲的葉片，此時閃亮如星。花盆底下滲出黑褐色的碎泥，隨著地勢造就的小小渠道，小魚似地游進一灘擴張的積水中。

由於天色變化，騎樓下的商家紛紛打開大燈小燈，時間彷彿忽然晚了。隔著一條顯然已經狹窄的老街，我看到對面一家商行刻在店門頂端牆上的古樸字跡：「義豐針車行　電話2805號」。四位數字的電話號碼，那是什麼時代的事了？

其實我很熟悉這一條街道。不過幾年以前，它還相當熱鬧繁華。從小我便常和母親到這裡來，購買白米、壁紙、球鞋、制服等等東西。每家商店都有自己獨特清楚的氣味，不容混淆。即使是這幾年，我也經常走進這條街，因爲它是我上下班的捷徑。可是，我卻從來沒有發現那家針車行的招牌，那些養著一層薄薄綠苔的浮凸字體。

不僅是那一家針車行，其他商店的招牌，此刻也都一塊接著一塊，像新大陸般地浮現在我的視界之內：裕統西裝、賴瑞成青果店、泰興農藥、嘉傑電腦、金玉山銀樓、元利行、PENSEE、周眼科、雞鴨肉飯、松涼衛生冰塊……那些彼此極不相同的顏色、字形、材質，各自擁有鮮明的個性。它們如喧嘩互異的聲響，對著我的眼睛說話歌唱。

幾年以前，我也曾經在台灣南部的一條縣道旁躲雨。我緊偎著一棵大樹，初次發現樹木的枝幹竟然這般樸素、堅實、美麗。那些彷彿乾枯的樹皮紋理之間，蟲蟻忙碌地奔走工作著。濕黑的樹幹向上愉悅地挺舉，無數顏色深淺不一的葉片附著其間，撐開了整片天空。而從天空飄落的，除了晶冷的雨珠，還有細碎的花瓣。當時，我戲謔地想著：這就是所有哲學的本體了吧，赫拉克利圖斯的Logos，柏拉圖的觀念世界，莊子的道。道在樹幹、枝條、花葉。

事後回想，那一場計畫之外的大雨，才是那趟旅途中最值得紀念的情節。這是多麼奇怪的結論！在樹下躲雨？它就像是正文裡的標點符號，有什麼值得大驚小怪的呢？

簷滴時急時緩，可是毫無停歇的跡象。坐在五金行內的老人此時搬出一只臉盆，將它擱在屋簷底下接水。有人不耐久候，發動機車衝出騎樓。車輪在路面上拖曳著小條軟白的水花。

在我的背後是一家布店，裡面擺置著許許多多各種花色的布匹。一名顯然也是被雨圍困的婦人走進店裡，閒閒地張望著。後來，她竟然眞的買了兩種布料。她回到騎樓下時（手裡多了一只印著商店字號的紙袋），雙眼發亮，神情愉快，似乎頗爲滿意自己在這場大雨中的意外收穫。

以前，我騎車經過這條街道時，始終以爲它是筆直的。現在站在騎樓下看它，才知道原來它有相當明顯的弧度。無論向左向右，我都可以看見和它交叉的第一條街口，但是看不到第二個。店面和招牌遮擋了我的視線。冒雨前行的人車通過第一個街口，不久，就被兩邊陳舊的建築包夾呑沒，全然失去了蹤影。

3

我應該如何認識一個人，或者一條街道？何者更為容易一些？古希臘的哲學家早就說過，這是一個「萬物流轉」的世界，我又如何能為其中的事物顯影造像？現代的解構主義者認為自我是不連貫且充滿矛盾的。這樣的一種自我，又如何能夠正確地觀照外在，或者理解他人與自己？

在某個特定的時刻，以某個偶然的角度，世界便會顯露全然不同的面貌。然而，人類脆弱的肉體與意識無法負擔完全的眞實，種種認知因此也是殘缺和錯誤的。

既然在時間的世界裡，完整的眞實是不可得的，我們便可以放棄追尋，不再堅持了嗎？

在一首宗教意味濃厚的長詩裡，艾略特(T. S. Eliot)曾經反覆催促人們「向前」，進入「另一種強度」，以便和眞實進行更深切的交通。我也忽然想到從前讀過的一篇短短的散文：一隻蛀蟲在黑暗的木頭裡辛勤地啃蝕著，有一天，牠終於蛀穿了木材。而在小小的洞口外面，是令人目盲的巨大的光。

——一九九八年九月・選自九歌版《所羅門與百合花》

紅蟳

不知道此刻他在哪裡？不知道他是否依然活著？

年歲漸長，我發現，原來，人是可以悄悄消失的。也許除了親人和仇人吧，有誰還會經常顧念他人的行蹤？若干時日之後，忽然奇怪地想起——像我現在這樣——被想到的那人早已經不知去向，無法探問。更奇怪的是，失蹤之人的形態音色，種種細節，竟然變得如此鮮明生動，而且揮之不去，彷若冤魂。

●

繫著圍裙的男生提起鐵桶，將二、三十隻紅蟳倒進池子裡。池中的水薄薄一層，表面還漂蕩著幾塊油光。那些生物的螯爪都被紅色綠色的塑膠繩綁住了，只剩下另外四對腳可以揮舞。幾隻生猛些的驚魂甫定，開始繞著池子行走，像在搜索生路。光滑的金屬池底顯然不適合它們的生理構造（況且雙螯動彈不得），我幾乎可以體會它們行動時的吃力，以及絕望。

不久，它們果然全都安靜下來了。

已經二月了，為什麼還在販售紅蟳呢？現在應該不是啖蟹的季節，而紅蟳又和螃蟹這樣相似。假日下午，大賣場內的人越來越多，有些攜家帶眷，彷彿郊遊。豐盛的物質世界令人幸福洋溢，一如消費行為。人們推著購物車抵達這個角落，通常都會在池邊逗留片刻。有人將手伸過低矮的玻璃牆，放心地撥弄著那些靜止的甲殼動物，大概是想確定它們是否已經死了。

●

中秋節前後，路口的紅磚道上多了一隻撐開的海灘傘，傘下坐著一個男人，他的面前則擺放了三只臉盆。懸掛在大傘支架上的瓦楞紙片隨風翻轉，兩面都寫著毛筆字，一面是「每隻99元」，一面則是「紅蟳」。

不必上班的假日早晨，我習慣漱洗之後，在巷子裡走一小段路，到馬路旁的豆漿店去買一份早點。無須趕車的早晨是優閒的，這種優閒的感覺似乎在我出外買早點的幾分鐘裡達到飽和。巷弄裡的人家院子內外種植著樹木及盆栽，枝葉間經常綴飾了各色花朵。有人正在澆水、運動或者洗車，不過疏疏落落，整個社區還是相當幽靜的。

我喜歡這樣從容的早晨，這種單純的例行公事，只因感覺快樂。這種快樂並不膚淺，我想。外在活動的單純從容反而提供更大的內在空間，讓扭曲的自我回復原形。也許有人喜歡職場的人事惡鬥——或許因此能夠證明什麼——然而，當我瞥見麻雀降落陽臺，啁啾應答，腦海中卻總是浮現「違己交病」這幾個字。

某個假日早晨，我看到馬路對面的那隻海灘傘。傘下的男人戴著棒球帽，低頭坐著，沒有什麼動作。隔著四線道的馬路，我看不出他的年歲。那塊不太方正的瓦楞紙片兀自在空中搖晃旋轉，測試風速與風向。

●

每個必須工作的日子，我習慣在返家的火車上，撿取幾張別人留下的報紙，讓視線煞有介事地遊蕩在已然陳腐的新聞裡，像遲緩疲憊的獸。這是一種休息的方式。在通勤列車內的一個小時，與其讓思緒胡亂奔竄，進入陰森可怕的領域，還不如用幾塊版面圈圍它們。當然，文字和圖片必定是爲某些團體——以及野蠻的意識型態——服役，可是它們讓我分心，又不要求專注。這已經足夠了。在一天的工作之後，在運用其他的方式以前，我必須暫時逃走，藏匿在時間的黑軟的縫隙中。

這位名流，那顆明星。她的身價，他的收藏。世界上，有人以完全不同的方式度過一生。他們從未搭乘這班火車，更不因此感到欠缺。車廂裡的陰晴，車窗外的鬧靜，夜以繼日……。對於他們，這些顯然並不具體，甚至可能沾染了浪漫的想像，如非洲中部的叢林或巴爾幹半島的廢墟。無數的火車在地球表面晝夜奔馳，但是彼此無關，依稀各自擁有不同的時空。

可是，它們卻又不是完全無涉。完全無涉其實也好，至少要比遭受欺凌壓迫好吧。食物鏈無所不在。這是歲月或者經驗教導我的另一件事。視線之獸爬行而過每個版面，粗糙的腹部摩擦著更爲荒涼尖硬的字句：那些沒有說出來的，那些被刻意湮滅的……

●

父母對於火車的印象與我完全不同。一九四八年秋，他們搭船離開故鄉，之後穿越了半個中國，偶爾有車可坐，多數時間則是步行。從杭州到樟樹的那一段路，他們以及其他的流亡學生擠在用來運貨的火車上，車頂也都是人。

火車轟隆作響，他們終於抵達澎湖。六月的漁翁島仍然貧瘠而風大，居民赤足踏在礁石上，看到靠岸的濟和輪載來了近四千名鄉音怪異的中學生。又過幾天，船艦送來第二批孩子。

七月，澎湖防衛司令強迫男生當兵，師生不滿。兩位校長和五名學生遂以匪諜罪名槍決，數目不明的學生遭到刑求，或者失蹤。

●

某天傍晚，我下班回家，經過路口時，故意繞到那名中年男子的面前，只爲了看看那些生物。天已暗了，霓虹招牌開始無聲地閃爍，大樓後方還有幾條橘色的雲絮，構圖如一無頭的魚骨。車燈接連成爲長河，流淌在人行道的兩岸之間。他已經扭亮一盞燈泡，也懸掛在傘骨上。臉盆裡，十幾隻螃蟹像是突然驚醒的石塊，微微騷動著，似乎它們也能察覺有人走近。

我並不想選購那些螃蟹——明明是螃蟹，爲什麼要叫紅蟳呢？——卻在路邊的海灘傘下站了幾分鐘。那個男人全然無意招呼我。在淡薄的電燈光暈中，他持續低著頭，翻讀一冊厚厚的武俠小說，一架小型的收音機則在我們之間播放臺語歌曲。

●

後來，只要我行經路口，而又不趕時間，我便會走到那隻海灘傘下。那個男人沒有太大的改變。他不是看書，就是蹲跪在小木椅邊，拿著一管毛筆在報紙上練字。他的字寫得不好，飛揚跋扈，缺少很多的沉靜拙樸。在這種車來人往的路口，想要安定下來大概也不容易。不過，他寫的句子多數摘自古文——諸如「不可不畏」、「如匪澣衣」、「小人窮斯濫矣」、「往來無白丁」等等——其中，也有不少是我所陌生的詩詞。

有一天，我又繞路到他那裡，他剛剛寫滿了報紙的一整版。他看到我，忽然把報紙舉起來，指著上面的兩行字：

「未出土時須有節，待到凌雲當虛心。」我唸著。

他用力點點頭。

「你自己作的？」

「不。」他說：「李苦禪。」

我的確非常驚訝。臨時在路口販賣螃蟹——或者紅蟳——的一名看來頗爲落魄的男人，竟然知道李苦禪的詩句。我想到李苦禪畫中的那些竹子、白菜、荷花、蕉葉，以及寓意明顯的題字。

他似乎對自己突如其來的舉動也很意外，或者靦腆，於是沒有再說什麼，繼續握住筆桿，靜靜地寫著。我也不再出聲。那是我們唯一的對話。

●

春天，許多植物紛紛開花了，準確地回應著季節的命令。無論列車停靠哪個小站，門開之時，都可以嗅到一股溫熱的香氣，令人精神振奮，也有一些恍惚。鐵軌兩旁的木棉花宛若烽火，一棵傳至一棵，迅速地點燃了所有的枯枝。河道旁和屋牆邊的鬼針草也結滿了白瓣黃心的小花，蜂蝶飛舞其間。

果然萬事有時，天地之間眞有所謂的秩序嗎？否則，這麼多的花草樹木如何能夠同時知道春天的到來？或者，這一切都有完整的形而下的理由，譬如溫度和日長的變化之類？農人早已能夠藉由春化處理與電燈照明改變蔬果的花期了。然則，四季及星球的推移運轉又要如何解釋呢？

夕照穿越車窗，讓坐在對面的男子不時地睜開眼睛。他的眼中也有血紅的雲霞，僵硬的身軀充滿睡意，緊偎著深綠的座椅。火車經過某站，照例上來一群穿著便衣的軍人。他們冗長大聲地談論著長官、袍澤、休假、女人……。八節的車廂顯然更沉重荒蕪了。他們需要語言遮蔽一些東西，而我需要文字。我繼續反覆翻閱一張撕破的報紙。在社會版的右下角，我發現這樣一則標題：「幼兒意外夭折　父母烹煮食之」。

深夜，那些生物跟隨著那個男人回到家中，一切逐漸沉澱靜止，終於只剩下蟑螂與鼠輩還在廚房裡忙碌。彼時，它們是否也能入眠，在睡夢中暫時逃離人類的世界？或者，它們也會因爲哀傷驚懼，整夜無法休息，像我有時一樣？它們想念大海的體溫、節奏和聲響嗎？在漆黑的絕望裡，它們是否經常喃喃默禱，向一位掌管水族的神祇——或許擁有蟳的形象——申訴祈求？在它們的禱詞裡，是否也有諸如此類的句子：「我們日用的飲食，今日賜給我們。免了我們的債，如同我們免了人的債。不叫我們遇見試探，救我們脫離兇惡……」？

●

在圖書館裡，我找到一本李苦禪的畫集。編者寫了一篇介紹李苦禪的序文，謂其「鯁直不諛」、「坎坷疇昔」、「老逢安頓」云云，並引齊白石的題字，佐證李苦禪的才華及創意：「雪個先生無此超縱，白石老人無此肝膽」。

我翻閱畫集，發現其中收有兩幅與螃蟹有關的畫，而且畫上的題詩相同，都是「君自橫行儂自淡，昇沉不過一秋風」。

我也設法尋找一些關於紅蟳的書，但是一無所獲，只在百科全書中看到這些字句：「我們稱爲蟳的螃蟹，因爲最後一對腳變成槳狀，故而可以游泳……蟹類不論在岩石或沙地上都是橫行，它們一般以其他甲殼類、小魚或有機質爲食。在台灣，最常見的食用蟹是毛蟹和紅蟳……」

●

「秋天的處女蟳，殼薄，肉青，蟹黃多。所謂的處女蟳，即是尚未交配的蟹，肉質細膩甘甜，原汁原味十足，搭配白酒或是啤酒享用，更是爽口。本店開幕二周年，特別推出清蒸處女蟳，麻油處女蟳，藥膳處女蟳，醬爆處女蟳……」

在報紙上讀到這樣一則廣告時，則是幾年以後了。

●

不知何時，那一隻海灘傘與其下的人物都消失了，而且再也不曾出現。世界依然車來人往，進行著每天似乎必要的事。某些晨昏，當我走在紅磚道上，或是坐在蜿蜒的車廂中，也會猜想著那些遠離海岸的紅蟳的命運。它們大概早已經過料理加熱，變成佳餚，細碎地進入人類——或許也包括我——的肚腹了吧？至於那名喜歡練字看書，並且知道李苦禪的中年男子，此刻又在哪裡？

——原載二〇〇二年十二月十二日《中國時報》人間副刊

《中華現代文學大系（壹）——臺灣 1970～1989》

劃時代的巨獻，跨越兩個十年，樹立台灣文學新座標，面對整個中國及世界文壇。走過從前，邁向未來，傲然矗立文壇，以有限展示無限。《中華現代文學大系（壹）——臺灣 1970~1989》計分詩、散文、小說、戲劇、評論等五卷，十五鉅冊，由余光中、張默、張曉風、齊邦媛、黃美序、李瑞騰等 16 位名家，選出 300 多位作家及詩人的精品，9000 餘頁，是國內空前的皇皇巨著，熠熠發光。推出後，深受海內外各界讚譽、推崇，因此才賡續出版《中華現代文學大系（貳）——臺灣 1989~2003》。

總編輯：余光中

編輯委員

詩　卷：張　默、白　靈、向　陽

散文卷：張曉風、陳幸蕙、吳　鳴

小說卷：齊邦媛、鄭清文、張大春

戲劇卷：黃美序、胡耀恆、貢　敏

評論卷：李瑞騰、蕭　蕭、呂正惠

精裝豪華本 15 冊定價 8380 元

平裝藝術本 15 冊定價 6880 元

《中華現代文學大系（貳）——臺灣 1989 ～ 2003》

承續《中華現代文學大系（壹）——臺灣 1970 ～ 1989》的大業，本輯銜接兩個世紀的文壇風貌，展示台灣各類型菁英作家的才華，爲華文世界再樹新里程碑！《中華現代文學大系（貳）——臺灣 1989 ～ 2003》計分詩、散文、小說、戲劇、評論等五卷，十二鉅冊，由余光中、白靈、張曉風、馬森、胡耀恆、李瑞騰等 16 位名家，選出 300 多位作家及詩人們具代表性的精采作品，值得閱讀、典藏。

總編輯：余光中

編輯委員

詩　卷：白　靈、向　陽、唐　捐

散文卷：張曉風、陳義芝、廖玉蕙

小說卷：馬　森、施　淑、陳雨航

戲劇卷：胡耀恆、紀蔚然、鴻　鴻

評論卷：李瑞騰、李奭學、范銘如

精裝豪華本 12 冊定價 6200 元

平裝藝術本 12 冊定價 5000 元

中華現代文學大系（貳）

——臺灣 1989～2003

散文卷（三）

A Comprehensive Anthology of
Contemporary Chinese Literature in Taiwan, 1989-2003
Prose Vol. 3

總編輯／余光中
編輯委員／張曉風　白　靈　馬　森　胡耀恆　李瑞騰
陳義芝　向　陽　施　淑　紀蔚然　李奭學
廖玉蕙　唐　捐　陳雨航　鴻　鴻　范銘如
發行人／蔡文甫
發行所／九歌出版社有限公司
臺北市八德路 3 段 12 巷 57 弄 40 號
電話／(02)25776564 ・傳真／(02)25789205
郵政劃撥／ 0112295-1
登記證／行政院新聞局局版臺業字第 1738 號
網　址／ www.chiuko.com.tw
印刷所／崇寶印刷公司
法律顧問／龍雲翔律師・蕭雄淋律師・董安丹律師
初　版／ 2003（民國 92）年 10 月
定　價／散文卷（全四冊）平裝單冊新台幣 360 元
精裝單冊新台幣 460 元

ISBN 957-444-070-2

國家圖書館出版品預行編目資料

中華現代文學大系（貳）.臺灣一九八九～二〇〇三
散文卷／張曉風主編. --初版. --臺北市；
九歌， 民 92
冊； 公分.
ISBN 957-444-066-4（第 1 冊：精裝）
ISBN 957-444-067-2（第 1 冊：平裝）
ISBN 957-444-068-0（第 2 冊：精裝）
ISBN 957-444-069-9（第 2 冊：平裝）
ISBN 957-444-070-2（第 3 冊：精裝）
ISBN 957-444-071-0（第 3 冊：平裝）
ISBN 957-444-072-9（第 4 冊：精裝）
ISBN 957-444-073-7（第 4 冊：平裝）

830.8 92012283